suhrkamp taschenbuch 2199

Die beiden langen Erzählungen dieses Bandes, »Die Wiederholung« und »Ziffranios Erziehung«, schließen an *Die Kyberiade* an; in ihnen betreibt Stanisław Lem die Suche nach Modellen für vollkommene Welten. Diese virtuosen Schöpfungen und Schöpfungsversuche sind aber kein bloßes Spiel, nicht nur satirische Ausfälle gegen existierende Zustände, sondern die »authentische Suche nach den Grenzen oder den Grenzzonen des Menschen, der Vernunft und der Gesellschaft«. So diffus die Grenzen sind, die die Vernunft der menschlichen Betätigungswut zu ziehen versucht, so unerbittlich und unüberwindlich sind sie, wenn die Natur sie setzt.

In »Die Wiederholung« werden Möglichkeiten einer neuen Genesis durchgespielt, ein alternatives Sein soll geschaffen werden. Das vollkommene Glück wird in »Ziffranios Erziehung« angestrebt. Trurl und Klapaucius, Lems bewunderungswürdige Roboterkonstrukteure, bemühen sich, ihrem Auftrag gerecht zu werden, aber je ehrgeiziger und menschenfreundlicher das utopische Projekt, desto eklatanter das Scheitern; das Ende ist allemal ein hoffnungsloses und zutiefst komisches Durcheinander.

Stanisław Lem, geboren am 12. 9. 1921 in Lwów, lebt heute in Kraków. Er studierte Medizin und war nach dem Staatsexamen als Assistent für Probleme der angewandten Psychologie tätig. Privat beschäftigte er sich mit den Problemen der Kybernetik, der Mathematik und übersetzte wissenschaftliche Publikationen. 1985 wurde Lem mit dem Großen Österreichischen Staatspreis für Europäische Literatur ausgezeichnet und 1987 mit dem Literaturpreis der Alfred Jurzykowski Foundation. 1991 erhielt er den Franz-Kafka-Literaturpreis. Das Werk von Stanisław Lem im Suhrkamp Verlag und Insel Verlag ist ab Seite 203 dieses Bandes verzeichnet.

Stanisław Lem
Vom Nutzen des Drachen

Erzählungen

Aus dem Polnischen von
Hubert Schumann
und Hanna Rottensteiner

Phantastische Bibliothek
Band 297

Suhrkamp

Originaltitel: Powtórka; Edukacja Cyfrania; Pozytek ze smoka
Die Übersetzung wurde vom Autor autorisiert.
Umschlagillustration: Tom Breuer

suhrkamp taschenbuch 2199
Erste Auflage 1993

Lizenzausgabe mit freundlicher Genehmigung
des Insel Verlags
Frankfurt und Leipzig
Quellen- und Übersetzernachweise
am Schluß des Bandes
Suhrkamp Taschenbuch Verlag

Druck: Nomos Verlagsgesellschaft, Baden-Baden
Printed in Germany
Umschlag nach Entwürfen von
Willy Fleckhaus und Rolf Staudt

1 2 3 4 5 6 – 98 97 96 95 94 93

Inhalt

Die Wiederholung

Es trug sich zu, daß am Hofe des Königs Hippolypp von Sarmandien zwei Bekehrungsmönche erschienen, um den wahren Glauben zu lehren. Hippolypp war anders als andere Könige. Unter den Monarchen der ganzen Galaxis fand sich kein zweiter, der so viel dachte wie er. Schon von Kindheit an hatte er mit goldenen Kleinhirnen gespielt, automatische Gedankenbrüter mit Freilauf gebaut und so sehr auf die Gelehrten gehört, daß er, als er gekrönt werden sollte, aus einem Fenster des Thronsaals entwischen wollte und erst dem Argument erlag, ein anderer könnte schlechter sein als er. Er war der Ansicht, die Güte einer Regierung werde nicht daran gemessen, ob man sie lobe oder tadle, sondern daran, daß man sie nicht bemerke. Er hing einer experimentellen Philosophie an, in der über die Wahrheit das entscheidet, was sich tun, nicht was sich sagen läßt. Ohne Furcht konnten die beiden Missionare also vor den König treten. Ihr freudiges Erschauern kannte kein Maß, als sie begriffen, daß Hippolypp noch niemals von Gott, geschweige denn von einer Religion gehört hatte. Sie hatten gewußt, daß sie Gottes Wort in partibus infidelium zu verkünden haben würden, aber daß dies nun gleich so weit ging! Hippolypps Geist war in Glaubensfragen weiß wie ein unbeschriebenes Blatt, und die ehrwürdigen Missionare wurden vor Bekehrungseifer ganz rappelig. Sie berichteten von dem Allmächtigen Schöpfer, der die Welt in sechs Tagen geschaffen hatte, um am siebenten Tag zu ruhen, von dem Chaos, das vorher über den Wassern schwebte, von dem Urvater und der Urmutter, ihrem Sündenfall und der Vertreibung aus dem Paradies, von der erlösenden Wiederkehr, von Liebe und Gnade. Der

König forderte die beiden auf, ihm aus dem Audienzsaal in seine Privatgemächer zu folgen, wo er ihnen mit drastischen Fragen zusetzte, die sie mit aller Geduld und Nachsicht beantworteten, da sie sie nicht der Ketzerei, sondern der Unwissenheit entsprungen sahen.

Frappiert von den sensationellen Dingen, die ihm erstmals zu Gehör kamen, ließ sich der König mehrmals die Geschichte von der Schöpfung der Welt wiederholen, denn sie betäubte ihn geradezu in ihrer Neuheit. Immer wieder fragte er, ob sich die Pater völlig sicher seien, daß Gott die Welt geschaffen habe, um sie zu bevölkern. Ob die Schöpfung nicht auf ganz anderes abgezielt haben könne, während die Bewohner des göttlichen Gebäudes sich heimlich und zufällig eingenistet haben? Sollte Gott tatsächlich ein so spezielles Auge auf sie gehabt haben, als er sich an sein Werk machte?

Die beiden bezähmten ihre Entrüstung, die ja durch eine grenzenlose und somit nicht der Sünde verfallene Naivität verursacht war, und verbürgten sich dafür, daß Gott die Welt für seine Geschöpfe geschaffen habe, da er, der die Liebe sei, nichts im Auge habe außer ihrem Glück. Die Nachricht von einer so starken Zuneigung des Schöpfers für die Geschöpfe beeindruckte Hippolypp außerordentlich. Gewisse Schwierigkeiten erhoben sich, was den Satan betraf, denn der König verhielt sich in der Rolle des Bekehrten reichlich unkonventionell. Ihn verwunderte nicht die Duldsamkeit des Herrn, sondern die Verabscheuung durch die Kirche.

»Mit dem Satan verhält es sich doch wie mit der Kanalisation«, sagte Hippolypp. »Sie ist unangenehm, aber notwendig. Gäbe es den Satan nicht, müßte Gott selbst über die Hölle wachen, was sich mit seiner unendlichen Güte schlecht vertrüge. Es ist stets bequemer, für so heikle Angelegenheiten jemanden abstellen zu können.

Wie die Dinge nun einmal stehen, ist ohne Hölle nicht auszukommen, es sei denn, man hätte die Welt von Anfang an anders eingerichtet. Die Kirche sollte also offiziell anerkennen, daß der Teufel unerläßlich ist.«

Letztlich gelang es den redegewandten Patern, die königlichen Vorbehalte auszuräumen und den Sinn des Bekehrten auf reine Wasser zu lenken: Am 29. Tag der Unterweisung nahm Hippolypp die Gute Botschaft an und weinte sogar vor innerer Bewegung. Auch die beiden Missionare waren tief gerührt, schenkten ihm ein Exemplar des Testaments in festem Einband, erteilten ihren Segen und zogen neuer Mühsal entgegen.

Der König schloß sich drei Wochen in seinen Gemächern ein, rief den Kronrat nicht zu sich und erteilte keine Audienzen. Nur einmal ließ er einen Tischler kommen, weil eine Stufe der Bücherleiter unter ihm zerbrochen war. Endlich, eines Morgens, trat er in den Garten und betrachtete mit frischem Blick jedes noch so kleine Hälmchen als Gottes Werk. Ins Schloß zurückgekehrt, entsandte er durch keinen geringeren als den Königlichen Ontologen an die berühmten omnigeneretischen Konstrukteure Trurl und Klapauzius den Befehl, sich bei Hofe einzufinden – und zwar sofort!

Von dem hochwürdigen Gesandten zur Eile getrieben, erschienen sie alsbald, verneigten sich keuchend vor dem Thron und harrten der Worte des Herrn. Klapauzius gab Trurl dabei einen Rippenstoß, der ihn an das erinnern sollte, was er ihm vor der Herreise eingeschärft hatte: Nicht gleich mit einer Antwort herauszuplatzen, sondern jedes Wort im Geiste dreimal abwägen, am besten aber überhaupt den Mund halten! Er, Klapauzius, werde die ganze Audienz auf sich nehmen.

»Ich grüße euch, meine Lieben, und danke für euer rasches Kommen«, sprach Hippolypp und hieß sie, Platz zu nehmen. »Hört mich mit Fleiß, denn ich habe große Dinge im Sinn, und von euch wird vieles abhängen! Kürzlich besuchten mich zwei Sternenreisende, von denen ich erfuhr, daß der Kosmos keine herrenlose Sache ist – er hat einen Urheber! Dieser ist Gott, eine Person, von der man mir versicherte, sie sei überaus sympathisch. Ich habe ohne Vorbehalt Glauben zu ihr gefaßt, was ich auch euch wünsche. Morgen erlasse ich ein Edikt, kraft dessen jeder meiner Untertanen eine Kassettenausgabe der Heiligen Schrift erhält. Doch nicht deswegen habe ich euch rufen lassen. Ich weiß nun, daß die Welt weder immanent noch transzendent ist, sondern von einem Schöpfer persönlich geschaffen wurde – als Heimstatt für die ebenfalls von ihm geschaffenen Wesen. So hat Gott also das Seine getan, und so denke ich, daß auch ich das Meine tun sollte. Die Ankömmlinge, denen ich meine Bekehrung verdanke, haben mir dringend zugeredet, mich von nun an zuerst um meine eigene Erlösung zu kümmern. Ich habe sie angehört, ohne zu unterbrechen, denn das wäre unhöflich gewesen. Dennoch weiß ich Bescheid. Ich gehöre nicht zu denen, die zuerst an sich denken. Um wieviel wichtiger als ich ist doch das Sein! Ihm will ich daher den Rest meiner Tage widmen. Ich kenne, hochedler Trurl, dein Werk ›De Impossibilitate Felicitationis Satiandae Entium Sapientium«, aber es hat mich nicht besonders bewegt, denn wie sollte man, so dachte ich, ohne Kummer existieren können in einer kümmerlichen Welt. Das Letzte, auf das ich einzugehen bereit war, bevor ich an Gott glaubte, war daher die uns zugewandte Vollkommenheit des kosmischen Gebäudes! Ich dachte bei mir, daß man, da all das sich selbst erwärmt, in Gang gesetzt und seinen Flug angetreten hat, niemandem den Vorwurf eventueller Mängel machen kann und daß damit in den Defekten der Existenz keinerlei Problem besteht. Nun aber, da ich glaube, kann ich nicht mehr so denken! Die Gestalt der Dinge hat sich gewandelt! Ich glaube daher und bezweifle nicht, daß der Schöpfer unendlich gütig ist, uns grenzenlos beisteht und es als Perfektionist so gut wie möglich machen wollte, aber ich glaube nicht, daß man das nicht besser machen könnte!«

»Haben Eure Königliche Majestät das ihren geistigen Präzeptoren zu verstehen gegeben?« erkundigte sich Klapauzius nach diplomatischem Zögern.

»Was? Nein, nein. Einerseits wollte ich ihnen nicht weh tun, andererseits sah ich keinen Sinn darin, ihnen mit solchen Einwänden zu kommen. Sie waren ja Experten in Fragen der Theologie, nicht der Technologie, mir aber ging es allein um diese Seite des Seins. Ich habe nichts gesagt, um so weniger, als ich nicht in unfruchtbarem Kritikastertum steckenbleiben, ssondern als Fürsprecher der experimentellen Philosophie die Ärmel aufkrempeln will. Ich gestehe, daß mir sofort der Gedanke kam, die Geschaffenen zu reparieren, denn sie taugen weder vom Material noch von der Funktionalität her besonders viel, vom durchschnittlichen Niveau der Intelligenz ganz zu schweigen. Ich erinnerte mich aber sogleich deines Aufsatzes, teurer Trurl: Du hast die Welt nicht angetastet und wolltest ihre Bewohner renovieren. Vergib mir, Ehrwürdiger, aber du hast die Angelegenheit auf den Kopf gestellt. Wer hätte je davon gehört, daß man die Mieter auf die Wohnung zuschneidert! Die Aufgabe lautet: Genau umgekehrt! Ich will ein alternatives Sein produzieren!«

»Majestät, Ihr wollt Euch als neokosmischer Investor versuchen und uns zu Generalauftragnehmern machen?«

»Du hast es wohl erfaßt, teurer Klapauzius. Ich weiß,

die Herstellung einer neuen Welt ist nicht dasselbe wie der Bau einer Windmaschine, aber die objektiven Schwierigkeiten fürchte ich nicht. Wäre die Schaffung eines Universums so leicht wie das Töpfern eines Napfes, so hätte ich weder selbst einen Finger gerührt noch euch zu mir bemühen lassen.«

»Vergebt, Majestät«, sagte Klapauzius, »aber mir ist unklar, wie Ihr, der Ihr Euch für einen Gottgläubigen ausgebt, eine Welt konstruieren wollt, die dem Tenor Eures Glaubens zuwiderläuft.«

»Wieso zuwider?« fragte Hippolypp erstaunt. »Sie ist nur anders. Du siehst in meinem Vorhaben einen Widerspruch?«

»So denke ich.«

»Du irrst, und ich werde dich über deinen Irrtum aufklären. Glaubst du an die Existenz von Flugapparaten?«

»Ja, Herr, denn sie existieren.«

»Glaubst du an die Algebra?«

»Ja, denn auch sie existiert. Man kann sich von diesen Existenzen ja greifbar oder funktional überzeugen!«

Der König lächelte.

»Oh, ich sehe schon, aus welcher Ecke du mich überlisten willst, aber daraus wird nichts! Du glaubst auch an Dinge, die du nie erfahren hast noch jemals erfahren wirst: an die Existenz von so großen Zahlen, wie du sie dein Lebtag nicht errechnen kannst, oder von Sonnen, die du nie zu sehen bekommst. Stimmt's?«

»Jawohl.«

»Nun siehst du. Macht dir nun dies, daß du an all das glaubst, unmöglich, eine nie dagewesene Flugmaschine zu bauen oder eine neue Algebra zu verfassen? Hindert dich die vorhandene Algebra, eine neu auszudenken?«

»Nein, Herr. Ihr sagtet aber selbst, daß Gott die Welt

aus Liebe zur Schöpfung geschaffen hat. Indem Ihr also eine andere konstruiert, verwerft Ihr die göttliche Liebe.«

»Nego consequentiam! Nichts dergleichen! Nehmen wir an, dein Vater habe dir ein Haus gebaut. Ist daraus, daß du selbst daneben ein anderes errichten willst, zu folgern, daß du deinen Vater nicht mehr ehrst oder gar seine Liebe verachtest? Was hat das eine mit dem anderen zu tun? Ich sehe keinen Zusammenhang zwischen meinem Bauvorhaben und der Liebe des Allerhöchsten. Habe ich dich überzeugt?«

»Ihr stoßt eine Gabe von Euch, die Eurem Glauben zufolge absolut ist. Verhält es sich nicht so?«

»Wieso stoße ich sie von mir? Habe ich gesagt, daß ich aus dieser Welt ausziehen will? Ich will einen bestimmten Versuch machen – das ist alles. Vergiß übrigens nicht, daß auch ich Teil der Schöpfung bin und nicht die Absicht habe, auf mich zu verzichten.«

Klapauzius verneigte sich stumm. Als er Trurl den Mund aufmachen sah, trat er ihm behend gegen den Knöchel.

Der König, der nichts bemerkt hatte, fuhr fort:

»Stecken wir das Projekt also ab! Schon als Prinz bekam ich von meinen Erziehern zu hören, daß die Welt so ist, wie sie ist, und wir, obgleich in ihr, so sind, wie wir sind. Ihr wohnt keine Absicht inne, uns zu hätscheln oder zu verderben, denn sie ist nicht errichtet worden, um uns die Stirnseite zuzukehren. Mag sie auch eine Speisekammer sein, so ist sie dennoch nicht für die Mäuse gebaut, wenngleich diese von ihr profitieren. Weil darin aber nicht ihre Bestimmung liegt, ist es kein Wunder, daß die Regale zu hoch sind, daß man in einer Milchkanne ersaufen kann und in den Ecken Substanzen vorkommen, die nicht genießbar sind.«

»Und wie steht es mit der Mausefalle, Majestät?« konnte Trurl nicht an sich halten.

Hippolypp lächelte.

»Du meinst den Teufel? Das, ehrwürdiger Trurl, ist ein Extremist, ohne den sich nicht auskommen läßt! Der Teufel ist im Werk Gottes das, was in der Dampfmaschine der Regler ist: Ohne ihn würde alles bersten! Folgst du mir? In einem bestimmten höheren Sinn wirkt das Plus mit dem Minus zusammen, und der Lauf ist erst dann gleichmäßig, wenn die entgegengesetzten Impulse sich ausgleichen. Darüber aber können wir uns nachher oder zu anderer Zeit unterhalten. Man hat mir also die Überzeugung beigebracht, daß es einen unendlich gütigen Jemand gibt, der uns kosmische Wohnstätten errichtet und darauf geachtet hat, daß sie so akkurat wie möglich ihren Mietern zugewandt sind. Alles im göttlichen Werk ist für die Bewohner, alles paßt wie angegossen, präzise, weil zielgerecht bemessen, und wenn einen etwas drückt, piekt, plagt oder er gar gehäutet wird, so offenbart sich auch darin das Wohlwollen des göttlichen Zuschneiders, nur daß der kleinmütige Mieter sich darin nicht sogleich zurechtzufinden weiß. Die Theologen kommen ihm zu Hilfe: Das in die Materie eingepaßte Sein ist eine didaktische Sortiermaschine, eine Kornklapper, die die Spreu vom Weizen sondert! Da ich die Wissenschaft geradezu vergöttere, erschien mir die Welt einer Universität täuschend ähnlich eingerichtet, an der Ausscheidungsprüfungen stattfinden. Kaum aber hatten die guten Pater mich verlassen, erkannte ich voller Besorgnis, daß nicht nur diese Welt, sondern überhaupt jeder als Gabe der Allmächtigen Liebe anzuerkennen ist. Stellt euch eine Welt vor, in der alles weh tut! Wer dort einen Buchstaben denkt, stöhnt auf, und wer das ganze Alphabet vornimmt, geht daran fast zugrunde. Selbst wenn einer an Gott denkt, kommt es ihm vor, als zöge man ihm bei lebendigem Leib die Haut ab. Man mag dort jammern und heulen, daß die Sonnen davon erbeben und die Glut ihnen schuppengleich von den verkohlten Flanken fällt. Und? Kann man nicht auch eine solche Welt preisen und sagen, dieser Schmerz sei gutgemeint, denn er dränge zur Eile ins Paradies, rücke bei dieser Gelegenheit die Qualen der Hölle ins Bewußtsein und schrecke somit von der Sünde ab? Läßt sich überhaupt eine Welt von solcher Entsetzlichkeit denken, daß aber auch gar niemand imstande wäre, sie das Ergebnis der unendlichen Güte des Schöpfers zu nennen? Selbst wenn es die echteste Hölle wäre, ließe sich behaupten, es sei nur ein Modell, während die wahre Hölle ganz woanders und um vieles schlimmer sei. Beweise mir bitte, daß es nicht so ist! Ihr seht also, daß man die Theodizee in jeden Weltentyp einbauen und verkünden kann, wer Gott selbst dann vertraue, wenn er durch dieses Gottvertrauen in Fetzen fliege, verdiene sich um so gewisser das ewige Licht! Lobpreisungen, die auf alles passen, sind nicht viel wert ...«

»Habt Ihr das auch Euren geistlichen Vätern gesagt, Majestät?«

»Dem Worte des Königs ist mit Bedacht zu lauschen, Verehrtester! Ich habe gesagt, was mir nach der Abreise der ehrwürdigen Väter in den Sinn gekommen ist. Unsere Welt ist, wie ich finde, nicht einzig, und in der Schrift finden sich darauf gewisse Hinweise. Nehmen wir nur das Jüngste Gericht. Das Jüngste und Endgültige – nach ihm kann nichts Interessantes, radikal Neues mehr kommen. Sollte der Herr nach der Abschlußbilanz nie wieder etwas zu tun haben? Das ist nicht zu glauben. Ein wirklicher Schöpfer begnügt sich nicht mit einer Schöpfung. Natürlich sind die etwas mißratenen Welten für ihn ein schweres Dilemma. Schlecht konservieren und mangelhaft beseitigen – mit welchem Recht eigentlich? Wie es scheint, hat er sogleich bestimmte Verbesserungen durch die sogenannten Wunder vornehmen wollen, es dann aber aufgegeben ...«

»Haben Euer Majestät von Ketzerei und Häresie gehört?«

»Was bedrängst du mich so mit Fragen? Man könnte meinen, ich stünde schon vor einem bischöflichen Gericht! Natürlich habe ich von Apostasien gehört. Diese kommen aber stets aus einer Abneigung gegen den Schöpfer, während ich ihm zu Hilfe eilen will!«

»Herr«, sprach Klapauzius und räusperte sich, »wir befinden uns inmitten einer höchst diffizilen und geradezu heiklen theologischen Exegese. Ich fürchte, Majestät, Ihr habt dafür die falschen Experten vorgeladen.«

»Du irrst, denn weder falle ich vom Glauben ab noch gedenke ich ihn zu reformieren. Ich strebe nicht zur Apostasie, sondern zur Genese.«

»Aber wenn ...« setzte Trurl an, Klapauzius trat ihm auf den Fuß und verneigte sich vor dem König.

»Wohlan denn! Was für ein Universum wünschen Eure Majestät?«

»Das ist eben zu überlegen! Den Theologen zufolge hat Gott zwei begrenzende Faktoren in sein Werk eingebaut. Einer befindet sich außerhalb der Geschöpfe, der andere in ihnen selbst. Gott hört alles, antwortet aber nicht. Früher soll er sich zu Gesprächen bereitgefunden haben, aber irgendwie ist er davon abgekommen. Die direkte Verbindung zu Gott geht also nur in eine Richtung. Die zweite Sperre hat feinere Ventile. Gott ist ein Ingenieur, der, als er andere Ingenieure schuf, sie schon auf dem Reißbrett so beschränkte, daß sie mit ihm schöpferisch nicht konkurrieren konnten. So sagten es meine Lehrer, und sie blieben auch dabei, als ich sie aus dem

Konzept zu bringen trachtete, weil mir diese Beschränkung mehr als wunderlich erschien. Konkurrenz muß doch nicht niederen Beweggründen entspringen! Ein Forscher entwickelt eine neue Arznei doch nicht zu dem Zweck, den Erfinder des vorhandenen Medikaments in den Schatten zu stellen, sondern um wirksamer das Leiden zu bekämpfen. Warum sollte der Schöpfer einer neuen Welt diese also gegen den Schöpfer der bereits fertigen Welt erdenken? Den Missionaren zufolge verdächtigt Gott jeden, der mit ihm in den Wettstreit der Schöpfung treten will, häßlicher Anmaßung. Es gehe ihm nicht um eine leidliche Welt, sondern um den himmlischen Thron. Ich denke jedoch, daß Gott eine viel bescheidenere und eben dadurch viel einnehmendere Person ist, als die Theologen es wollen. Bekanntlich sagt das Werk mehr über den Baumeister aus als dessen Lobredner. Wenn man die Welt aufmerksam betrachtet, so sieht man, daß sie auf höchst diskrete, geradezu anonyme Weise geschaffen worden ist. Hätte nicht jedes Kräutlein Platz für ein Firmenzeichen geboten? Keinerlei Zirkulare, Formulare, Kommentare (die Heilige Schrift ist ja ein Kommentar zur Schöpfung), nur Originalzeichen, die die Echtheit der göttlichen Urheberschaft bezeugen! Ich habe die göttliche Bescheidenheit als Ursache jener kosmischen Anonymität hinzustellen versucht, die den Theologen unaufhörliche Migräne verursacht. Gott hat seine Urheberschaft so großartig verborgen, als gäbe es ihn nicht – und das sollte Zufall sein? Er hat sich verborgen, weil er sich verbergen wollte! Das gefällt mir, diese Diskretion verstehe ich! Sie aber schrien mich nieder, Gott habe uns durch die Welt eine Lehre aus Liebe erteilt, verborgen aber hielte er sich, um uns volle Freiheit zu geben: Ist der Gärtner in Sichtweite, traut sich keiner an den Apfelbaum! Denjenigen aber, der diese Freiheit weidlich ausnutzt, holt dennoch der Teufel. Darin steckt für mich eine zweifelhafte Pädagogik. Geben, damit nicht genommen wird – was ist das für ein Geben? Wenn nun nicht aus Nichtswürdigkeit, sondern aus einem Trieb heraus genommen wird? Wenn die Nehmenden nicht frei sind wie die Elemente, sondern wie eine losgebrochene Achse, die nach allen Seiten tanzt? Wenn sie einen so losen, lockeren Charakter haben? Das fragte ich die Pater, und sie erwiderten, wer so frage, sei wahnwitzig oder sündig, ein Dummkopf oder ein Schächer. Was aber den Herrgott angehe, so wisse er es stets am besten. Mag sein, lassen wir es dabei. Den Herrgott taste ich nicht an, aber von euch, ihr Herren, will ich derartige Rechtfertigungen nicht hören. Ich sage euch das im vorhinein, damit es keine Mißverständnisse gibt. Ich erteile euch alle Vollmacht, schöpft kühn darauf los, aber liefert keinen Schund! Alles soll solide sein, mit kontinuierlicher Optimisierung, ohne Abweichung – ihr versteht doch, worauf ich hinaus will? Ein fehlerhafter Optimisator ist Satan als instigierender Regulator, denn erst treibt er zum Bösen, und dann hält er den Höllenschlund auf. Einen derartigen Extremismus bitte ich zu meiden.«

»Faßt man die Worte Eurer Majestät zusammen«, sagte Klapauzius, »so ergeben sich folgende Richtlinien: Da Gott die Kommunikation blockiert hat, öffnen wir sie. Da er ein autoritärer Zentralist war, bedarf es einer demokratisch dezentralisierten Schöpfung. Demokratie aber bedeutet Gleichheit. Jeder Bewohner unseres Universums wird nach seinem Wunsch und Willen Welten schaffen können, wie sie ihm belieben. Ist es so?«

»Gott bewahre!« rief Hippolypp. »Überhaupt nicht! Könnte ich denn eine demokratische Schöpfung damit beginnen, daß ich euch strikte Befehle erteile? Wäre das nicht eine contradictio in adjecto? Ich wundere mich über dich, werter Klapauzius, daß du so von mir denken konntest. Auch ich bin nicht der Ansicht, daß Gott die Weltenschöpfung voll und ganz abgeschlossen hat, denn einer solchen Vorstellung zufolge könnte ich nicht ans Werk gehen. Desgleichen bestehe ich nicht übermäßig auf einer Kommunikation – bevölkert mir nur erst einmal diese neue Welt, dann werden wir sehen, ob dort jemand ist, mit dem sich reden läßt. Geist ist Geist nicht ebenbürtig, meine Herren, ihr, die ihr ihn zuhauf erzeugt habt, wißt es wohl. Es ist keine Kunst, einem verpfuschten Geschöpf um der Reklamationen und Garantieansprüche willen Zutritt zu gewähren. Die Kunst ist es, gar nicht erst Pfusch zu machen!«

»Da weiß ich nun auch nicht«, stammelte Klapauzius. »Eure Majestät lassen uns bei der Projektierung völlig freie Hand? Wir können das vollkommene Sein nach eigenem Ermessen schaffen? Äh, wie soll ich sagen ... In aller Ehrerbietung ... Es wird also ein Duumvirat sein, kein Triumvirat, denn wir beide sollen alles machen, Eure Majestät hingegen nichts.«

Der König lachte.

»Was soll das nun wieder? Wieso denn nichts? Immerhin werde ich ja darüber entscheiden, ob euch die Schöpfung gelungen ist! Außerdem bin ich noch nicht fertig. Auf Details gedenke ich nicht einzugehen, ich an eurer Stelle würde verschiedene Prototypen ausprobieren und das Beste von allen in einen Knoten schürzen. Das jedoch ist eure Sache, ich sage euch, was ich vor allem will: Ihr sollt Gerechtigkeit für die Dauer einführen! Ihre Unumkehrbarkeit ist, um es deutlich zu sagen, ein Skandal! Was einmal passiert ist, läßt sich nicht rückgängig machen. Wer sich von seinen Nächsten das irdische Leben ruinieren lassen mußte, wird zur Vergütung des Ewigen Lichts teilhaftig. Die Wurst von morgen, selbst wenn sie unendlich lang ist, stillt nicht den Hunger von gestern. Eine solche Arithmetik will ich nicht, denn ich sehe darin keine Addition, in der die künftige Perfektion das vergangene Elend annulliert und noch ein Überschuß bleibt. Die Unumkehrbarkeit der Zeit ist die größte Unredlichkeit des Daseins: Wer zu leben beginnt, schadet sich selbst durch seine Unerfahrenheit, und wer auf das Ende zugeht, weiß zwar, wie und wozu etwas taugt, aber dann ist es im allgemeinen zu spät. Das göttliche Jenseits ist eine Station der letzten Hilfe, auf der nichts repariert, sondern nur selektiert wird: Ins himmlische Heer oder in Pech und Teer. Irgendwie wird nicht in Betracht gezogen, daß das Böse Resultat der unerbittlichen Natur der Zeit sein könnte. Knöpft euch die Zeit vor, ihr Herren! Wer einmal zu Fall gekommen ist, wird es annullieren können, und bessert er sich nicht nach dem ersten Rückfall, so wird es ihm nach dem zwanzigsten oder hundertsten langweilig werden oder er kommt zur Genesung.«

»Ja!« schrie Trurl, der nicht länger schweigen konnte. »Man kann ein anisotropes Universum schaffen! Eine anisotrope Welt mit Rückwärtsgang der Zeit! Er wird an speziellen Punkten eingeschaltet, die als singuläre Punkte des Kontinuums bezeichnet werden!«

»Warum das?« fragte der König interessiert.

»Weil die Herrschaft über die Zeit dadurch von der Stufe der technischen Entwicklung unabhängig gemacht wird«, erläuterte Trurl und strahlte, weil er darauf gekommen war, über das ganze Gesicht. »Das wird in dieser Welt eine so allgemeine Eigenschaft sein wie in der unseren die Schwerkraft! Und was heißt ›allgemein‹? Demokratisch!«

»Ich verstehe. Das sieht nicht schlecht aus. Wann führt ihr mir den Prototyp vor?«

»Vielleicht in zwei Wochen, Majestät«, erwiderte Trurl und sah seinen Kollegen an. »Nun? Was meinst du?«

Klapauzius fand keinen Geschmack an diesem plötzlichen Entschluß, aber er hatte genug von der Audienz und nickte.

Nach Hause zurückgekehrt, gerieten sie heftig in Streit. Auch bei der Arbeit stritten sie sich verbissen, den Termin aber hielten sie ein. Am verabredeten Tag erschienen sie bei Hofe. Sie zogen einen zweirädrigen Karren, der mit Geräten und Werkzeugen beladen war. Ganz oben standen mit Kabeln verbundene Kisten. Sogleich erschien auch der König, und im Audienzsaal, unter Vergoldungen, verblichenen Fahnen und Adelswappen, bauten sie ihre Apparate auf. Klapauzius zog die Schrauben fest, während Trurl wie aufgezogen schwatzte.

»In diesem größeren Kasten ist die Beschickung und in dem kleineren die Welt! Genau so, wie ich sie Eurer Majestät angekündigt habe: anisotrop, mit singulären Punkten, an denen man die Gänge einlegen kann. Der Zugang zu diesen Punkten ist für alle gleich und allgemein ... Wir haben auch mehrere Personen erdacht, die uns in Zukunft zur Erprobung weiterer Welten dienen sollen. Sie verfügen über ihren freien Willen, jeder kann nach Belieben schalten und walten, wir verleihen ihnen keinerlei Einstellungen und engen sie in nichts ein, damit wir uns auf die Authentizität ihres Verhaltens verlassen können. Natürlich kann keine dieser Probepersonen in jeder Welt ideal dieselbe sein, denn die radikale Abänderung der Ontologie läßt auch die Physiologie nicht unangetastet, aber es ist für die Erhaltung der Invarianz als Identität gesorgt. Sonst wäre es nämlich nicht möglich, die Essenz mit der Existenz in allen diesen Welten zu vergleichen ...«

»Und wie kann man dort hineinschauen?« fragte der König, der die heftige Betriebsamkeit von Klapauzius verfolgte und immer wieder störte, weil er mit den Füßen in die Kabel geriet.

»Vorläufig benutzen wir ein Provisorium. Wir setzen einen Pseudokristall auf das Existokop, ein Lasersignal wird am Ausgang kaskadenverstärkt, und dann ganz einfach mit dem Projektor ... irgendwohin ... an diese Wand vielleicht ...«

»Es kann losgehen!« sagte Klapauzius und erhob sich.

Trurl hielt den Stecker fest, der nur lose in der Steckdose saß (er hatte kein Isolierband, um ihn zu befestigen), und die Projektion begann. Die alabasterne Täfelung zwischen den Pilastern glomm rosa auf, ein Bild erschien, zunächst verschwommen und schwankend, dann sogleich scharf.

Die Zuschauer sahen, wie ein Ritter namens Marlipont, der zum Kreuzzug aufbrach, seiner Gemahlin gebot, ihm die Treue zu halten. Da er überdies ein mißtrauischer Mann war, schloß er sie in einem Eckturm seiner Burg ein und stellte vor die eisenbeschlagene Tür einen mit dem Schwert bewaffneten vertrauenswürdigen Diener. Um der größeren Gewißheit willen ließ er diesen Diener mit einem Fuß unterm Altan an die Mauer ketten, damit er seinen Posten nicht verlassen konnte. Er barg den Schlüssel unter dem Brustpanzer, überhörte das Flehen des Dieners, er möge ihm wenigstens ein Fäßchen Malzbier zugestehen, schwang sich aufs Roß und sprengte davon, der vom abziehenden Heer aufgewirbelten Staubwolke zu. Diese hatte sich noch nicht gelegt, als sein Nachbar Krößlin der Geblänkte, ein Freigeist, der nicht am Kreuzzug teilnahm, schon am Efeu den Turm emporklomm, in dem die schöne Adelsdame Zevinna Marlipont Moos spann, denn der Flachs war ihr ausgegangen, und sie konnte, da sie eingesperrt war, keinen neuen holen lassen.

Ungefähr in der Höhe des zweiten Stockwerks riß der Efeu, der sich nur schwach am Mauerwerk hielt, und fiel mit Krößlin dem Freigeist auf den steingepflasterten Hof, wobei sich der verunglückte Liebhaber beide Beine brach. Mit größter Hast und Mühe, vor Schmerz stöhnend und alle Welt verfluchend, kroch der Geblänkte zum Burggraben, wo getreue Knechte mit Pferden warteten. Er hieß sie, zwischen zweien der Tiere eine Trage zu schaffen, ihn hineinzulegen und schnurstracks zur Wohnstatt des alten Pfahlbold von Rüttel zu jagen, unter dessen Obhut die Temporaline des Dorfes stand. Dort angekommen, suchte der unglückselige Junker den Wächter zu veranlassen, den Hebel nach rückwärts zu stellen, doch jener weigerte sich und schützte ein Verbot Marliponts vor. Auf diese Möglichkeit vorbereitet, warf Krößlin einen prallen Beutel Dukaten auf den schmierigen Schemel, worauf der von Rüttel das Sehvermögen einbüßte und der Abkömmling, von seinen Dienern gestützt, unter das Dach treten konnte, das den Zeitmacher vor Wind und Wetter schützte. Krößlin schob den Haupthebel zurück, und zugleich wuchsen seine Beine zusammen. Er war im Rückwärtsgang von dem verhängnisvollen Montag in den vorhergehenden Sonntag geraten. Er schob wieder leicht vorwärts, nur nicht zu plötzlich, damit der Efeu wieder ordentlich festwuchs, und während er so die Zeit beschleunigte, sah er nach, ob der Himmel nicht Regen versprach, der das Wurzelsystem der Pflanzen so vorteilhaft beeinflußt.

Nach sechs Minuten, in denen er in weiser Voraussicht gute zwei Wochen abgewartet hatte, gab er der Zeit den gewöhnlichen Gang, warf sich aufs Pferd und galoppierte zum Turm. Der Efeu wirkte sehr gekräftigt, seine Wurzeln krallten sich in die Ritzen des Mauerwerks, am Fenster war niemand zu sehen, und so griff Krößlin in die Ranken, klomm empor und spähte ins Innere. Zevinna saß vor einem silbernen Frisiertisch und kämmte ihr Goldhaar. Er stieg ein, trat hinzu und umschlang sie von hinten. Sie zierte sich, ohne es freilich zu übertreiben. Als sie sich in den Armen lagen, erdröhnten auf den steinernen Stufen die eisernen Tritte des Gemahls, der unverhofft wiederkehrte, weil er vergessen hatte, sich von seiner Frau mit einer Schärpe umgürten zu lassen, auf daß das Kriegsglück ihm hold sei. Alle anderen nämlich trugen solche Schärpen. Die Unterhosen behinderten Krößlin, zum Fenster zu gelangen, der gewappnete Ritter trat ein, das Haupt neigend, um sich nicht am Türsturz das Visier einzurennen, übersah sofort die Lage und riß schon auf der Schwelle das Schwert aus der Scheide. Der wehrlose Krößlin kehrte ihm den Rücken, schwang sich in den Efeu und ließ sich hinab. Zevinnas Gemahl brüllte auf wie ein Stier, zwängte sich in die Fensteröffnung, daß der eisenbeschlagene Oberleib knirschte, und hieb kreuz und quer in das Rankengeflecht. Es gab sogleich nach, und Krößlin stürzte ab wie ein Stein. Dabei hatte der wackere, wenn auch verunglückte Liebhaber noch die Geistesgegenwart, an Zevinna, was die Stimme hergab, den Ruf zu richten, beim nächsten Mal keinesfalls die Schärpe zu vergessen!

Nun ging es Krößlin schlimm, denn er stieß im Fallen gegen einen Strebepfeiler, überschlug sich und knallte mit dem Schädel voran zu Boden. Den Schaden trug sein Verstand davon. Immerhin ächzte er noch, seine Diener warfen ihn auf die vorsorglich bereitgehaltene Trage und jagten erst im Galopp und dann im Trab zum alten Pfahlbold. Als Marlipont, der die Turmtreppe herabgedonnert war wie ein losgegangener Mühlstein, auf den Burghof gestürzt kam und schrie: »Ein Pferd! Ein Königreich für ein Pferd!«, betätigte Krößlin im Zeitwerk mit der taub werdenden Rechten bereits den entsprechenden Hebel. Er tat es so desperat, daß er aus dem April in den Januar zurückflog. Da es in der ungeheizten Temporaline zu kalt war, um auf den Beginn des Kreuzzugs zu warten, gab er einen kleinen Schub nach vorn, bis in die Iden des März und wieder bis zum Efeu.

Entweder hatte Zevinna den Zuruf des kopfüber vom Turm fallenden Liebhabers vernommen, oder Marlipont hatte auf die Schärpe verzichtet, jedenfalls herrschte diesmal, da Krößlin der goldhaarigen Dame gegenüberstand, Stille auf der Treppe, und der alte Wächter vor dem Turm schien dem Hungertod nahe. Der umsichtige Krößlin schob die Riegel vor, bevor er der Geliebten die Arme öffnete. Leidenschaftlich und selbstvergessen liebten sie sich im Turmgemach, hörten weder Käuzchenruf noch Mitternachtsgewitter. Im Morgengrauen erhob sich Krößlin, schwang wortlos die Beine übers Fensterbrett, glitt am Efeu hinab, sprang in den Sattel und jagte zur Temporaline. Ringsum ein Wald von Brennesseln, im Innern Stille, aber Vorsicht war geboten. Krößlin hielt mit einer Hand die nicht ganz zugeknöpfte Pluderhose fest und kroch, scharf nach allen Seiten spähend, auf Knien zum Tor – er tat gut daran, denn gleich darauf löste sich dicht über seinem Kopf ein Selbstschuß, aus einer Anlage, die ein Unbekannter inzwischen angebracht haben mußte. Erst dann stieß Krößlin die Tür auf und trat an den Hebel. Er machte aus dem Morgen den vorhergehenden Abend und stellte den Hebel in die Mitte. Dann wurde er plötzlich sehr geschäftig. Er knüpfte unter der Abdeckplatte eine Schlinge um den abgewetzten Hebelgriff, zog die Schnur über einen Dachsparren hinweg durch ein Loch im Dach zum First und von dort zur

Traufe. Hier band er ans Ende der Schnur einen leeren Eimer, der so zu hängen kam, daß er sich unter der schadhaften Dachrinne befand. Dann schob Krößlin Unrat zusammen, bedeckte damit die vom Hebel wegführende Schnur, spuckte in die Hände, schwang sich aufs Pferd und galoppierte zum Turm.

Der König zeigte sich von diesem Tun aufs Stärkste verwundert.

»Was soll denn das? Er hat doch einen neuen Tag mit einer neuen Nacht vor sich!«

»Bedenkt, allergnädigster Herr, daß er einer der Gewöhnlichen jener rückwärtigen Zeiten ist wie alle anderen dort«, suchte Trurl auf faßliche Weise die Erklärung zu geben. »Er weiß, daß es nichts kostet, sich auf die Wiederholung köstlicher Augenblicke zurückzuziehen, während die unerprobte Zukunft unbekannte Gefahren in sich bergen kann!«

»Und was ist mit diesem Eimer?«

»Er hat sich erinnert, daß es morgens stark geregnet hatte. Wenn es erneut, also ein weiteres Mal im Morgengrauen gießt, füllt sich der Eimer, seine Last betätigt durch die Schnur den Hebel, und alles wiederholt sich von selbst . . .«

»Dieser Freigeist erweist sich als verschlagener Zeitgeist!« sprach Klapauzius dazwischen. »Er hat die Schnur getarnt! Selbst wenn einer einträte, würde er nichts bemerken . . .«

Inzwischen neigte sich die Liebesnacht wieder ihrem Ende zu, Regenwolken zogen auf. Plötzlich wurden die Liebenden durch Hufgetrappel und Waffenklirren aus dem Schlaf gerissen. Barfuß sprang Krößlin zum Fenster und sah unten Gewappnete aufgezogen: sechs Marlipontische Schwager, die achthaben sollten auf Besitz und Zevinna. Sie waren da, denn ihre Güter lagen zweihundert Weglängen entfernt, also schon im benachbarten Zeitwerkkreis. Was nun? Am besten durch eine Schießscharte direkt in den Burggraben ...

Er entwand sich der furchtsamen Zevinna, griff in die dichten Ranken und ließ sich hinabgleiten, bis er plötzlich aufschrie vor Schmerz! Er sah auf, es war nicht Nacht, sondern Tag, er hing nicht im Efeu, sondern lag mit gebrochenen Beinen auf Felsgestein! Und Marlipont, hochragend und blechverkleidet, donnerte auf ihn herab:

»Ha, Schelm, Schurke, Schlemihl! Du gedachtest mich zu überlisten, aber ich habe es zum Zeitwerk nicht weiter als du, Ehebrecher! Warte, jetzt werde ich dich herzen und kosen!« Auf einen Wink von ihm wurde eine Figur aus Schmiedearbeit herbeigebracht, aufgestellt und aufgeklappt – sie war innen mit Nägeln ausgeschlagen! Oh, das wurde ernst, Krößlin kannte die Eiserne Jungfrau sehr wohl! Angestrengt hielt er Ausschau nach dem Regen, es fielen nur klägliche Tropfen, spärlich wie die Tränen eines Kätzchens ... Schon fühlte er sich von den Knechten bei Nacken und Schamteil gefaßt und in das eiserne Innere gepackt, wo nadelspitz die Nägel standen, jetzt brauchte einer nur alles zuzuklappen und ... Ein Donnerschlag dröhnte, und es goß wie aus Zubern.

»Nicht abhalten lassen, Hundesöhne! Los, los, keine Ziererei! Zumachen und verriegeln!« kommandierte Marlipont, und die Zähne blitzten durch die Spalten des Visiers. Ein Wolkenbruch! Wenn nur die Schnur nicht riß ... Krößlin täuschte einen Schwächeanfall vor, sackte zusammen und rutschte den Schergen aus den Händen. Sie zerrten ihn hoch, schon spürte er im Rücken die ersten Spitzen, er schrie auf – und fiel der Länge lang hin.

Dunkel und Stille, Nieselregen. Er betastete die Hüften: Alles heil. Die Beine: Sie konnten nicht gerader sein. Ohne den Eimer wäre es mit mir ausgewesen, dachte er. Dieser Dummkopf Marlipont! Er hat sich nicht für die Schnur interessiert, woher denn, dem Herrn sei Dank, daß er ihm keinen Verstand verliehen hat ... Was nun? Wo bin ich? Dort ist der Burggraben. Die Mauer, der Turm. Zevinna? Nein, jetzt nicht zu ihr! Der vor Wut verrückte Marlipont muß zur Temporaline gerannt sein, also nichts wie hin, um ihm zuvorzukommen!

Krößlin stürmte los, merkte aber bald, daß es mit dem Laufen nicht recht ging. Was war das? Warum machte er so kleine Schritte? Herrgott, die Beine waren geschrumpft! Er griff sich ins Gesicht – der Bart war weg! Gewiß war Marlipont schon in der Temporaline und nahm ihm nicht nur eine Woche oder ein Jahr, sondern ein gutes Jahrzehnt weg, dann würde er ihn suchen und umbringen wie einen jungen Hund ...

Wie also weiter? Ins Dorf, sich unter die barfüßigen Kinder mischen, einen stummen Trottel spielen? Ein gemeiner Zustand! Und würde ihn der eifersüchtige Ehemann nicht doch herausfischen? Er war alt gewesen, würde jetzt also erst auf die dreißig zugehen ...

Krößlin rannte dennoch weiter, immer auf die Temporaline zu. Plötzlich sah er Feuerschein. Das Dorf stand in Flammen. Noch rechnete er an den Fingern nach, wie alt Zevinna jetzt sein mußte, die kleine Zevinna ... Zwölf? Dann würde sie im Haus ihres Vaters, des Marquis von Hamsterband, Krinolinen für ihre Puppen schneidern ... Wie das brannte! Wenn es nur nicht das Zeitwerk erwischte, denn auch die Kate des von Rüttel stand in Flammen. Retteten die Bauern in ihren Kitteln das Hab und Gut ins Freie? O nein, sie schleppten erschlagene Krieger beiseite, um ihnen die Stiefel auszuziehen. Der Pöbel plünderte das Schlachtfeld ... In einer Reihe lagen die Toten, sie trugen die Farben Marliponts, und dieser kam eben aus dem Feuer gestürzt, eisenrasselnd, aber ohne Waffen und ohne Helm, und hinter ihm zwei Schwager, beritten, mit dem Schwert in der Faust! So war das also ... Das Vermögen hatte ihnen ins Auge gestochen, und so war aus der Obhut ein Überfall geworden! So konnte seinem Glück nur ein Hohlkopf nachhelfen, kein Ritter des Chronos ...

Krößlin riß Hosen und Kittel, die zum Trocknen überm Zaun hingen, an sich, rannte zum Brunnen, tränkte sie mit Wasser, warf sich die triefenden Lappen um den Kopf und eilte zur Temporaline, die bereits loderte. Seine Brauen wurden versengt, die Hitze verschlug ihm den Atem – und die Tür gab nicht nach, als sei sie von innen versperrt! Er sprang über den Zaun, ein Kind ist geschwinder und gelenkiger als ein Erwachsener, riß dem ersten, der dort lag, das Terzerol aus dem Gürtel und prüfte, ob Pulver auf der Pfanne war. Jawohl! Er sprang zurück ans Fenster, auf dieser Seite qualmten erst die Dielen, aber über das Strohdach huschten schon die ersten blauen Flämmchen. Er reckte sich auf die Zehenspitzen, um ins Innere zu sehen – dort lag Pfahlbold mit durchgeschnittener Kehle, die Füße an der Tür. Darum war sie nicht aufgegangen ...

Es gab kein anderes Mittel. Er zielte auf den brennenden Hebel. Hoffentlich gab er ihm keinen zu großen Schwung, sonst würde er so weit rückwärts schnellen, daß es Krößlin nicht mehr geben würde.

Er drückte ab, aber den Knall hörte er nicht mehr. Er lag auf dem Rücken und sah über sich einen unermeßlichen Himmel in wolkig-trübem Grau. Der Wind brauste, sonst war es still und öde. Krößlin hatte Angst, sich zu regen. Wie komme ich an den Hebel, wenn ich ein Säugling bin? war sein erster Gedanke. Er strich sich übers

Gesicht – immer noch ein Milchbart. Er faßte sich in den Mund – Zähne waren da. Wenigstens etwas. Waren es noch die Milchzähne? Er suchte mit der Zungenspitze die Backenzähne zu zählen, schaffte es aber nicht.

Er machte einen Sprechversuch.

»Sapperlipopette!« kam es laut heraus. Ein Wickelkind war er also nicht mehr.

Er sprang auf und eilte zum Zeitwerk. Das war sein Sinnen und Trachten, nicht er selbst, ihm war egal, ob er acht oder vierzehn war. Er mußte auf einen Schemel steigen, um an den Hebel zu kommen (die Kugel hatte doch Pfeffer gehabt!). Er packte ihn mit beiden Händen, stemmte sich, als das nicht reichte, mit dem ganzen Körper dagegen – und schrie auf vor Schreck, als er mit dem Scheitel an die Decke knallte. Er war gewachsen und nicht rechtzeitig vom Schemel gesprungen ... Zuerst rieb er sich die auf dem Kopf schwellende Beule, dann die Oberlippe: Es gab keinen besseren Zeitmesser als den Bartwuchs! Prima, er sproß!

Er stoppte die Zeit um Mitternacht. Wie wunderbar wäre es doch, wenn man sie um ein Vierteljahrhundert zurückdrehen könnte, dorthin, wo Marlipont mitsamt seinen Schwagern noch in den Spielhöschen steckte! Aber dann würde er, Krößlin, nicht nur zum Kleinkind, sondern zum Nichts, denn damals war er noch nicht auf der Welt! Oh, wie schade, dachte er, ich hätte die Kerle mit nackten Fäusten aus der Wiege gerissen ... Auch nach vorwärts ließ sich nicht viel tun, denn wie rasch würde Zevinna zur Matrone, und wer weiß, ob in Zukunft nicht einer hier am Hebel stehen und das Schwert zücken würde – auch das ist schon vorgekommen ...

Er überlegte immer noch, was er tun sollte, als es einen Schlag gegen die Tür tat. Sie war mit einem Brett verrammelt, und eine Baßstimme erteilte den Befehl, sogleich einen Rammbock herbeizuschaffen. Krößlin drehte die Zeit schnell eine Woche zurück, und es war wieder still. Da bin ich nun Herr über die Zeit, dachte er, aber ich kann mich keinen Schritt von hier wegrühren. Eine schöne Herrschaft! In der eigenen Schlinge gefangen! Bis ans Ende meiner Tage im Zeitwerk sitzen wie in einem Zuchthaus oder zwischen Plusquamperfekt und Futurum hin und her schaukeln, nein! Impossibile est! Dann werde ich bald vor Hunger krepieren. Wer macht sich denn schon wieder da draußen am Riegel zu schaffen? »Laß mich ein, Liebster«, wispert es, »ich bin es, Zevinna!«

Krößlin band vorsichtshalber die Schnur an den Hebel und spähte durch eine Ritze. Wenn es nicht Zevinna war, würde er kräftig ziehen, bevor der da draußen durch die Bretter schießen könnte, ja, selbst wenn er tot umfiele, würde er die Existenz weit zurückstoßen und nachher auferstehen. Dabei ging es recht wild zu. Manchmal, in drängender Not, riß man den Hebel auf sich zu, daß die Zeit surrend rückwärts jagte, und in den Winkeln, an den Wänden, auf dem Boden erschienen verkrümmte Leichen, wurden in umgekehrter Agonie lebendig, krallten die Finger in die blutüberströmten Dielen und verschwanden wie Rauch. Stoppte man jäh diesen Lauf, so konnten der Zeit zwei tödlich verklammerte Gestalten entstürzen und einen in die Seite stoßen, daß man fast den Hebel fahren ließ

Nein, es war wirklich Zevinna. Er öffnete ihr, sie flog ihm an die Brust. »Rette mich! Tue etwas, daß es ihn nicht mehr gibt, daß er nie geboren wurde! Sieh nur, wie er mich schlägt!« Sie zeigte ihm blaue Flecken und Schrammen auf den Schultern . . . Er trug ihr erst einmal auf, einen Happen Essen zu besorgen, sei es nur ein Gerstenfladen mit Quark. Kaum war sie gegangen, erscholl Hufgetrappel, das Schnauben sich bäumender

Pferde. Was war das? Als Krößlin die Stimme Marliponts hörte, der der entflohenen Zevinna nachsetzte, packte ihn die Wut, und er schob die Zeit um ein Jahr zurück – er mußte es tun, saß nun aber wieder da ohne Speise und Trank. Er manövrierte hin und her, bis er ganz und gar festsaß – eingekreist nicht mehr nur von den Schwagern und von Marliponts Bande, sondern der Burggraf selbst, dazu Bettler, königliche Spitzel, das Offizierskorps der Festungsgarnison (die Troßknechte fuhren Kanonen auf!), Stadtleute mit Söldnern, die das Getreidegeschäft annullieren wollten, Räuber, Massen von Volk – alles das biwakierte rund um die Temporaline und hielt Krößlin darin fest. Schon rüstete man Greise mit Waffen aus, und einer Knabenschar wurde der Umgang mit Musketen beigebracht. So saß der Unglückliche von beiden Seiten der Zeit in der Falle – die Alten schnitten ihm den Weg nach rückwärts, die Jungen den nach vorwärts ab! »Er ist umzingelt, ergebe Er sich auf ritterliches Ehrenwort!« schrien sie, denn sie hatten Angst, er könne aus Verzweiflung etwas mit den Hebeln anstellen! Draußen stritten sie nämlich schon, ob er von den Städtern oder vom Burggrafen in den Stock geschlossen, ob er in die Verliese Marliponts oder in die der Schwäger geworfen werden sollte, und so hatte er nur die Wahl zwischen einem schändlichen und einem ehrenhaften Ende. Der Tapfere, dem es nicht beschieden war, die Zärtlichkeiten der schönen Zevinna zu genießen, wählte den schrecklicheren, erhabenen Ausweg: Er gab volle Kraft rückwärts, nicht ohne den Hebel zuvor mit dem Strick fest an einen Eckbalken gebunden zu haben – die Zeit würde weiter rückwärts eilen, er aber würde alle anderen mit sich ins Nichts reißen!

Krößlin verschwand schneller als ein Nebelstreif im Sturm, und sogleich folgten ihm die anderen. Erst als in lange zurückliegenden Jahrhunderten der Strick erschlaffte, kehrte der Hebel von selbst in die mittlere Stellung zurück. Da aber waren um die Temporaline bereits Bäume emporgeschossen, sie lag in undurchdringlichem Urwald, Wisente scheuerten sich an den Ecken. Nach Monaten erschien ein von seiner Herde getrenntes zottiges Nashorn, stieß brüllend die morsche Tür ein – und verging wie Rauch, denn es hatte mit dem Horn den Hebel angestoßen. Anstelle des Eichenwalds zogen sich Moore mit Rhododendren und nacktsamigen Farnen hin, offenbar eine Art Karbonzeit: keine menschliche Ansiedlung, nicht einmal mehr die Temporaline, nichts mehr außer einem singulären Punkt, über dem regenbogenfarben die Luft wogte und flimmerte ...

Trurl schaltete den Projektor ab und rollte die Kabel ein. Der König setzte sich wortlos auf den Thron. Man sah ihm an, daß er von der Vorführung nicht allzusehr erbaut war.

Klapauzius räusperte sich.

»Um Eure Majestät nicht zu langweilen, fasse ich die Angelegenheit in drei Worten zusammen. Der Prozeß, den Majestät sahen, ist typisch. Die Intrige ist belanglos, strebt aber, wie immer sie auch sei, stets einem ähnlichen Finale zu. Die Aktivitäten der Antagonisten ziehen sich auf einen immer kürzer werdenden Radius zum Zentrum hin, das ein singulärer Punkt ist, ein Ort also, von dem aus man den Lauf der Zeit regieren kann. Vergrößert man die Reichweite der einzelnen Zeitwerke, so verringert sich mit deren Zahl auf dem Planeten auch die Zahl der Zentren des Kampfes. Ist die Reichweite gering, gibt es viele dieser Zentren und entsprechend mehr Brennpunkte für Feindseligkeiten. Das ändert jedoch nichts am Wesen der Sache. Man kann es einrichten, daß der Weichensteller der Zeit von der verursachten Veränderung nicht selbst erfaßt wird. Auch das aber trägt nichts Neues bei. Die Person, die sich als letzte in der Temporaline befindet, wird dann nämlich gezwungen, in eine sehr tief versunkene Vergangenheit zu fliehen, und da die Herrschaft über die Zeit den Menschen nicht gleichgültig sein kann, verdammt die Logik des Konflikts jene Person dazu, in eine Epoche zu entweichen, in der es überhaupt keine Menschen gibt. Damit unterliegt sie der Verstoßung aus der Geschichte und nimmt an den Kämpfen um das Zeitwerk nicht mehr teil. Befindet sich auf einem Planeten nur ein einziger singulärer Punkt, so entsteht nur eine Macht, die von zentrifugalen Tendenzen und von einem zentralen Ringen um die Herrschaft über das Steuer der Zeit bedrängt wird, wobei die Empfehlungen der weisesten Personen darauf hinauslaufen, den singulären Punkt jedermanns Zugriff zu entziehen, indem man ihn beispielsweise durch Explosionen tief unter die Lithosphäre des Planeten preßt. Führt man aber statt der singulären Punkte eine Zeitenregelung in Form der Chronomotion ein, so entstehen Chronoklasmen, Eskapaden, Beutezüge; temporale Conquista und chronisches Gangstertum treten ebenso auf wie Versuche der Monopolisierung chronomotiver Techniken, die freilich stets erfolglos sind, denn was die einen entdeckt haben, verstehen die anderen früher oder später zu wiederholen. Wird hingegen eine Neuzeitlichkeit in Gang gesetzt, so kommt es zu Kriegen in der Zeit. Die strategische Idee besteht darin, den Gegner von der Seite der Zukunft her einzukreisen und auf den Grund der Entwicklung – in die Vergangenheit – zu stoßen. Auch hier setzt also wieder ein Rückschritt ein. Wer die Zeit in der Hand hat, besitzt die Macht. Folglich tobt darum ein Kampf, der noch durch die Entdeckung neuer Angriffs- und Verteidigungstaktiken in der zeitlichen Dimension verstärkt wird . . .«

»Wie ich sehe, ist eine umkehrbare Zeit Quelle neuen Elends statt Nutzens«, sagte Hippolypp verdrossen. »Habt ihr kein Mittel dagegen?«

»Herr«, erwiderte Trurl, »wir haben versucht, die Bewegungen in der Zeit durch Akzelerationsdrosseln und andere Sicherungen zu beschränken, aber dann ist das erste Ziel der Beteiligten, diese Schranken zu beseitigen.«

»Nun gut. Wenn man nun aber eine Zivilisation mit einer reichen Geisteskultur und einem hohen ethischen Standard nimmt, eine liberale, humanistische, pluralistische Gesellschaft?«

»Eine solche können wir auf der Stelle programmieren, allergnädigster Herr«, sagte Klapauzius. »Wir haben es in der Überzeugung unterlassen, daß auch dabei nichts herauskommt, aber da es Euer königlicher Wille ist, so bitten wir, es anzuschauen ... Trurl!«

Der Angesprochene drückte geschickt einige Tasten, tauschte mehrere Stecker um, drehte den Verstärker auf und holte tief Luft.

»Fertig.«

»Welche Matrix?«

»Die Zeit als Funktion von Veränderungen der Gravitationskonstante.«

Wieder fiel helles Licht auf die alabasterne Täfelung. Trurl stellte das Bild scharf.

Cresslin beugte sich über den Tisch.

»Ist sie das?« fragte er, während er eine Serie von Momentaufnahmen betrachtete.

»Ja.«

Der General fingerte mechanisch an seinem Hosenschlitz.

»Sevinna Morribond. Erkennst du sie nicht wieder?«

»Nein. Damals war sie neun.«

»Du mußt bedenken, daß sie dir keinerlei technische Details liefern wird. Du sollst von ihr nur herausbekommen, ob sie schon über die Chronde verfügen und ob sie einsatzbereit ist.«

»Das soll sie wissen? Sind Sie sicher?«

»Ja. Er ist kein Schwätzer, hat aber vor ihr keine Geheimnisse. Ihm ist jedes Mittel recht, wenn er sie nur halten kann. Fast dreißig Jahre Altersunterschied!«

»Liebt sie ihn?«

»Ich glaube es nicht, eher imponiert er ihr. Du stammst aus derselben Gegend wie sie. Das ist gut. Erinnerungen an die Kindheit. Gehe nicht zu scharf ran. Ich empfehle dir Zurückhaltung, männlichen Reiz. Du kannst das.«

Cresslin schwieg. Sein Gesicht wirkte konzentriert wie das eines Chirurgen am Operationstisch.

»Heute werde ich abgesetzt?«

»Ja, jede Stunde ist kostbar.«

»Verfügen wir über eine einsatzfähige Chronde?«

Der General räusperte sich ungeduldig.

»Du weißt sehr gut, daß ich dir das nicht sagen darf. Vorläufig dauert das Gleichgewicht an: Sie wissen nicht, ob wir, wir wissen nicht, ob sie sie haben. Wenn sie dich erwischen ...«

». . . quetschen sie mir die Därme aus, um es zu erfahren?«

»Du begreifst wohl.«

Cresslin richtete sich auf, als kenne er das Gesicht der Frau von den Fotos nun auswendig.

»Ich bin bereit.«

»Denk an das Gläschen!«

Er gab nicht einmal eine Antwort und hörte die Worte des Generals nicht mehr. Aus metallenen Trichtern ergoß sich das Licht der Leuchtröhren auf das grüne Tuch des Tisches. Wie von einem Tritt gestoßen, flog die Tür auf, ein Adjutant kam, ein Band in der einen Hand, mit der anderen die Uniformjacke zuknöpfend, hereingestürzt.

»Konzentrationen um Hassy und Doepping, General! Alle Zufahrten abgeschnitten!«

»Moment. Cresslin, Sie wissen Bescheid?«

»Jawohl.«

»Viel Erfolg.«

Der Kran stoppte. Die Rasendecke schob sich zurück und kehrte auf ihren Platz zurück. In den Duft des feuchten Laubs mischte sich der beißende, aber fast angenehme Geruch der Nitride. Die erste Stufe wird geheizt, dachte er. Die Handlampen der entfernter Stehenden rissen die Maschen des Tarnnetzes aus dem Dunkel.

»Anakoluth!«

»Avocado.«

»Bitte folgen Sie mir.«

Er folgte dem untersetzen, barhäuptigen Offizier durch die Finsternis. Der schwarze Schatten des Helikopters gähnte darin wie ein Rachen.

»Ist die Reise lang?«

»Sieben Minuten.«

Der nächtliche Brummer erhob sich dröhnend, ging bald im Gleitflug nieder, und der Rotor wirbelte noch, als sie in unsichtbarem Gras standen, das, von dem fegenden Wind der Maschine bewegt, an den Beinen kitzelte.

»Zur Rakete.«

»Ja, zur Rakete, aber ich sehe nichts. Ich bin geblendet.«

»Ich führe Sie an der Hand«, sagte eine Frauenstimme. »Hier drinnen ist der Smoking, bitte ziehen Sie sich um. Dann legen Sie diesen Überzug an.«

»Auch über die Füße?«

»Ja. Socken und Lackschuhe sind in diesem Behälter.«

»Soll ich barfuß abspringen?«

»Nein, in diesen Socken. Sie wickeln sie dann mit dem Fallschirm zusammen. Werden Sie es sich merken?«

»Ja.«

Er ließ die feste kleine Frauenhand los und zog sich in der Dunkelheit um. Ein goldenes Quadrat. Ein Zigarettenetui? Nein, das Feuerzeug. Ein Lichtstreif.

»Cresslin!«

»Jawohl.«

»Fertig?«

»Fertig!«

»Dann folgen Sie mir zur Rakete!«

Ein scharfer Lichtstrahl beleuchtete die silbrig glänzende Aluminiumleiter, deren Spitze in der Schwärze verschwand. Es war, als sollte er zu Fuß zu den Sternen steigen. Die Klappe war offen. Er legte sich auf den Rücken, der glitzernde Plastikkokon knisterte, klebte an Kleidung und Händen.

»30, 29, 28, 27, 26, 25, 24, 23, 22, 21, 20. Achtung, noch 20 bis Null, 16, 15, 14, 13, 12, 11, Achtung, in sieben Sekunden Start. Vier, drei, zwei, eins, null.«

Der Donnerschlag, der ihn emportrug, kam ihm schwach vor, er hatte ihn stärker erwartet. Die glänzende Blase aus Plastik schmiegte sich an wie ein lebendes Wesen und verklebte – verdammt noch mal! – den Mund. Mühsam entfernte er die lästige Haut und schnappte nach Luft.

»Achtung! Noch 45 Sekunden bis zum Gipfel der ballistischen Flugbahn. Soll ich schon zählen?«

»Nein, erst ab zehn.«

...

»Achtung! Apogäum der ballistischen Flugbahn. Vier

Wolkenschichten, Cirro-stratus und Cirro-cumulus. Unterhalb der letzten beträgt die Sicht 600. Bei Rot betätige ich den Ejektor. Ihr Fallschirm?«

»In Ordnung, danke.«

»Achtung! Zweiter Ast der ballistischen Kurve, erste Wolkenschicht, Cirro-stratus. Zweite Wolkenschicht. Temperatur minus 44. Am Boden plus 18. Achtung! Noch fünfzehn Sekunden bis zum Ausstoß! Zielanflug, null auf hundert. Seitenabweichung normal, Wind NN2 6 Meter pro Sekunde, Sicht 600, gut. Achtung, Ausstoß! Viel Erfolg!«

»Auf Wiedersehen«, sagte Cresslin und empfand sogleich das Groteske dieser Worte, die an jemanden gerichtet waren, den er nie gesehen hatte und niemals sehen sollte.

Er fiel ins Dunkel, hinausgeschossen in die von der Geschwindigkeit widerstehende Luft. In den Ohren pfiff es, er überschlug sich. Plötzlich riß ihn etwas mit leichtem Knallen hoch, sein Kopf fuhr empor, als zöge ihn jemand an unsichtbarer Angel aus der Finsternis. Er sah aufwärts – die Kuppel des Fallschirms war nicht zu erkennen.

Gute Arbeit.

Er wußte nicht, wie schnell er fiel. Unter den Füßen schimmerte etwas auf. So hell, zum Teufel! Wenn es nur nicht dieser kleine See war. Die Chancen standen 1 : 1000, aber was ließ sich tun ... Ein gleichmäßiges, leichtes Rauschen drang an sein Ohr, als er mit den Füßen die wogende Oberfläche erreichte. Es war Getreide. Er tauchte hinein, der Fallschirm sank auf ihn herab. Gebückt löste er die Riemen und begann den sonderbaren flauschigen Stoff zusammenzuwickeln, der in der Berührung an Spinngewebe erinnerte. Er wickelte und wickelte – es war mühsam, er brauchte wohl eine halbe Stunde. Vorläufig war er aber im Zeitplan.

Sollte er schon die Lackschuhe anziehen? Ja, es war besser. Die Plastikhaut reflektierte das Licht. Er riß sich diese Hülle, die weich war wie Zellophan, vom Leibe, als packe er sich selber aus. Ein nächtliches Souvenir. Ein Geschenk. Die Lackschuhe, das Taschentuch, das Taschenmesser, die Visitenkarten.

Wo war das Gläschen?

Das Herz schlug schneller, aber die Finger hatten das Gesuchte schon gefunden. Er konnte es nicht sehen, der Himmel war ganz mit Wolken bedeckt, aber beim Schütteln spürte er ein Gluckern. Es enthielt Wermut. Noch riß er den hermetischen Folienverschluß nicht ab, dafür war später Zeit, wie leicht konnte er stolpern und alles verschütten. Er steckte das Gläschen wieder in die Tasche, stopfte den Fallschirm in den Behälter, packte auch die dicken Sprungsocken und den zerrissenen Plastikkokon dazu. Angeblich sollte bei der Sache kein Brand entstehen, aber war das sicher? Sollte er nicht wenigstens dieses Getreide verlassen?

Die Instruktion weiß es am besten.

Er tastete auf dem Boden des Behälters nach dem Griff, steckte den Finger hindurch und zog daran, als öffne er eine Bierdose. Dann warf er alles auf den niedergetretenen Platz, wo er gelandet war, und wartete.

Nichts, nur ein bißchen Rauch. Keine Flamme, keine Funken, kein Lichtschein. Ein Blindgänger?

Er griff blindlings zu und hätte fast aufgeschrien: Dort war nichts mehr von dem prallen Behälter voller Gewebe und Leinen, nur ein Häufchen warmer, aber nicht sengender Überreste wie verkohltes Knüllpapier.

Gute Arbeit.

Er prüfte den Sitz von Smoking und Fliege und betrat die Straße. Eilig, aber nicht so schnell, daß er ins Schwitzen geraten wäre, ging er am Straßenrand entlang. Ein

Baum, aber was für einer? Die Linde? Nein, wohl noch nicht. Eine Esche. Wirklich? Nicht auszumachen. Die Kapelle sollte nach dem vierten Baum kommen. Ein Meilenstein. Es stimmte.

Die geweißte Wand der Kapelle schimmerte aus der Nacht. Er tastete nach der Tür. Leicht ging sie auf. Nicht etwa zu leicht? Und wenn die Fenster nicht verdunkelt waren?

Er setzte das Feuerzeug auf den Steinfußboden und knipste es an. Ein weißer, klarer Lichtschein erfüllte den geschlossenen Raum und ließ die matten Vergoldungen des kleinen Altars ebenso erglänzen wie die Fensterscheibe, die von außen mit etwas Dunklem zugeklebt war. Cresslin benutzte dieses Glas als Spiegel, betrachtete sich von allen Seiten mit größter Aufmerksamkeit, prüfte nacheinander den Rücken, die Ärmel und die Aufschläge des Smokings und sah nach, ob nicht irgendwo noch ein Stück der Plastikhaut an ihm haftete. Er zupfte das Tüchlein in der Brusttasche zurecht und erhob sich auf Zehenspitzen wie ein Schauspieler vor dem Auftritt. Sein Atem ging ruhig, in der Luft hing ein schwacher Geruch, als hätten vor kurzer Zeit noch Kerzen gebrannt. Er löschte das Feuerzeug und trat, wieder im Dunkeln, aus der Kapelle, stieg vorsichtig die steinernen Stufen hinab und sah sich um. Alles lag verlassen. An manchen Stellen schimmerten weiß die Ränder der Wolken, der Mond kam nicht durch, es war anständig dunkel.

Auf dem Asphalt gleichmäßig ausschreitend, fühlte Cresslin mit der Zungenspitze nach der Krone des einen Weisheitszahns. Was mochte dort drinnen stecken? Natürlich keine Chronde, nicht einmal ein Fernzünder dafür. Gift konnte es aber auch nicht sein, er hatte bemerkt, was der »Zahnarzt« mit der Pinzette in den Hohlraum der Goldkrone gesteckt hatte, bevor alles mit Zement befestigt wurde: ein Korn, weniger als erbsengroß, bunt wie eine Liebesperle. Ein Sender? Aber wo war das Mikrofon? Warum hatten sie ihm kein Gift gegeben? Offenbar war es nicht nötig.

Hinter einer Baumgruppe tauchte das Haus auf, hell erleuchtet, geräuschvoll, die Musik drang weit in den dunklen Park. Auf den Rasenflächen tanzte der Abglanz der gleißenden Fenster. Im Obergeschoß, auf Kandelabern, brannten Kerzen, jede auf einem Lichtbänkchen, das das Herabtropfen des Wachses verhinderte. Cresslin zählte die Zaunpfähle. Beim elften machte er halt und verbarg sich im Schatten eines Baums. Er drückte gegen den Drahtzaun, dessen oberer Teil sich sogleich federnd einrollte. Er stieg über den stehengebliebenen unteren Teil und befand sich im Garten, schlich, immer im Schatten, bis zu einem trockenliegenden Springbrunnen, zog das Glas aus der Tasche, lockerte mit dem Daumen die Folie, die es verschloß, riß sie ab, zerknüllte sie, steckte sie in den Mund und schluckte sie mit einem kleinen Schluck Wermut hinunter. Nun ging er, das Aperitifglas in den Fingern, mitten auf dem Gartenweg zum Haus, lässig und ungezwungen, ohne Eile, ein Gast, der, vom Tanzen erhitzt, Kühlung gesucht hatte und von einem kleinen Spaziergang zurückkehrte. Er putzte sich die Nase, nahm das Glas von einer Hand in die andere. Unter den Schatten derer, die beiderseits der Tür standen, sah er keine Gesichter, sondern fühlte nur die Blicke, die ihn achtlos streiften.

Auf der ersten Treppe war das Licht fast azurn, auf der zweiten von einem warmen Gelb. Die Musik spielte einen Walzer. Alles glattgegangen, dachte er. Nicht gar zu glatt? Im Saal herrschte Gedränge, es dauerte, ehe er die Gesuchte entdeckte. Sie stand umringt von Männern, die

Ordensbänder in den Aufschlägen trugen, und er befand sich nur noch zwei Schritt von ihr, als es auf der anderen Seite des Saales krachte: Ein livreebekleideter Diener war mit seinem gläsergefüllten Tablett so schwungvoll hingefallen, daß der rote und weiße Wein nach allen Seiten spritzte. So ein Tölpel! Alle wandten wie auf Kommando die Köpfe dorthin, nur Cresslin hielt den Blick auf Sevinna gerichtet. Sie war erstaunt, aber kaum betroffen.

»Sie erkennen mich nicht wieder, nicht wahr?« fragte er.

»Nein.«

Sie sagte es, um ihn abzuweisen, nicht zu Wort kommen zu lassen. Er lächelte gelassen.

»Vielleicht erinnern Sie sich dann an das schwarze Pony mit der weißen Blesse? Und an den Jungen, vor dessen Luftballon es gescheut hat?«

Ihre Lider kamen in Bewegung.

»Das waren Sie?«

»Jawohl.«

Es bedurfte keiner gegenseitigen Vorstellung – sie hatten einander schon als Kinder gekannt. Er tanzte nur einmal mit ihr, dann hielt er sich eher auf Distanz. Dafür ging sie – es war bald zwei Uhr – mit ihm in den Park. Sie schlüpften durch Türen, die nur sie kannte. Als er neben ihr die Wege entlangschritt, sah er bald hier, bald dort im Schatten der Bäume Männer stehen. So viele! Als er den Zaun überwand, hatte er sie nicht bemerkt. Seltsam ...

Sevinna sah ihn an. Ihr Gesicht schimmerte weiß im Licht des Mondes, der die Wolken bezwungen hatte. Ganz wie es sein sollte – in der zweiten Hälfte der Nacht.

»Ich hätte Sie nicht wiedererkannt, und doch erinnern Sie mich an jemanden. Nicht an jenen Jungen. An einen anderen, wohl einen Erwachsenen.«

»An Ihren Mann«, sagte er phlegmatisch. »Als er 26 war. Sie müssen ihn von Fotos kennen – aus jener Zeit.«

Sie blinkerte mit den Lidern.

»Aber ja! Woher wissen Sie das?«

Er lächelte.

»Pflichtgemäß. Die Presse. Kriegskorrespondent, nur zeitweilig, mit ziviler Vergangenheit.«

Sie achtete nicht auf seine Worte.

»Sie stammen aus derselben Gegend wie ich. Das stimmt nachdenklich.«

»Wieso?«

»Es ist sogar ... irgendwie schlimm. Ich weiß nicht, wie ich es nennen soll. Fast habe ich Angst.«

»Vor mir?«

Er war ehrlich, naiv, verwundert.

»Nein, nein, aber das ist wie ... wie eine Fügung des Schicksals. Diese Ihre Ähnlichkeit und die Tatsache, daß wir uns als Kinder kannten.«

»Was ist denn dabei?«

»Ich kann es Ihnen nicht erklären. Es ist wie eine Anspielung ... auf diese Nacht. Als würde es etwas bedeuten.«

»Sind Sie abergläubisch?«

»Gehen wir zurück, es wird kühl.«

»Man darf nie die Flucht ergreifen.«

»Was meinen Sie nun wieder damit?«

»Man darf dem Schicksal nicht ausweichen. Das ist unmöglich.«

»Daß Sie es nur wissen.«

»Wo ist Ihr Pony?«

»Und wo Ihr Luftballon?«

»Dort, wo wir in hundert Jahren sein werden. Alle Dinge lösen sich in der Zeit auf. Es gibt kein stärkeres Lösungsmittel.«

»Sie tun ja gerade, als wären wir alte Leute.«

»Die Zeit ist für die Alten tödlich, aber unbegreiflich für alle.«

»Glauben Sie?«

»Ich weiß es.«

»Und wenn nicht?«

»Wie bitte?«

»Nein, nichts.«

»Sie wollten etwas sagen.«

»Das schien Ihnen nur so.«

»Es schien mir nicht so, denn ich weiß, was es war.«

»Nanu!«

»Ein einziges Wort.«

»Welches?«

»Chronde.«

Sie erbebte. Das war Schrecken.

»Was sagen Sie ...«

»Bitte haben Sie keine Angst. Wir beide sind ein Paar von Outsidern, die Bescheid wissen – außer Ihrem Mann und den Experten des Doktors Souvy. Denen im Zentrum Neggeneu.«

»Was wissen Sie? Woher?«

»Ich weiß dasselbe wie Sie.«

»Unmöglich! Es ist geheim!«

»Darum würde ich dieses Wort auch keinem Menschen außer Ihnen sagen. Ich wußte, daß Sie es kennen.«

»Wie konnten Sie wissen? Sie ... riskieren sehr viel. Wissen Sie das auch?«

»Ich riskiere nichts, denn meine Informationen sind weder mehr noch minder legal als die Ihren. Mit dem Unterschied, daß ich weiß, von wem Sie sie haben, Sie aber nicht wissen, woher ich sie habe.«

»Das ist kein Unterschied zu Ihrem Vorteil. Woher wissen Sie es?«

»Soll ich sagen, woher Sie es wissen?«

»Wissen Sie auch ... *wann*?«

»Demnächst ...«

»Demnächst! Dann wissen Sie gar nichts!«

Sie zitterte fast.

»Ich darf es Ihnen nicht sagen, ich habe nicht das Recht dazu.«

»Und das von vorhin?«

»Das habe ich gesagt, weil Ihnen so viel Ihr Mann offenbart hat.«

»Hat jemand ... woher wissen Sie, daß er es war?«

»In der Regierung weiß es niemand außer dem Premierminister. Dieser heißt Morribond. Ist das nicht ganz einfach?«

»Nein. Auf welche Weise? Ah, abgehört!«

»Nein, das glaube ich nicht, es war überflüssig. Er mußte es Ihnen sagen.«

»Warum? Bilden Sie sich ein, daß ich ...«

»Nein, aber eben deswegen, weil Sie es niemals verlangt hätten. Er mußte, weil er Ihnen etwas geben wollte, was für ihn von höchstem Wert war.«

»Ach so, also nicht durch Abhörgeräte, sondern durch Psychologie?«

»Ja.«

»Wie spät?«

»Sechs vor zwei.«

»Ich weiß nicht, was mit alledem geschehen wird.«

Sie sah in das Dunkel ringsum. Die Äste warfen scharfe, platte Schatten, die auf dem Kiesweg vibrierten, aber manchmal schien es, als stünden sie still und es sei die Erde, die erbebe. Die Musik hallte vom Haus herüber wie aus einer anderen Zeit.

»Wir sind schon skandalös lange hier. Erraten Sie noch nicht, warum?«

»Ich fange an.«

»Das Geheimnis, das ... dies mit der Welt machen wird, ist schon kein Geheimnis mehr einen Moment vor ... vor der Stunde Null. Vielleicht hören wir auf zu existieren. Wissen Sie auch das?«

»Ja, aber es sollte nicht in dieser Nacht sein.«

»Doch.«

»Es gab noch Komplikationen, die aber ... behoben sind.«

Sie berührte ihn fast mit den Brüsten, sprach zu ihm, sah ihn aber nicht.

»Er wird jung sein. Dessen ist er sich ganz sicher.«

»Aber ja.«

»Bitte sagen Sie nichts. Ich glaube nicht daran, ich kann nicht, obwohl ich es weiß. Das wäre wie umsonst, so pflegt das nicht zu sein. Aber jetzt ist schon alles egal. Nichts und niemand kann es abwenden. Entweder sehe ich ihn so, wie Sie jetzt sind, oder es gibt, wie Remmer sagte, einen Rutsch, eine Depression, und dann wäre ich ein Kind ... Sie sind der letzte Mensch, mit dem ich vorher spreche.«

Sie zitterte. Er umfaßte und stützte sie. Als wüßte er nicht, was er sagte, stotterte er:

»Wie ... wieviel Zeit noch?«

»Minuten ... Zwei Uhr fünf«, flüsterte sie. Ihre Augen waren geschlossen. Er neigte sich über ihr Gesicht. Gleichzeitig preßte er, so fest er konnte, die Zunge gegen jenen metallenen Zahn in seinem Mund. Er hörte im Kopf ein leises Knacken und zerfiel in Nichts.

Der General fingerte mechanisch an seiner Hose.

»Die Chronde ist eine Temporalbombe. Ihre Explosion verursacht die Entstehung einer lokalen Depression in der Zeit. Ich will es bildlich erklären: Wie eine gewöhnliche Bombe im Boden einen Trichter, eine räumliche Depression verursacht, so gräbt sich die Chronde in die Gegenwart und zieht oder stößt die gesamte Umgebung in die Vergangenheit. Das Ausmaß der zeitlichen Rückwärtsverschiebung, das sogenannte Retrointervall, hängt von der Größe der Ladung ab. Die Theorie der Chronopression ist kompliziert, und ich kann sie Ihnen nicht darlegen. Das Prinzip läßt sich dennoch in einfache Form fassen. Der Ablauf der Zeit hängt von der allgemeinen Schwerkraft ab – nicht von lokalen Gravitationsfeldern, sondern von der universalen Schwerkraftkonstante. Im ganzen Kosmos verringert sich die Gravitation, und das ist gewissermaßen die zweite Seite des Ablaufs der Zeit. Würde sich die Gravitation nicht verändern, stünde die Zeit still, ja, es gäbe sie überhaupt nicht. Das ist wie beim Wind: Wo ist er, wenn er nicht weht? Nirgends, denn er ist die Bewegung der Luft. So wird heute die Entstehung des Universums erklärt: Es ist nicht entstanden, sondern existierte zeitlos, solange die Schwerkraft unverändert war. Seit deren Reduktion begann, erweiterte sich das All, kreisen die Sterne, schwingen die Atome – und fließt die Zeit. Zwischen den Gravitonen und den Chrononen besteht ein Zusammenhang, den man sich zunutze gemacht hat, um die Chronde zu bauen. Vorerst können wir mit der Zeit nicht anders als auf gewaltsame Weise manipulieren. Es handelt sich um ein In-sich-Zusammenfallen, eine Implosion, nicht um eine Explosion, einen Ausbruch. Die stärkste zeitliche Rückverschiebung erfolgt am Punkt Null. Um 1.59 Uhr löste Cresslin den Wumph aus. Nach zehn Sekunden zündeten alle Operationschronden unserer strategischen Bereitschaft. Die Implosion war kumulativ. Das von der Chronopression betroffene Gebiet hat daher eine nahezu regelmäßige Kreisform. An Punkt Null beträgt die Depression wahrscheinlich 26 bis 27 Jahre. Diese Größe verringert sich zum Rand hin allmählich. Der Gegner besaß auf dem betroffenen Gebiet Laboratorien, Lager, Werkstätten und unterirdische chronopressive Versuchsanlagen. Da er seine Arbeiten vor etwa neun bis zehn Jahren aufgenommen hat, verfügt er dort über nichts mehr, was für uns eine Bedrohung darstellen könnte. Der Schlag hat, wie sie auf dieser Karte sehen, ein Territorium von etwa 190 Meilen Durchmesser betroffen ...«

»General!«

»Bitte!«

»Worauf gründen Sie Ihre Behauptung, daß wir dank Cresslin einem chronalen Schlag des Feindes zuvorgekommen sind?«

»Sein Auftrag lautete: Wenn der Schlag erst nach mehr als 24 Stunden ausgelöst werden soll, ist der Wumph nicht zu berühren. Werden Einzelheiten der Aktion wie deren Zeitpunkt, Größe der Ladungen, Zahl der Chronden in Erfahrung gebracht, ist dies einem besonderen Ring unserer Aufklärung zur Kenntnis zu bringen. Plant der Feind den Angriff innerhalb der nächsten vierundzwanzig Stunden und ein Kontakt mit unserem Ring ist nicht möglich, so ist ein automatischer Sender in Betrieb zu nehmen, der im Wald bei Hassy vergraben ist. Nur in dem Fall, daß für den Einsatz des Senders keine Zeit ist und über den sogleich bevorstehenden Angriff absolute Gewißheit besteht, darf der Wumph betätigt werden. Ich betone: Cresslin kannte nicht den Mechanismus der chronopressiven Implosion, er wußte nichts von unseren Chronden, er wußte nicht einmal, was ein Wumph ist. Genügt Ihnen diese meine Antwort, Herr Minister?«

»Nein. Ich bin der Ansicht, daß es ein zu großes Wagnis war, eine derartige Verantwortung für das Schicksal der Welt einem einzelnen Menschen, einem Agenten aufzuerlegen. Übrigens ist es gleichgültig, ob man ihn als Agenten bezeichnet oder nicht. Wie konnte ein Mensch ganz allein die Entscheidung treffen?!«

»Gestatten Sie mir, weitere Erläuterungen zu geben. Der Stand unserer Kenntnisse war vor Cresslins Aktion nicht gleich Null. Das offenkundige Ziel des Feindes mußte unser Chronalzentrum sein. Beiden Seiten war lediglich unbekannt, wie weit die Arbeiten jeweils fortgeschritten waren. Der Gegner kannte die Lokalisierung unseres ›Komplexes C‹ genau so, wie wir wußten, wo er seine Chronoratorien disloziert hatte. Es ist nicht möglich, derart gewaltige Anlagen zu verbergen.«

»Sie haben meine Frage nicht beantwortet.«

»Ich setze soeben dazu an. Zieht man um unseren ›Komplex C‹ konzentrische Kreise, die die sich nach außen verringernde Wirkung des Schlages veranschaulichen, so liegt Hassy in einer Zone zeitlicher Rückverschiebung um zehn Jahre, Leylo aber, das sich näher bei ›C‹ befindet, in der Zone einer Depression, die zwanzig Jahre beträgt. Gestern vormittag bekamen wir die Information, daß Morribond an dem Empfang, den der Kanzler abends in seiner Residenz in Hassy geben sollte, nicht teilnehmen, sondern eine Inspektionsreise zu den an unserer Grenze stationierten Truppen unternehmen wird. Abends um acht kam die Nachricht, er habe sich nicht in das Garnisonszentrum Areton begeben, sondern in Leylo haltgemacht.«

»Warten Sie, General! Wollen Sie damit sagen, Morribond habe diesen chronalen Schlag, den man uns versetzen wollte, auszunutzen gesucht, sich zu verjüngen?«

»Nun . . . gewiß! Das ist die Auffassung unserer Experten. Morribond ist . . . war sechzig Jahre alt, seine Frau neunundzwanzig. Minus zwanzig für ihn, minus zehn für sie – ein Vierzigjähriger und eine Neunzehnjährige.

Überdies lag der wohl entscheidende Umstand vor, daß er an Myasthenia gravis litt. Die Ärzte gaben ihm noch zwei, höchstens drei Jahre.«

»Besteht darüber Gewißheit?«

»Praktisch ja. Eine wesentliche Rolle spielte, wie ich meine, auch sein spezifischer Sinn für Humor. Das Kodewort für die Operation lautete ›Balkon‹!«

»Das verstehe ich nicht.«

»Denken Sie doch an Romeo und Julia, an die Balkonszene! Bei dieser Gelegenheit sollte auch gleich unser chronales Potential vernichtet werden.«

»Und es ist andersherum gekommen?«

»Jawohl. Unsere Berechnungen gingen von der Annahme aus, daß die Implosion den strategischen Plänen des Gegners zufolge in unserem ›Komplex C‹ stattfindet. Darum schickte Morribond seine Frau nach Hassy, während er selbst sich in das an unserer Grenze gelegene Leylo begab. Eine Sitzung des Generalstabs ließ uns die Lage für kritisch erachten und unverzüglich, das heißt, so schnell wie möglich, Cresslin entsenden. Gegen Mitternacht landete er bei Hassy. Da wir zuerst losschlugen, hatten die Isochronen der Depression genau das umgekehrte Gefälle wie in der Planung des Gegners, denn nun waren wir es, die seinem chronalen Komplex den Schlag versetzten.«

»Was folgt denn daraus? Morribond ist weniger jung, seine Frau jünger geworden, als er es gewollt hat . . . Wo liegt da eine strategische Bedeutung? Ich schlage vor, das Thema fallen zu lassen.«

»Herr Staatssekretär! Sollte es tatsächlich nicht von strategischer, geschweige denn politischer Bedeutung sein, wenn beim Gegner der Posten des Regierungschefs frei wird? Die Implosion bringt, indem sie die Depression hervorruft, direkt am Rand ihrer Reichweite eine kleine, konzentrische Bauchung um den Punkt Null hervor. Es verhält sich analog zum Effekt einer normalen Bombe: Das Zentrum der Explosion geht in die Tiefe, und ringsherum entsteht der Wall des Kraters. Die Chronde preßt die Gegenwart rückwärts, am Implosionsrand aber rückt die Zeit vorwärts. Es handelt sich um den sogenannten Kompensationseffekt. Leylo lag genau in seinem Bereich. Das heißt, daß die Zeit dort um neun bis zehn Jahre vorgerückt ist.«

»Dann ist Morribond also siebzig! Prima!« lachte einer der Männer am grünen Tisch.

»Nein. Nach dem, was ich von seiner Krankheit sagte, ist er tot. Gibt es weitere Fragen?«

»Ich wüßte gern, in welcher Form sich nach der Implosion einer Chronde die Vergangenheit aktualisiert. Die Physiker sagen, die Vergangenheit als absolut rekonstruierbare Zeit, in die man zurückkehren kann, gebe es nicht.«

»Das ist richtig. Die Implosion verursacht nicht den idealen Rückwärtsgang des Kalenders. Sie restituiert also nicht den konkreten Zustand, der zu einem konkreten Zeitpunkt – genau auf Jahr, Tag, Stunde und Minute – bestand. Die Objekte werden lediglich jünger – die Vergangenheit als Konstellation von Ereignissen, die einmal vorgefallen sind, kehrt nicht zurück und wiederholt sich nicht. Unsere Experten wollen sich nicht dazu äußern, ob dies tatsächlich ganz unmöglich ist. Jedenfalls läßt sich als Modell der Wirkung einer Chronde die Situation auf einem Fußballfeld anführen, wo der Ball zwischen zwei Spielern hin und her geschlagen wird: Er fällt bei seiner Rückkehr nie genau auf dieselbe Stelle. Dieses Beispiel ist insofern angemessen, als der Ball mit dem Fuß geschlagen werden muß, aber nicht unter Benutzung präziser Mikrometer hin und her getragen werden kann.

Die Implosion bedeutet auch einen zeitlichen Eingriff, der sehr heftig und in den mikroskopischen Details nicht berechenbar ist.«

»Dabei haben Sie, General, selbst gesagt, ein Sechzigjähriger werde zum Vierzigjährigen!«

»Das ist etwas anderes. Sein Organismus erweist sich eben um so viele Jahre physiologisch jünger. Das passiert mit jedem Gegenstand. Ein alter Baum wird jung, verwandelt sich in einen Setzling. Nehmen wir aber ein Skelett, das hundert Jahrc in der Erde gelegen hat und von dem vor einem Jahr ein Teil der Knochen enttfernt worden ist, so werden nach der Implosion die Untersuchungen ergeben, daß es nur achtzig Jahre in der Erde lag. Die vermißten Knochen werden aber nicht wieder auftauchen. Wenn jemand vor kurzem ein Bein verloren hat, wird er es auch nach einer Implosion mit 25jährigem Retrointervall nicht wiederbekommen. Daher ist die Chronde nicht in die sogenannten Kausalparadoxa verwickelt, die mit der Vorstellung von Reisen in der Zeit zusammenhängen. Der Organismus restituiert unter dem Einfluß der Implosion seine Vitalität in den Grenzen, die ihm von seinen physiologischen Möglichkeiten gesetzt sind.«

»Und wie ist es bei Maschinen? Bei Büchern? Bei Häusern? Bei Vorhaben?«

»Ein Gebäude, das vor hundert Jahren errichtet wurde, ändert sich nur unwesentlich, ein Bauwerk aber, dessen Beton erst vor acht Jahren erstarrt ist, erweist sich als ein Haufen von Sand, Zement und Trägern: Beton altert und kann daher als solcher nicht vor dem Augenblick existieren, in dem er aus der Mischung der entsprechenden Bestandteile entstand. Dies betrifft, wie ich schon sagte, alle Objekte, auch Maschinen.«

»Besteht die absolute Gewißheit, daß der Gegner

nicht mehr über das Potential für einen Gegenschlag verfügt?«

»Sie besteht nicht zu hundert Prozent. Pessimistische Schätzungen über die Zerstörung des gegnerischen Chronopotentials gehen von 80, optimistische von 98 Prozent aus.«

»Sind die Chronden auch anders einsetzbar als nur zur Vernichtung der Chronden des Feindes?«

»Ja, Herr Vorsitzender, aber die Vernichtung der Chronden des Feindes und ihrer Produktionsbasis hatte absolute Priorität. Indem wir unser Potential unangetastet erhielten, errangen wir die komplette strategische und taktische Überlegenheit. Bitte haben Sie Verständnis dafür, daß ich jetzt nicht sagen darf, wie wir dieses Potential einzusetzen gedenken. Es gibt keine weiteren Fragen mehr? Dann danke ich Ihnen, meine Herren. Was ist das? Der Lautsprecher? Ich bitte um Ruhe!«

»Achtung! Achtung! Alarmstufe eins! Vier gegnerische Orbiter beim Verlassen ihrer trojanischen Umlaufbahnen geortet. Raketen der ballistischen Vorabwehr gezündet und im Moment vom Feind erfaßt. Ein Orbiter durch Volltreffer vernichtet. Die drei anderen gehen auf dem Radianten Zeta unter die erste kosmische Geschwindigkeit. Ortung erschwert durch eine Ionenwolke, die zur Tarnung von den Simulationssprengköpfen des ersten, zerstörten Orbiters ausgestoßen wurde. Achtung, Achtung! Unsere bodengestützten Zielsuchindikatoren stehen in Direktverbindung mit den stationären Orbitern unserer Abwehr und melden von nun an laufend die vom Gegner vermutlich vorgesehenen Ziele. Achtung! Ziel Nummer eins: Komplex C mit einer Extremabweichung um 20 bis 25 Meilen von Punkt Null. Achtung! Ziel Nummer zwei: Hauptquartier. Ich wiederhole: Hauptquartier. Extremabweichung sieben bis neun Meilen von Punkt Null.«

»Jetzt fallen uns diese zwanzig Prozent der feindlichen Chronokapazität auf den Kopf!« schrie jemand. Bisher hatten alle an dem grünen Tisch gesessen, jetzt fuhren scharrend die Stühle zurück, einer fiel um, alles sprang auf, und ganz in der Nähe heulte kläglich eine Sirene.

»Meine Herren!« überschrie der General den Lärm. »Bitte bleiben Sie auf Ihren Plätzen! Die Implosion ist nicht lebensgefährlich, aber es gibt gegen sie auch kein Versteck. Bitte bewahren Sie Ruhe!«

»Achtung! Achtung! Ein zweiter Orbiter ist in der Ionosphäre von einer Raketensalve vernichtet worden. Die beiden übrigen sind in den toten Winkel der suborbitären Abwehr eingetreten. Laut Ortung der Nahabwehr ändern sie ihren Kurs mit siebzigfacher Beschleunigung und setzen Attrappen ab. Achtung! Beide gegnerischen Orbiter auf der Achse der Ziele Nummer eins und Nummer zwei, jetzt bereits optisch wahrnehmbar, in Direktschlagbereich. Achtung! Höchste Alarmstufe! Acht Sekunden vor Null. Sieben. Sechs. Fünf. Vier. Drei. Zwei. Achtu ...«

Das Bild erlosch. Keiner sagte etwas, bis König Hippolypp sich endlich zu einem Seufzer aufraffte.

»Besonders ermutigend ist das nicht«, sagte er. »Wenn die Zeit sich nun verzweigen könnte? Wie ein Fluß, wenn der Vergleich erlaubt ist? Wenn man diese Zeit dann regulieren könnte wie ein Kanalsystem? Was dann?«

»Das haben wir auch schon probiert«, sagte Trurl. »Der Effekt ist ein Pandämonium. Es entstehen private Zeiten, die sich ausbreiten wie Buchten oder Flußdeltas und ihren Ursprung in der Externalisierung von Schlafträumen nehmen. Es entsteht eine umstürzlerische Chronautik, die die Gefahr des gesellschaftlichen Zerfalls in sich birgt und folglich von den Machthabern verfolgt wird. Temporalausweise werden eingeführt, retrochronale Steuern, eine Chronizei, Interchron, die Dauerwehr. Es kommt zum Gezeitenschmuggel, Banden reanimieren hingerichtete Verbrecher, Zeitvertreter klappern die Haushalte ab, und es wacht der Kasi, der Kalendarische Sicherheitsdienst. Temporale Massenfluchten setzen ein, man drängt sich in Epochen ein, die gerade Mode sind, die Zeitgenossen suchen die wilden Zeitenbummler zu exmittieren, alle sind – nur Gott weiß, warum – der Ansicht, es in einer anderen Zeit viel besser zu treffen. Es kommt zur Tarnung, Hortung und widerrechtlichen Aneignung kostbarer Augenblicke, zur Gründung von Börsen, an denen man säkuliert, zur Produktion von Falsch- und Kreislaufzeiten, zur Einrichtung chronischer Gefängnisse und Verliese. Man baut Perpetuatoren für erotische, mystische und politische Zwecke sowie Fördergeräte für Verzückungsmomente. Scharen von Emigranten, Reemigranten und Kontraemigranten hetzen in unterschiedlichen Richtungen durch die Jahrhunderte und zeigen sich, wenn sie einander passieren, gegenseitig einen Vogel. Auch kommt es zu sogenannten kriegerischen Zuckungen und einem interpunktatorischen Lahmen der Geschichte – nämlich dann, wenn Zeittöter, von dem einen Staat aufgehetzt, den künftigen Kaiser eines anderen Staates bereits in der Wiege liquidieren. Der Beseitigte wird nicht erwachsen, er wird nicht Kaiser und trägt nicht den Sieg davon, folglich entfällt die Notwendigkeit, ihn in den Windeln zu erwürgen, er wächst unbehelligt auf und führt siegreiche Kriege, also werden neuerlich Zeittöter an seine Wiege geschickt – und so geht das immer im Kreis. Wir haben achthundert Arten des sogenannten Circulus temporalis vitiosus entdeckt, aber ich denke, daß es davon unendlich viele geben kann. Und dann die Chronoperversionen! Die Futurphilie, der Uhrenfetischismus, die Delectatio temporosa, Autopädophilie, also die Erscheinung, daß lüsterne Greise sich selbst als unschuldige Geschöpfe aus den Jahren der idyllischen Kindheit bedrängen. Und die Chronanie? Der zu Dumpingpreisen vorgenommene Import zukünftiger Technologien, der Wirtschaftskrisen auslöst? Die Entführung in der Zeit? Allergnädigster Herr, ich könnte diese Aufzählung stundenlang fortsetzen. Ich rate aus tiefstem Herzen ab!«

»Gut«, sagte der König sichtlich verärgert, »ihr habt mich überzeugt, daß die unumkehrbare und teilbare Zeit eine undankbare Eigenschaft der Schöpfung ist. Bringt also ein Konzept in Gang! Vorwärts! Denkt wenigstens über das Folgende nach: Die uns vorliegende Welt verhält sich ziemlich neutral. Weder begünstigt noch bedrückt sie ihre Bewohner allzu sehr. Diese Gleichgültigkeit ruft leicht Frustrationen hervor. Bekanntlich wirft die kühle Gleichgültigkeit von Eltern deren Kinder aus der Bahn – was bewirkt dergleichen dann erst bei der Welt! Sollte sie nicht vor- und fürsorglich sein, sich auf Schritt und Tritt um ihre Bewohner kümmern und jedem ihrer Wünsche zuvorkommen? Mit einem Wort, die Welt soll sich ihren Mietern anpassen, nicht umgekehrt! Nehmen wir an, ein ermüdeter Wanderer rutscht aus, stürzt von einem Felsgrat in die Tiefe und wird zerschmettert. In unserer Welt aber verwandelt sich der Ort des Aufpralls vorsorglich und blitzschnell in einen weichen Daunenpfühl. Der Wanderer putzt sich ab und geht seines Wegs! Nun?« Der König hatte von dieser Idee Feuer gefangen. »Ist das nicht gut? Warum sagt ihr nichts?«

»Weil Wohlwollen und Gunst eine relative Sache sind«, sagte Klapauzius. »Bleiben wir bei diesem Wanderer. Wer war er? Vielleicht hatte er das Leben satt und stürzte sich in den Abgrund? Sollen die Felsen in einem solchen Fall hart bleiben? Das setzt die Fähigkeit des Gedankenlesens voraus.«

»Meinetwegen«, versetzte der König. »Warum nicht? Uns als Schöpfern sind keine Grenzen gesetzt.«

»Was nützt das? Nehmen wir an, dieser Wanderer hat eine wichtige Nachricht zu überbringen. Wenn es ihm gelingt, besiegen die Auriden die Beniden. Wenn er nicht ankommt, gewinnen den Krieg die Beniden. Die Auriden wünschen, daß die Felsen weich werden, den Beniden können sie nicht hart genug sein. Das ist aber noch nicht alles. Gelangt dieser Wanderer heil durch das Gebirge, begegnet er einem Frauenzimmer, das ihm einen Sohn schenkt. Dieser wird erwachsen und beschreibt die Sendung seines Vaters als gemeine Schandtat. Er nennt ihn einen Verräter, denn der Bote – ich habe vergessen, es zu sagen – war selber ein Benide. Die Anschuldigung erschüttert das Gewissen so sehr, daß der allerseits von Verachtung umgebene Vater des Anklägers sich aufhängt. Wenn der wohlwollende Ast bricht, springt er ins Wasser. Wenn das barmherzige Wasser ihn ans Ufer wirft, schluckt er Gift. Wie lange soll ihm die so wohlgesonnene Welt die geistigen Qualen vergrößern, indem sie sein körperliches Ende vereitelt? Soll er also nicht lieber hängen? Wenn ja, was ist dann aber besser: kinderlos in einem Abgrund zu sterben oder sich wegen der Handlungsweise des Sohnes aufhängen zu müssen? Erlaubt, Majestät, daß ich Euch nicht zu Worte kommen lasse! Ich weiß, was Ihr sagen wollt: Alles beruht darauf, ob jener Wanderer tatsächlich ein Verräter war und welche der kämpfenden Parteien den Sieg verdiente. Nehmen wir an, ein gerechter Mann wünschte ihn eher den Beniden, die schlechter gerüstet, aber edler im Geiste waren. So war es also von Übel, daß der Wanderer die

Seinen verriet und den Auriden zum Triumph verhalf. Damit ist die Angelegenheit jedoch nicht abgeschlossen, denn ich fasse hier keinen Roman, sondern die Weltgeschichte zusammen, die kein Ende hat. Nachdem die Beniden unterworfen sind, herrschen die Auriden hundert Jahre lang und erliegen dem Einfluß der Besiegten, ohne zu wissen, wie es kam. Sie begreifen das Unrecht, das sie mit ihrer kriegerischen Gewalttat begangen haben, und bilden mit den Beniden einen Bund von Gleichgestellten, in dem es beiden Völkern gutgeht. Die Felsen hätten also nicht weich werden dürfen. Immerhin können wir im parallelen Verlauf bestimmen, was passiert, wenn der Bote umkommt. Dann siegen die Beniden. Der Sieg verwandelt das bisher friedliche, die Künste pflegende Volk in eine kriegerische Nation. Die Kunst gerät in Verruf, man unternimmt Raubzüge, nach hundert Jahren sind aus den ehemals Gerechten Räuber geworden, gegen die schließlich der ganze Planet zu Felde zieht. Nun? Im Hinblick auf eine so fatale Wendung der Dinge hätten die Felsen weich werden müssen, wenngleich ein Verräter auf sie niederstürzte. Da aber die Geschichte, von der ich berichte, wie jeder historische Ablauf eine Fortsetzung haben muß, so hätten die Felsen – je nachdem, ob man die Folgen des Sturzes mit einer Vorausschau auf fünf, fünfzig oder fünfhundert Jahre betrachtet – einmal hart und einmal weich sein müssen. Eine absolute vertrauenswürdige Welt muß folglich, indem sie einander widersprechende Dinge zu tun versucht, leider verrückt werden.«

»So?« rief König Hippolypp, nun ernstlich erzürnt. »Dann denkt euch endlich etwas Besseres aus! Dazu habe ich euch kommen lassen! Warum sind die Geschöpfe, mit denen ihr jedes Versuchsuniversum bevölkert, aufs Haar uns selber gleich?«

»Eure Majestät geben uns zu verstehen, daß wir Plagiate begehen«, antwortete Klapauzius und bezwang seine wachsende Verärgerung. »Eure Majestät haben recht, sollten jedoch wissen, daß wir dies nicht aus Mangel, sondern aus Überfluß an Wissen tun. Eine durch nichts getrübte Ordnung herrscht nur in ersonnenen, aber unvernünftigen Gemeinschaften. Sie treiben ihr Wesen wie in einem Bienenstock, ohne Anspruch auf eine existentielle Ungleichheit. Keinerlei Zwistigkeiten, keine Neuerungen zum Schlechteren, nur Ordnung und Harmonie. Wir erfüllen unsere Welten nicht mit einer solchen Eintracht, denn Eure Majestät würden uns vorwerfen, es sei eine Harmonie aus Stumpfsinn. Eure Majestät sind begierig nach Welten voller Vernunft. So hält es jeder Schöpfer, Gott allein weiß, warum. Vernunft ist ja Unersättlichkeit, denn sie bietet eine Unzahl möglicher Taten, die einander ausschließen. Die Vernunft hat zwei Seiten wie eine Münze: Kopf ist die Genialität, Schrift die Scheußlichkeit. Sie ist ja in sich frei, also ohne Grenzen – nach beiden Seiten hin. Natürlich kann man eine hehre Harmonie der Vernunft programmieren. Das Programm, das sich unter dem Bewußtsein abwickelt, setzt diesem das erhabenste Wollen zu. Jedermann aber verabscheut eine solche Harmonie, denn man hält sie für aufgezwungen, nicht authentisch, untergeschoben und zurechtgebogen, da sie ja vom Band stammt, nicht aus der Spontaneität. Dieser Geist ist immer aufgeklärter, denn er wird von den verstohlen eingeführten Idealen erleuchtet. Es ist wie eine telefonische Zeitansage, nicht der freie Aufgang der Existenz! Nun ja, wir können gegenläufige Programme einbauen. Eines, das Verkommenheit, ein anderes, das Benommenheit bewirkt, so daß die Vernunft sich selbst bestimmt unter Druck und unter Reibung. Dann aber bekommen wir zu hören, daß auch dies nicht das Rechte ist, denn wenn es auch Scheidewege gebe, so seien ihre beiden Enden doch prästabiliert. In der Wahl von Freiheit und Selbstbestimmung steckt so viel wie in einem Beinkleid, das von den Hosenträgern nach oben, von der allgemeinen Schwerkraft aber nach unten gezogen wird. Den Schriften der Philosophen ist die Lehre zu entnehmen, daß der Geist von allem frei sein soll. Was aber ist Freiheit? Die Unermeßlichkeit von Chancen. Wo gibt es ihrer mehr als in der Unberechenbarkeit, dort, wo alles möglich, weil nichts von vornherein verriegelt ist? Natürlich läßt sich auch das konstruieren. Statt daß dann alles wunderhaft in Erfüllung geht, geraten wir unaufhörlich in Untiefen und auf Irrwege. Die Aufgabe lautet also auf einen schreienden Widerspruch: Wir sollen eine breite Enge produzieren, satten Hunger, die heilige Sünde, den Gipfel, von dem man nicht abstürzen kann, obgleich nichts den Sturz aufhält. Mit einem Wort, wir sollen die Geschaffenen zu dem Zweck mit der Freiheit beschenken, daß sie aus eigenem Willen tropfenweise von ihr Gebrauch machen können. Obgleich bei uns noch niemals jemand ein Universum bestellt hat, wage ich zu bemerken, daß wir überreichlich Kundschaft bekämen, die sehr anspruchsvoll und überaus wählerisch wäre, weil sie unser Produkt strenger beurteilen würde als die Hervorbringungen der Natur. Daher hängt in unserer Werkstatt auch der an alle Besucher gerichtete Appell: ›Geruhen Sie, verehrte Kundschaft, bevor Sie an unseren Erzeugnissen kein gutes Haar lassen, die Werke der Natur zu betrachten! Betrachten Sie sich selbst und die Geschöpfe, die Ihnen gleichen! Warum mäkeln Sie an ihnen nicht so herum wie an denen, die Sie bei uns bestellt haben? Bei ihnen nennen Sie jedweden Defekt sogleich eine Folge der Verführung, des Zufalls. Was bei ihnen verfehlt ist, schreiben

Sie dem himmlischen Urteil gut, der Tragik, also dem Geheimnis, das schändlich sein mag, aber abgründig und somit trotz allem großartig ist. Das, was ist, genießt einigermaßen euren Respekt, selbst wenn es den Teufel taugt, das aber, was wir anbieten, verdient nicht die geringste Wertschätzung, weil es nicht aus einem unbekannten Abgrund, sondern von unserem Reißbrett stammt!‹«

»Da redest du und redest und läßt hier eine Diatribe vom Stapel!« sagte der König voller Entrüstung und Ungeduld. »Verzeih mir, Verehrtester, aber ich habe Konstrukteure kommen lassen, keine Leute, die Plädoyers zur eigenen Verteidigung halten. Zeigt mir diese eure Neogeschöpfe! Führt sie vor, dann reden wir sachlich darüber!«

»Wir sind nicht im leeren Raum tätig«, sprach Klapauzius geduldig. »Wer abwartet, bis gemäß der molekularen Selbstkonglomeration die bewußte Existenz aus dem Chaos auftaucht, riskiert nichts, hat aber auch keinerlei Verdienst. Es hat Konstrukteure gegeben, die eine Solidarität im Auge hatten und Geschöpfe herstellten, die zur Hälfte gemeinsam waren, genossenschaftlich über ihre Körper verfügten. In den Märchen gibt es noch Spuren davon: die mehrköpfigen Drachen. Ganz abgesehen vom Drachenwesen gehen sich die Vielköpfler in der Regel fast sofort an die Kehlen. Myrmexander Dextriditos hat, um Konflikten vorzubeugen, die Vernunft jedes der von ihm produzierten Geschöpfe teilweise vergemeinschaftlicht. Er verband die Tiefen ihres geistigen Lebens miteinander und züchtete aus diesem Boden das jeweilige individuelle Bewußtsein. Die Verbindung war fernbetrieben, also unsichtbar, und so waren das auf den ersten Blick voneinander völlig unabhängige Personen. Da das Ich sich aus der eigenen Tiefe speiste, diese aber allen gemeinsam war, lebten sie in größter Eintracht, und es ging ihnen vortrefflich. Kaum aber waren sie dieser Verbindung gewahr geworden (das mußten sie letztlich, denn sie beschäftigten sich mit der Wissenschaft), kehrte sich das gewonnene Wissen in kollektives Unglück. Sie begriffen nämlich, daß man nur ein beliebiges Unterbewußtsein, sei es auch das des allerletzten Trottels, zu beherrschen brauchte, um mit einem Griff alle anderen zu beherrschen! Wem war daran gelegen? Ha, man könnte leichter sagen, wem daran *nicht* gelegen war! Dieser Einzelfall ist Teil eines allgemeinen Problems. Ob es nun eine Seelengenossenschaft gab oder nicht – die Penetration des Geistes schlägt immer um in eine Manipulation, die in der edelsten Absicht unternommen wird. Majestät, Ihr habt schon als Kind mit Kyberknetlingen und Bregenbaukästen gespielt, und so ist Euch wohlbekannt, wie leicht ein Automat sich selbständig macht, um anderen oder gar sich selbst Gewalt anzutun, wie wir es von den Geistkraftmaschinen kennen: Sobald sie sich selbst erkannt haben, stürzen sie sich auf den eigenen Geist in der Maschine, um ihn immer lustvoller mit den Bohrdrehern der sinnierschlichtenden Zerebellistik zu kitzeln, zu jucken und herumzukriegen. Das endet stets damit, daß das Ich entweder wie eine Granate krepiert oder in sich kurzgeschlossen wird. Wozu eigentlich soll man Sterne aufwühlen und sich dabei Verbrennungen dritten Grades aussetzen, wozu soll man ans andere Ende der Welt reisen, wozu auch nur einen Finger rühren, wenn ein Drähtchen, an die richtige Stelle gesteckt, alles zauberhaft besorgt? In der Tat, eine Geschichte der Zerebellistik, deren Schürfe über die Galaxien hinweg eine Masse vernünftiger, vielversprechender Rassen verschlungen haben, ist längst überfällig! Diese ganze Bestrickungs- und Verwonnungsindustrie, die Lustverstärker, diese sogenannten Lüster . . .«

»Nein!« schrie Trurl. »Was quatschst du da, es ist ja nicht auszuhalten! Was soll das, der König weiß es selber! Bleib beim Thema!«

»Worauf will ich denn hinaus? Der König weiß es selber? Und doch beanstandet er den Konservatismus unserer Projekte! Ich erkläre also, daß man nicht in den Fehler verfallen darf, den du dir mit deiner Glücktriebstechnologie erlaubt hast ...«

»Halt den Mund! Wie kannst du es wagen, mich vor dem Thron zu verleumden! Ich werde dir ...«

Als der König sah, daß sich die altbewährten Freunde mit haßerfüllten Blicken maßen, griff er vermittelnd ein, erstickte den aufkeimenden Streit und setzte damit auch der Ansprache des Klapauzius ein Ende.

»Laßt den Mut nicht sinken!« sprach er gnädig. »Ich wußte, daß ich mir die schwerste der Aufgaben auserkoren hatte, und so wollte ich nicht den ersten besten damit betrauen! Geht nun hin, meine Teuren, beratschlagt ohne Groll und kommt wieder, wenn ihr mir eine bessere Welt vorführen könnt!«

So gingen sie denn, und zur Verwunderung des Hofstaats stritten sie und erhoben die Fäuste gegeneinander. Sie durchschritten die königliche Orangerie und die Gärten des Palasts, überquerten auf fünf Brücken die fünf Kanäle der Residenz und nahmen nichts davon wahr.

»Es geht doch«, sprach Trurl, »nicht darum, eine Welt herzustellen, die bis ins Letzte perfekt und frei von allen Katastrophen ist, eine Welt, in der keiner dem anderen etwas abreißen oder einpflanzen kann. Das ist nur Ornament, eine Lackierung des göttlichen Werks. Es geht nicht darum, es auf Hochglanz zu bringen, sondern den Urheber in seiner Ausgangskonzeption zu übertreffen!«

»Spare dir deine Virtuositäten!« stutzte ihn Klapauzius zurecht. »Du stehst nicht mehr vor dem König!«

»Hör nur zu. Die Komponenten der Vollkommenheit haben in der göttlichen Variante die Eigenschaft, daß sie innerhalb einer Existenz nicht gleichzeitig vollziehbar sind. Wenn ich von etwas träume oder mich nach etwas sehne, habe ich es nicht. Wenn ich es habe, träume ich nicht mehr davon und sehne mich nicht mehr danach. Ich kann mich nicht an einer Hoffnung berauschen, wenn sie erfüllt ist, und doch ist die Hoffnung eine andere Wonne als die Freude über den Besitz! So zwingt das Dasein also zu ständigem Verzicht. Wenn ich eine holde Umarmung erwarte, heißt das doch, daß mich niemand umarmt. Wenn dies aber geschieht, habe ich bei aller ungehemmten Imagination nichts mehr zu erwarten. Es geht nicht, daß ich umarme und nicht umarme, habe und nicht habe. Was mir sicher ist, gilt mir nichts mehr, was unschätzbar von Dauer, ist unerreichbar. So schaukelt das Dasein zwischen übermäßiger Gewißheit und übermäßigem Risiko, also zwischen Langeweile und Schrecken. Vom Hunger zur Übersättigung ist nur ein Schritt. Damit nicht genug! Was als Gedachtes immer das Eigene ist, wird dadurch schwach, abhängig und widerstandslos, das Materielle aber, das wirklich Absolute, ist unabhängig, daß es allem Hohn spricht. Der Geist hängt zu sehr, die Materie nicht genug von mir ab!«

»Geschwätz!« sagte Klapauzius mit einer Grimasse, brachte Trurl damit aber nicht aus der Fassung.

»Übertragen wir diese Fatalitäten der Schöpfung in die Sprache der Baupraxis, so sehen wir drei Restriktionen der Freiheiten im Sein: die materielle, die zeitliche und die räumliche. Entweder ist etwas Ding, oder es ist Gedanke – das ist die erste Fessel. Die zweite ist gleich der Lokalisierung: Wenn sich etwas an einer Stelle befindet, kann sich an dieser Stelle nichts anderes befinden. Die dritte Fessel ist die Gewalt, die uns die Zeit antut, da wir in ihr gefangen sind: Wenn uns der Mittwoch entläßt, packt uns der Donnerstag, und nach diesem hält uns der Freitag fest. Ein ewiger Drill, die reine Kaserne, das absolute Exerzierreglement, der totale Gleichschritt – hat vor mir jemals einer auf diese militärische Diktatur hingewiesen? Mit keinem Härchen darf man aus der Gegenwart ragen! Ich meine, wir sollten all diese Schranken beseitigen. Was hältst du davon?«

»Du willst Zeit, Raum und Materie einfach abschaffen?«

»Genau das!«

Klapauzius zauderte noch, hielt dann aber, fasziniert von der Radikalität der Trurlschen Idee, aufmerksam Ausschau und sah sich und seinen Freund mitten auf einem Kinderspielplatz. Seine Füße trugen ihn zum Sandkasten, wo er sogleich begann, mit dem Finger die ersten Konturen einer neuen Welt zu entwerfen. Trurl aber sprang korrigierend immer wieder mit Händen und Füßen in die Skizze, die Kinder störten noch mehr, und so erhoben sich die beiden und eilten in ihre Werkstatt. Eine Woche verging, eine zweite und dritte folgte, ohne daß ein Lebenszeichen kam. Hippolypp wurde ungeduldig, entsandte zur Erkundigung erst einen Eilboten, dann den Minister der Mentalindustrie und verfügte sich, da die Konstrukteure keinen der beiden auch nur über die Schwelle gelassen hatten, höchstselbst in die Werkstatt. Er geriet in eine Halle, die auf geradezu unwahrscheinliche Weise mit Gerümpel gefüllt war, und traf dort zwischen schlampig aufgetürmten Stapeln von Apparaten und in einem unglaublichen Gewirr von Kabeln die Gelehrten an. Sie befanden sich in einem Zustand hochgradiger Erregung und zeigten keinerlei Eifer, Erklärungen abzugeben. Sie mußten erst auf Monarchenart angeherrscht und zur Ordnung gerufen werden, ehe sie geruhten, den König in ihre Geheimnisse einzuweihen.

»Das, was ist, haben wir voll und ganz verworfen!« erklärte Trurl. »Was immer man auch sagen mag – die Welt ist den Geschaffenen aufgezwungen worden, ohne daß man sie in irgendeiner Weise konsultiert hätte, denn der Schöpfer hat sie mit dieser Welt ein für allemal, von Anfang bis Ende glücklich machen wollen. Was aber, wenn sie nicht mit seiner, sondern einer ganz anderen Methode glücklich werden oder gar überhaupt auf das letztendliche Glück verzichten wollen? Vielleicht ist es auch so, daß sie es in dem einen Augenblick sollen, im nächsten aber nicht mehr? Oder der eine ist in dieser Frage anderer Meinung als sein Nächster? Was dann? Alle apodiktisch zum Konformismus zwingen? Alles über einen Kamm scheren, was den Weg in Himmel und Hölle anzutreten hat? Die aufmüpfigen Originale bestrafen und die Opportunisten belohnen? Wir sind ganz anders vorgegangen. Zuerst einmal haben wir die Materie, den Raum und die Zeit aus dem Universum entfernt!«

»Das kann nicht wahr sein!« entfuhr es dem König. »Warum denn das? Und womit habt ihr das alles ersetzt?«

»Warum denn das?« wiederholte Trurl kopfschüttelnd die Frage. »Weil der Geist will, aber nicht kann, und die Materie kann, aber nicht will. Ihr seid davon überrascht, Majestät? Aber das sticht einem doch geradezu ins Auge! Ist überhaupt etwas vorstellbar, was verschwenderischer wäre als der Kosmos? Myriaden von Feuern, die seit Ewigkeiten aufflammen und verglühen ... Und was kommt dabei heraus? Wem nützt es? Dem Herrgott? Das ewige Licht wird aber doch nicht in Lumen gemessen und strahlt ganz woanders! Nützt es uns? Das ist so ein Dienst nebenher. Die Materie kann viel, gewiß, wenn sie nicht könnte, gäbe es auch uns nicht, aber aus welcher Vergeudung von Rohstoffen, aus welcher vulkanischen Tobsucht, nach wie vielen irrigen, verworrenen epileptischen Wehen hat sie schließlich eine Prise Sinn hervorgebracht! Wozu dieser Aufwand? Um des dramatischen Effekts willen? Die Schöpfung aber ist doch kein Theater! Auf der anderen Seite der Geist, der in der Materie steckt, in sie vernagelt und verbohrt, ein tragikomischer Delinquent! Er will sich aus dem Körper reißen, der Körper wiederum schüttelt und beutelt ihn, bis er zu Staub zerfällt oder zerfließt. Unter ethischem Aspekt ist das unwürdig, unter ästhetischem Aspekt abstoßend. So haben wir also Materie und Geist, die Idiotin und den Gefangenen verworfen und uns für einen Mittelweg zwischen ihren Extremen entschlossen. Unser Stoff ist die Amaterie. Nomen est omen: Amo, amas, amat, nicht wahr? Ars amandi! Nichts da von Pran, Tao und Nirwana, diesem sülzigen Wohlbefinden, dieser passiven Selbstgefälligkeit! Es geht um die Zärtlichkeit im Reinzustand, um eine Welt als innige Attraktion von Molekülen, die sich schon im Steckkissen geschäftstüchtig tummeln! Elektronen, Protonen, freilich, sie kreisen umeinander, aber nicht wegen der Kräfte, Quanten, Felder, sondern weil sie sich lieben! Es wird also begreiflich, was dem amaterialen Wesen das Handeln diktiert: nicht die Physik, sondern die Sympathie. Statt der drei Newtonschen Axiome eine Attraktion neuen Typs: Zärtlichkeit, Fürsorge, Liebe. Statt des Satzes von der Erhaltung des Impulses der Satz von der Bewahrung der Treue, und was die Relativitätstheorie angeht, so sind auch die Gefühle relativ, aber bei uns steht für den Beobachter der Liebhaber, und der Grundfakt ist der Takt. Da wir auf obskure Körper verzichtet haben, gibt es in der Erotik keine Physik mehr, keinerlei Reiben, Schieben, Schmieren, Drücken und Stoßen. Somit muß die Liebe in unserem Universum naturgemäß immer ideal sein.«

»Ja nun, was wird mit der Zeit? mit dem Raum?« fragte der König fasziniert.

»Der Zeit haben wir Demut und Elastizität auferlegt, damit sie denen Gehör schenkt, denen an ihr gelegen ist. Diese Elastizität stellt sich als sogenannter Sums dar. Statt des Kasernendaseins, des Vorbeidefilierens der Stunden, Minuten und Sekunden im unerbittlichen Kalenderreglement, zu dem statt der Trommeln die Uhren ihre Wirbel schlagen, kann jedermann so unregelmäßig sumsen, wie es ihm beliebt. Wer es eilig hat, sumst sich vom Mittwoch direkt in den Samstag, und wem der Dienstag lieb ist, kann Dienst tun, bis er genug hat. Den Raum aber haben wir gänzlich eliminiert, denn er ist dimensional derart kategorisch, daß sich darin eine starke Bedrohung der Existierenden verbirgt!«

»Was? Das ist mir noch gar nicht aufgefallen.«

»Nein? Erstens bietet der Raum nur für eine Sache Platz, und sobald andere sich dorthin drängen, kommt es zur Katastrophe. Nehmt, Majestät, nur die Exempel der Bleikugel, die an einem Ort einschlägt, wo schon jemand ist, oder der beiden Fahrzeuge, die gleichzeitig denselben Platz zu behaupten suchen. Hinzu kommen die riesigen Entfernungen, die zu bewältigen sind, ferner die demographische, informatische und pornographische Klemmlage! Der Geist ist raumlos, zur Erniedrigung führt ihn die Ausdehnung der Körper, die ihn zum Tasten, Fassen und Wälzen veranlassen, wobei ohnehin von vornherein klar ist, daß man früher oder später alles loslassen muß!«

»Nun gut, aber wie seid ihr damit fertig geworden?«

»Wir haben die Geräumigkeit durch die Stopfung ersetzt, dank derer jeder überall gleichzeitig, auch und sogar vor allem aber dort sein kann, wo schon andere sind. Was aber die – oder eigentlich das – Wesen betrifft, so haben wir vorerst nur eines geschaffen und uns dabei an die Devise gehalten: Individualität ohne Egozentrismus, Liberalität ohne Anarchie, Idealismus ohne Übertreibung. Individualismus, also ein wirkliches Ich, nicht irgendein Genossenbund, der schmatzend ein verwaschenes Bewußtsein wiederkäut. Ein konkretes Geschöpf, das aber nicht selbstsüchtig in das eigene Wesen vernagelt, also auch nicht rundum Person ist. Eher schon Allperson, da es sich unermeßlich ausdehnt. Von jedem ist überall ein bißchen – hört Ihr mir zu, Majestät? Es muß nicht überall gleichmäßig sein, hier ist von ihm weniger, dort aber, wo es auf etwas neugierig ist, sogleich mehr. Es bilden sich Herde einer Konzentration, die von einer Laune oder einem feierlichen Entschluß verursacht werden kann. Anders ausgedrückt: Die geistige Ballung zieht die physische nach sich. Gleichwohl bleibt auch der größte Genius mancherorts dürftig. Nebenbei erledigt sich die Frage des Transports, denn man braucht sich nirgendshin zu begeben. Man denkt sich nur das Ziel und verdichtet sich dort allein dadurch oder komprimiert sich zu einem Zustand der Sättigung und Befriedigung.«

»Ich verstehe das so, daß ihr diese Welt bereits fertig habt! Warum schließt ihr euch ein und laßt meine Boten nicht zu euch? Gibt es wieder mal objektive Schwierigkeiten? Redet endlich, sonst werde ich wütend!«

Trurl sah Klapauzius, Klapauzius Trurl an und – nichts. Als Hippolypp sah, daß es keinen der beiden drängte, richtete er seinen Finger auf Klapauzius.

»Du wirst reden!«

»Majestät, es gibt gewisse Klippen . . .«

»Welche? Soll ich euch jedes Wort aus der Nase ziehen?«

»Ganz unverhoffte Klippen ... Die Schöpfung ist zwar gelungen, und wir können sie meinetwegen auf der Stelle vorführen, aber je weiter sie geht, um so weniger weiß man, wie und was ...«

»Ich verstehe nicht. Geht etwas schief?«

»Das ist es eben, Herr. Weder wissen wir, ob etwas schiefgeht, noch wie wir es erfahren könnten. Übrigens – überzeugt Euch selbst! Schalt ein, Trurl!«

Trurl beugte sich über den größten der Apparate, der auf zwei wackeligen Schemeln stand, und drückte einen Knopf. Ein Lichtbündel fiel auf die weiße Wand. Was der König erblickte, konnte eine regenbogenfarbene Raupe auf der Viehweide oder auch ein Schock Pfauen-eier sein, die die Morgenröte zu Setzei briet. Rasch kam er aber dahinter, daß es sich um Kräußlin den Verglackten handelte, den soeben urentsprungenen, allgegenwärtigen Ichling, der weder fleischlich noch geistig, sondern eben das genaue Mittel war. Er ging auf wie Hefeteig, denn er dachte über sich nach, und je mehr er dachte, desto mehr nahm er zu. Oft, wenn er sich ordentlich zu konzentrieren suchte, verdünnte er sich, denn er besaß noch keine Übung. Da die Natur aber keine Leere duldet, erfüllte die Hohlstellen in ihm stets sogleich der Affekt. Er blähte sich vor lauter Hingabe und Zärtlichkeit, jeder Gedanke weitete die morgenroten Horizonte, denn das Psychische war dort etwas fast Atmosphärisches. Allerdings setzten ihm Glimmeramoren zu – irrlichterierende Verliebtheiten, Fata Morganas, denn wenn das Wogen seiner einen Gefühle auf das Wallen seiner anderen traf, umschwärmte eines das andere, das Mißverständnis war komplett, er traf in sich selbst immer nur sich selbst und war daher stellenweise schon völlig in sich verliebt. Nachher wurde er durch die wiederholte Feststellung schwer enttäuscht, daß das immer nur er selber gewesen war! Da er aber nicht selbstisch war und kein Selbstbegehren trug, überzogen sich alle Horizonte mit Sehnsucht. Er war ein einsamer Jedermann, was wiederum sein Geschlecht bestimmte, er wurde zum Mann, was natürlich eine stürmische Vermännlichung mit sich brachte. Da sich indes alles mit dem entgegengesetzten Vorzeichen induziert, begehrte er nun schon entschieden ein Gegengeschöpf weiblichen Geschlechts. Er erträumte sich berückende Buhlen in den Farben des Morgenrots und von unbestimmten, aber verlockenden Maidenhüften. Diese Liebe zu den unbekannten Schönheiten fuhr in ihn wie ein Element – besonders dort, wo er fast schon aufhörte. So jedenfalls konnte man sich jene klimatisch-psychischen, geistig-gewittrigen Erscheinungen erklären. Seine Gedanken wurden immer dunkler, geradezu schwarz und setzten sich auf dem Boden der schmerzgeplagten Psyche ab, wobei sie zuweilen die Dimension des Steins der Weisen erreichten. So nämlich sahen die Früchte hoffnungsloser Meditation aus – wie ein steingewordener Bodensatz auf dem Grund der Seele. Warum aber ließ er, wenn das so war, einige größere Stücke fallen? Er gab dabei nur ein stilles Leuchten von sich, begann zu rußen und erstrahlte danach in sichtlicher Erleichterung. War das vielleicht ein Mittel, sich geistigen Ballasts zu entledigen? Er hatte sehr mit sich selbst zu kämpfen, dachte sich die Gegengeschöpfe in den verschiedensten Phasen berückender Konsolidierung und wurde von seinen unbefriedigten Gefühlen geschüttelt, bis er an seiner Peripherie aufriß und etwas aus sich entließ, das aussah wie eine Kumuluswolke, die eine Orkanböe von einer Gewitterfront losgerissen hat. Diese Absonderung schleppte sich einige Zeit hinter Kräußlin her, schien dann aber zur Selbstbestimmung entschlossen. Da zeigte sich, daß er in seinem Ungestüm nicht das allereinzige, erträumte Gegengeschöpf, sondern derer zweieinhalb hervorgebracht hatte: Zweina, also Zeva oder Zevinna, die absolut weiblich war, und ihr einem Zwillingshörnchen ähnelndes Gemänn. Dieses war zunächst ein Neutrum wie »Gemenge«, aber Zevinnas Weiblichkeit weckte in ihm den Zweimann. Er war eigentlich weder einer noch zwei, sondern gleichsam ein provisorischer Schweifgabler – der er allerdings blieb, als Marlin Schlupf Ponsius, der sich bei jeder Gelegenheit Rötende.

Hier hob nun eine grauliche Verwirrung an. Kräußlin wußte wohl kaum, daß er der Urheber seines Unglücks war, denn auf eine Doppelgattin hatte er es abgesehen! Er merkte nicht einmal, wie er in seiner Hitzigkeit, von Anfällen der Eifersucht zumal während der gedanklichen Verfolgung Zevinnas geschüttelt, weitere Geschöpfe entstehen ließ, die in Kaliber und Format der Heftigkeit seiner Gefühlskrisen entsprachen. So bevölkerte sich diese Welt allmählich durch seine Liebeswut. Keiner tat dem anderen etwas zuleide, um so weniger als man – leicht und gleichsam frivol – einander durchglitt und allenfalls an einem besonders fesselnden Konzept des Durchdrungenen haltmachte, übrigens nur flüchtig und ohne sichtbare Folge. Dennoch schien allen etwas auf der Seele zu liegen, schließlich gab es kaum einen, der nicht jene galläpfelschwarzen Konkremente fallen ließ – erstarrte schwarze Gedanken? – eiskalte und dadurch geronnene Reflexion? Jedenfalls waren die Triften bald von einer regelrechten Moräne bedeckt, einem Lagerplatz von Weltanschauungsschutt. Was sich auf ihm abspielte, war schwer zu begreifen. Kräußlin sog sich bei seinen wie zufällig aussehenden Begegnungen mit Zevinna in deren Flattergestalt, durchdrang sie wie ein brausender Sturm und schien sie gar nicht zu bemerken.

Dieser Schein aber trog. Es durchschauerte ihn und machte ihn schwindlig, wenn er spürte, daß sie ihm hier und da entgegenkam, er ihr an manchen Stellen nicht gänzlich gleichgültig war. Dann kondensierte er sich schmachtend in ihrem Dunstkreis, aber sie vereitelte solche Okklusionen und erteilte dem armen Kerl eine kühle Abfuhr. Einmal, als Kräußlin dahinfloh, wohin ihn die Gedanken nach einer solchen in Konfusion umschlagenden Diffusion trugen, entstrich ihm ein Etwas von solcher Winzigkeit, daß es sich eine ganze Weile in Unentschlossenheit wand, ob es bei so geringer Größe überhaupt der Personalisierung fähig sein würde. Dieses Gegengeschöpf wuchs nicht, sondern dehnte sich, so weit es das vermochte, in die Länge. Quicklebendig wie ein Kreisel glitt es immer wieder in Kräußlin hinein – sei es, um ihn zu reizen, sei es, um sich wenigstens für einen Augenblick in Bedeutenderem aufzuhalten. Dann aber brach dieser Trabant aus und weilte als Minderheit bei Zevinna – ein Marodeur und ungebetener Gast? ein perfider Eindringling? ein erotischer Osmotiker? Jedenfalls war er aufdringlich und fiel ihnen beiden lästig, denn sie mußten sich schütteln nach einer solchen Heimsuchung. Vor Marlin Schlupf Ponsius hingegen hütete sich der sonderbare Abkeimling wie vor dem Feuer. Indessen vollzog sich eine Wandlung im Verhalten Kräußlins. Mir nichts, dir nichts quoll er in den Zweimann hinein und schwoll in ihm auf, als wollte er ihn aus der Existenz sprengen. Marlin Schlupf der Errötende ließ diesmal keinerlei Farbe erkennen. Der Kleine aber, diese wahrhaftige Fehlgeburt, stöberte bald hier, bald da, lauschte und schnüffelte, klaubte einige Steine der Weisen auf, warf sie aber sogleich wieder fort und überzog sich mit Sprenkeln, die wie Augen aussahen. Hielt er nach jemandem Ausschau? Es schien, als zwinkere er schon bedeutungsvoll. Alle kamen zum Stillstand. Warum schwang sich keiner mehr durch den Geist empor? Warum blinkten sie? Waren das Ausfälle des Lichts oder des Denkens?

Wer weiß, wie das weitergegangen wäre, wenn König Hippolypp an dieser Stelle nicht mit dem Fuß aufgestampft hätte. Die Projektion mußte abgebrochen werden. Der Herrscher forderte Aufklärung.

Trurl legte von vornherein ein Geständnis ab.

»Es tut uns leid, Majestät, aber wir verstehen das auch nicht. Das ist ja unsere Hauptsorge! Wir wissen nicht, ob die Geschichte von Zeva und Kräußlin ein unschuldiges Getändel oder das schwarze Verhängnis unserer Genesis ist! Schlimmer noch: Wir wissen nicht einmal, wie wir das in Erfahrung bringen könnten. Wir haben die Schöpfung mehrfach mit veränderten Ausgangsbedingungen wiederholt, aber es hat nichts genützt. Manchmal entsteht statt des Zweimanns ein Anderthalbler, einmal hatte Zevinna einen Schlupf, aber das sind banale statistische Abweichungen bei jeder Weltschöpfung.«

»Und was ist mit diesem Abkeimling?«

»Diesem Schlängler? Ich verstehe, was Eure Majestät zu meinen geruhen. Er tritt jedesmal auf, größer oder kleiner, manchmal ein wenig gespalten wie eine Schlangenzunge, was sogleich vielfältigen Verdacht weckt. Majestät mögen jedoch bedenken, daß bei jeder Produktion Abfälle auftreten und daß dort, wo alles weniger materiell als vielmehr ideal ist, auch der Müll vergeistigt sein muß. Von der technischen Seite her scheint dieses Phänomen nur eine harmlose Randerscheinung der Schöpfung zu sein.«

»Das sagst du so? Warum ist er aber so aufdringlich? Warum kriecht er in die anderen hinein? Ist er nicht ein Störenfried?«

»Auf den ersten Blick sieht das so aus«, gab Trurl zu. »Können wir aber wissen, ob er stört oder nicht? Dort durchdringen einander ja alle, aber es läßt sich nicht beurteilen, ob es nur so im Flanieren oder in verführerischer Absicht geschieht. Wie sollte man eine solche auch augenfällig machen? Wir stecken in einer schwierigen Lage, denn wir sind über die klassische Variante der Genesis hinausgegangen. Dieser geistige Bandwurm windet sich wie eine Schlange, aber das tut er, weil er schlank und demnach flink ist. Der Theologie zufolge kann der Teufel kein Übergewicht haben, aber wenn wir es rational sehen, müssen wir fragen, ob das Böse unbedingt hager sein muß. Korpulenz kann nicht weniger verführerisch sein! Wir haben nichts nachgemacht und bei unserer Schöpfung bei niemandem abgeguckt – und das ist nun das Ergebnis. Wir haben eine Welt geschaffen, die nicht der unseren gleicht. Folglich verstehen wir sie nicht.«

»Na hört mal! Und der Herrgott? Willst du mir einreden, ER habe jemanden nachgeahmt? Wie und woher denn? Es ist doch allgemein bekannt, daß er aus dem NICHTS geschaffen hat!«

»Die Welt, allergnädigster Herr, aber nicht die Bewohner des Paradieses! Die schuf er sich selbst zum Bilde – so steht es geschrieben, und so hat er sie modelliert. Das war kein Zufall! Die Ähnlichkeit der Geschaffenen mit dem Schöpfer ist die Voraussetzung für den Erfolg der Schöpfung! Je mehr beide Seiten voneinander abweichen, um so weniger kennt der Schöpfer sich in dem aus, den er schuf, was dieser fühlt und denkt, begehrt, beabsichtigt und zu leisten vermag. Eure Majestät haben es vorhin selbst erfahren. Mit der Beseitigung der Ähnlichkeit geht das Fundament der Verständigung verloren. Wenn wir in nichts an unsere Geschöpfe erinnern, können wir nicht verstehen, wer was wie wozu tut – vor allem aber, warum er so und nicht anders handelt. Auch die Sprache erklärt nichts, denn sie gründet sich ganz und gar auf Ähnlichkeiten, die hier freilich nicht vorhanden sind.

Wenn wir keinerlei Organe besitzen, die mit denen des Geschaffenen identisch sind, wenn dessen Körperlichkeit in nichts der unseren entspricht, wenn seine Zeit nicht die unsere, sein Raum nicht der unsere ist, so kommen unsere beiden Existenzen nicht zur Deckung und haben nicht einmal Berührungspunkte. Wir können dann eine Welt der entsetzlichsten Martern schaffen, die uns infolge unserer Unkenntnis schlicht unbekannt und unzugänglich sind, und haben dabei nicht die geringste Vorstellung davon, eben so etwas geschaffen zu haben. Geschöpfe, die sich von ihrem Schöpfer komplett unterscheiden, sind für diesen völlig undurchdringlich, unbegreiflich und unverständlich. Ich glaube, dies ist das oberste Gesetz der Weltschöpfung, deren unabweisbare Antinomie. Entweder schafft man Vernunftbegabte, die dann schöpferähnlich sein müssen, oder man schafft Abweichler, deren Schicksal man nicht einmal Mitgefühl zollen kann, weil es hermetisch abgeschlossenes Geheimnis bleibt.«

»Eine wichtige, eine fundamentale Sache hast du da ausgesprochen, mein Trurl!« rief Hippolypp und sprang auf. »Ja, jetzt habe ich es begriffen und bin sehend geworden! Die Ansicht nämlich, daß dieser Quabbling dort, da er so bunt geschillert hat, Wonnegefühle erlebt haben muß, ist als Wahrheitsbeweis so viel wert wie die Behauptung, jemand, der auf einem schön lodernden Scheiterhaufen verbrannt wird, habe daran Vergnügen! Jetzt verstehe ich das! Das Schöpfungswerk mit dem Antlitz den Bewohnern zuzukehren, ist die eine Sache, aber zu begreifen, wie es ihnen dort ergeht, was sie von diesem Dasein haben, die andere! Ich statte euch, ihr Herren, meinen speziellen Dank für diese Neuigkeit ab, die mich in meinem Glauben bestärkt hat. Von nun an werde ich noch inniger an Gott glauben als bisher.«

»Ich sehe da keinen Zusammenhang«, sprach der verblüffte Trurl.

»Nein? Und das ›credo quia absurdum est‹? Ein neuer, tieferer Inhalt blitzt mir aus diesem Spruch entgegen ... Der Unendliche schuf Endliche, der Ewige schuf solche, die sich selbst verderben, der Allmächtige solche, die so viel wie nichts vermögen, der Allgütige, dem dadurch die Erhaltung der Tugend keinerlei Mühe macht, schuf von Begierden getriebene Jämmerlinge. Wie sollten sie ihn nicht herb enttäuschen durch ihr Gebaren? Nach seinem eigenen Bild hatte er die Erwartungen zugeschnitten, unfähig, sie auf den Maßstab der Geschöpfe zu verkleinern! Der Ewige Brand erhoffte von einem Funken – den eigenen Glanz! Daher sein scheinbar exzentrisches Wesen, die angeblichen göttlichen Skurrilitäten, der Eindruck, er sei ein Griesgram, Nörgler, Sonderling, Brausekopf, Querulant und Prozeßsüchtiger, der die Geschaffenen noch nach ihrem Tod auf Verhandlungen, Abrechnungen und Verdammungen, durch alle Instanzen des Tales Josaphat zerrt ...

Ja, nun habe ich begriffen, was den Kirchenvätern, am schmerzlichsten wohl Augustinus, so zugesetzt hat: diese Unergründlichkeit, die nicht nur dem Verstand, sondern auch dem Herzen Hohn spricht! Sie brachten dafür nicht das Verständnis auf, bargen ihre Bestürzung in Dogmen, leisteten Verzicht auf den eigenen Verstand, nicht wissend, daß hier eine Antinomie auftrat, die nicht in der Ethik, sondern in der Technik der Schöpfung steckte! So ist es, natürlich! Jetzt haben mein Glaube und mein Mitgefühl nicht mehr den kleinsten Zweifel.«

Der König hatte ruhig zu Ende gesprochen, Klapauzius ihm aber gar nicht zugehört. Er schien einer Sache nachzugrübeln und lächelte blaß den Gedanken zu, die ihn unverhofft heimsuchten. Dann erhob er sich von der Welt, auf der er bisher so feierlich gesessen hatte, als wolle er emporfliegen.

»Allergnädigster Herr!« sprach er mit feierlicher, tönender Stimme. »Ich bin auf ein Konzept verfallen, das gänzlich neu ist. Ich gehöre nicht zu den Leuten, die sich selbst loben, aber jetzt muß ich sagen: Meine Idee ist – es läßt sich anders nicht benennen – einfach genial. Ich weiß, was zu tun ist, damit eine Welt entsteht, die der Vollkommenheit zustrebt, deren Bewohner das eigene Glück finden und auf alle Zeit befestigen, obgleich sie in nichts, aber auch in gar nichts demjenigen gleichen, der sie schuf.«

»Nun?« riefen Trurl und Hippolypp verlangend in einem Atemzug. »Nun?!«

Klapauzius aber war verstockt. Er erklärte lediglich, innerhalb von vier Tagen werde er eine neue Welt vorbereiten und im Experiment die Zuverlässigkeit ihrer Funktionsweise vorführen. Das Drängen des Monarchen war ebenso vergeblich wie ein Wutausbruch Trurls. Mit dem Lächeln des Eingeweihten, mit dem nachsichtigen Gleichmut dessen, der, ewigen Ruhms gewiß, den Spott der Neider verachten kann, begann Klapauzius die Geräte einzupacken. Daraufhin erklärte Trurl, er wasche, was diesen nächsten Schöpfungsakt betreffe, seine Hände in Unschuld, suche sich eine andere Bleibe und greife die Angelegenheit auf eigene Faust in einer anderen Richtung an. Der Monarch verabredete mit beiden eine Zusammenkunft am folgenden Mittwoch im Audienzsaal.

Beide erschienen pünktlich – Trurl mit leeren Händen,

Klapauzius mit einem zweirädrigen Karren, der unter der Last der Apparate ächzte. Er ging sogleich daran, mit der Vorführung zu beginnen.

»Majestät«, sagte er, »es ist mir gelungen! Damit alles klar ist, muß ich meiner Genesis eine kurze Einleitung vorausschicken ... Mein ... äh ... Kollege Trurl hat die Antinomie der Schöpfung in klassischer Variante wie folgt formuliert: Je unähnlicher der Schöpfer gegenüber seinen Geschöpfen ist, desto schwerer kann er sich in ihrem Schicksal auskennen. Wenn die Ähnlichkeit schließlich auf Null geht, weiß der Schöpfer über die Seinsqualitäten seiner Geschöpfe nichts. Daher rührt ein scheinbar nicht zu bewältigendes Dilemma. Das Entweder: Der Schöpfer macht die Geschöpfe sich selbst ähnlich, aber je besser das Verständnis für sie wird, um so mehr wird er in seinem Handlungsspielraum eingeschränkt. Das Oder: Je freizügiger der Schöpfer vorgeht, um so mehr entziehen sich ihm die Geschöpfe in Essenz und Existenz. Ich nun habe, indem ich die Schöpfung auf unklassische Weise unternahm, dieses Dilemma ausgeräumt. Ich habe nicht eine Welt, sondern deren potentielle Vielheit geschaffen. Kein Universum, sondern ein Polyversum habe ich in dieser Kiste ins Leben gerufen. Ich weiß nicht, wie es meinen Geschöpfen jetzt dort ergeht, aber meine Unkenntnis schadet ihnen nicht, denn ich habe sie in einem multipel flexibilisierbaren Dasein untergebracht, das sie also gegen ein ganz anderes austauschen können. Wer etwas gegen seine aktuelle Welt und die Nase von ihr voll hat, wem das Schicksal nicht wohlwill, der läuft zum Stellwerk, betätigt einen Hebel und lenkt damit alles auf ein neues Daseinsgleis. So währt jedwedes Sein am Scheideweg und ist Umsteigebahnhof zu zahllosen, leicht erreichbaren anderen Formen des Seins. Meine Geschöpfe können unter diesen Formen wählen wie auf einem Wühltisch, jedes Sein anprobieren wie einen Hut und sich dabei von ihrem, nicht meinem Geschmack leiten lassen. Daher ist diese Welt in ihren definitiven Qualitäten unablässig der Abstimmung durch ihre Bewohner unterworfen. Ich als Schöpfer habe ihnen die höchste Freiheit gegeben. Ich wähle nicht für sie, erteile keinerlei Aufträge oder Instruktionen, erlasse keine Gebote aus Dornbüschen und von anderswo her, erzwinge und verbiete nichts, handle also nicht so, als wüßte ich besser, worin ihr Glück besteht, was sie steigen oder sinken macht. Sie dürfen irren, aber kein Irrtum wird endgültig sein, denn man kann ihn korrigieren, indem man die ontische Gangschaltung betätigt. Meine Welt ist nicht didaktisch, autoritär, schulmäßig und juristisch, also nicht kategorisch von vornherein und ein für allemal festgesetzt ohne Konsultation und Diskussion. Sie ist keine Besserungsanstalt mit Strafen und Belobigungen, die ich eingerichtet und in der ich mir für außerordentliche Gelegenheiten das Recht der Begnadigung vorbehalten hätte. Dieses Dasein ist kein Geschirr, das einzig ich zuweilen durch ein wunderbares persönliches Eingreifen lockern könnte. Da diese Welt sich umgestalten und ihre Daseinsformen ändern wird, solange es in ihr auch nur ein einziges Wesen gibt, das mit dem Bestehenden unzufrieden ist, muß sie über die Stellwerke nach verschiedenen Seiten ziehen und verschiedene Geschicke durchmachen, ehe sie in ein Dasein gelangt, das alle zufriedenstellt. Erst dann wirft keiner mehr einen Hebel herum, und eine ewige Harmonie tritt die Herrschaft an. Meine Welt nimmt ihren Anfang also nicht im Paradies, um in die Hölle zu schlittern, im Gegenteil, sie entsteht aus dem Getümmel und strebt dem Paradiese zu. Ich menge mich in die Angelegenheiten meiner Welt nicht ein! Das wäre alles, Majestät.«

»O ja!« rief Hippolypp, der im Maße dessen, wie die Rede des Klapauzius ihren Fortgang nahm, immer heiterer geworden war. »Das ist es! Genau! Bitte, na also ... Mir scheint, mein Herr Weltschöpfer, daß du ins Schwarze getroffen hast! Du sagst, du hättest Wahlen eingerichtet, nicht wahr? Fünf Attribute der demokratisch-ontischen Abstimmung: gleich, allgemein, frei, geheim und dazu noch umkehrbar ... Das sieht mir wahrhaftig nach vollständigem Egalitarismus aus! Und du sagst, du kannst nichts von ihren Motiven und Taten begreifen? Das ist, ehrlich gesagt, ein bißchen schade ...«

»Das eben ist es!« rief Klapauzius und streckte in anklagender Gebärde Arm und Zeigefinger. »›Ein bißchen schade‹, nicht wahr? Schade, daß es nicht möglich ist, sich aufs hohe Roß zu schwingen, sich einzumischen, alles besser zu wissen, zu schelten oder zu hätscheln, zu exekutieren, Hörner zu stutzen und auszuschwefeln – und sich aus dem Munde der Geschöpfe anhimmeln zu lassen. Gewiß läßt sich dies und das selbst aus einer Welt erfassen, die wie die meine eingekistet ist, aber dieses eventuelle Wissen verpflichtet zu nichts, es bleibt private Vermutung, das ›votum separatum‹ des Schöpfers, dessen Randbemerkung zur Genesis ...«

»Los denn, Ehrenwerter, zeig sie uns, diese deine Welt!« sprach der König und setzte sich, während er tief Atem holte, auf seinem Thron zurecht. Trurl bewahrte sein düsteres Schweigen, Klapauzius aber ließ ein Lichtbündel auf die Wand von Alabaster fallen.

Wieder sahen sie den rosenfarbenen Kräußlin, seine mentalen Zwänge und Enttäuschungen, die damit endeten, daß er einen Beidlingskomplex in die Welt setzte – Zevinna war unverändert geblieben, ihr Mann aber erwies sich jetzt als Anderthälbling, da für ihn weniger

Amaterie als vorher übriggeblieben war und er als abdominal verengter Marlin Subpontius existieren mußte. Da man dies bereits gesehen hatte, fand man es recht verständlich und an manchen Stellen ganz klar. Jeder war dort ein bißchen überall, jeder, der sich anderen ausschnittsweise hingab, partizipierte nach Belieben an den brüderlichen und schwesterlichen Seelen, indem er die ihm innerlich Verwandten mit der maßvollen Zurückhaltung visitierte, die von der Oberflächenspannung und den guten Manieren herrührt.

Klapauzius, der wohl die Vergeblichkeit des Bemühens um Verständigung in artikulierter Rede nachweisen wollte, schaltete auch die Abhöranlage ein, und die bisher stumme Welt meldete sich mit vielstimmigem Schwirren. Sogleich wurden auch Geräusche des Wimsens vernehmbar. Marlin, der Ehemann, hatte sich in Zevinna einen lichteren Augenblick ausgebeult und schwelgte in ihren Kontemplationen. Dann ging zwischen ihnen etwas schief, Subpontius zog mit bewölkter Rückseite ab, und Kräußlin drang herbei. Zevinna aber war wie imprägniert und ließ ihn fast gar nicht ein.

»Gewähre mir wenigstens einen Wims! Laß uns schnimmen und einwulken!«

»Wulk dich aus! Bitte sich nicht in mich mischen zu wollen! Das ist mein Wuschlock!«

»Meine Osmotise, mein rosiges Gerünn! Stoßen wir Pontatz in den Kleister!«

»Sie vergessen sich!«

»Was, ein Anderthalfter ist dir lieber? Ich vermeine dich, ich verdreie und entschrumme dich!«

Nicht immer war erkenntlich, wer da schrie und was er meinte. Aus den Halden der Steine der Weisen ragten hier und da reichlich überdachte Einstweilungen. Zevinna verkroch sich vor dem aufgewühlten Kräußlin in der nächstgelegenen, wo der Wendesteller wachte. Er war undurchdringlich, mit Horn überzogen, der reinste Milchling. Es kam zwischen ihnen zum Meinungsaustausch.

»Biete mir Schlupf, gib Ablaß wenigstens für einen Wims, sonst verschweiße ich!«

Sollte das ein Hilfeersuchen an den Milchling sein?

»Garanze mir das Verwähren – ich muß! Beim Stanz der Dricker!«

»Entsinne dich meiner, fürchte den Abtrieb!«

»Hör auf mit dem Verwandern und Helieren, los nun!«

Zevinna war in diesem Getümmel bereits durch den Wechselsteller zu den Hebeln diffundiert, Kräußlin aber, aus sich herausgefahren, hatte ihre Gerinnung umkreist, unterwegs, in Schwung gekommen, den Milchling vereinnahmt und sich Zevinna vericht. Nun begann er sie ausgiebig zu wimsen:

»Nun wollen wir hier welten, hier an diesem Ort!«

Da schoß aber schon Marlin herbei, der Ligaturfaden hatte sich gelöst, der Ehemann und sein separierter Leibschirm Subpontius drangen von der Imaginanzkrümme in Kräußlin ein und bewirkten durch ihren Einlauf und kräftiges Quellen einen Auflauf, dem Zevinna sich schmollend entzog. Sie begann zu verandern. Jeden Augenblick war sie ein anderes Wesen: Sie martelte und gretelte, marilynierte und amandalierte. War das krankhaft oder eine Art Mimikry? Lag die Ursache in der Angst oder anderswo? Nach Ansicht einer engen Vertrachterin war Helium im Spiel, das die Anwesenden freilich nur zur Heliande und keinesfalls zur Helena machte – lag es an einem Versehen oder an der Eile?

Mittlerweile lagen oberhalb der Verweilung Marlin und Subpontius mit Kräußlin im Clinch, es war ein wahres Gischten von Aspik, in dessen Turbulenzen der Wendesteller, dieser milchige Wachling, der sich vergebens zu dezentrieren suchte, unter Tritten in die Ignoranzkrümme verging.

»Platzen sollst du, fremdfängerischer Diffusant!« verallten sich die Gatten in eins.

»Platzt selber!« gab der Liebhaber zurück, der kein solcher geworden, aber auf dem Weg dazu gewesen war. »Sackt ab in den schwunzigen Strempf! Oder wartet mal, ich strempfe euch!«

»Verwahrlöser! Allüberalling! Ab in die Ontik!«

Kräußlin dachte sich flugs hinaus über die Verweilung und war bei Zevinna, erfüllte sie ganz, mochte sie auch im Stadium der Heliande sein. Der Gatte gab sich zweitwärts einen Ruck, als wollte er sich zerreißen – zur Frau und zum Stellwerk.

»Ich verwähre, damit Kräulatsch strimpft! Zeva unverwandelt? Chanciere mich, Milchling!«

»Polierter Drastiker!« speichelte der Bleiche. »Entweder Vernullung oder transfinal. Von Kompromissen rate ich ab. Das ist kein Wims!«

»Verdeutliche! Wer kann schon rötten? Ein Lunger?«

»Wah! Vielleicht deine Viertlin, vielleicht die Pontia. Mag sein, daß ihr euch ledigsamt. Ich bin kein Prophet, ich bin Chanceur!«

»Deine Chancen seien dir gewimst! Verschründe! Jetzt überwähre ich!«

Marlin stürzte sich auf den Stellhebel, Subpontius folgte ihm, und gemeinsam legten sie ihn um ...

Es blitzte und wurde zu nichts, aber im Handumdrehen waren sie wieder da – nur nicht alle und nicht dieselben, denn die Ontologie war eine andere. Von Pontius keine Spur, Kräußlin nicht als solcher, sondern als Grauslick, dazu noch ankaroliert, als habe ihn an den

Randzonen Zevinna damit induziert, die – wenigstens auf den ersten Blick – unverändert geblieben war. Die Durchwährung löste eine allgemeine Panik aus. Wer bei Leben war, tauchte im Nächstbesten unter – sei es nun, um sich zu verstecken, oder aus einem Embryonalreflex. Jeder wollte gewissermaßen direkt in der Mitte sein. Auch Zevinna machte keine Ausnahme. Sie ging auf eine abseitige Matthülde los und drang in sie ein, war damit aber ausgerechnet an eine des Ortes der Interessen so Entratene geraten, daß sie fast gar nicht hier war. Daher durchflammte sie sie und waberte zur Moräne. Sie zitterte noch, als hier – was für eine Beständigkeit der Gefühle – Marlin halb und halb mit Grauslick auf sie zukamen, sie wurde ganz verwirrt, und die beiden wirrten mit ihr. Sie wollte fort, sich lösen, diesem Gewirr entkommen, denn keiner konnte mehr wahrnehmen, was seine eigenen Gedanken waren, und während sie, wo sie es zu fassen kriegten, an dem Ihren und in psychischer Verwirrung an dem des Anderen zerrten, entwand sich schweifend Zevinna. Mühsam entknoteten sich die Zurückgebliebenen, schwellend vom Gefühl des jeweils anderen, und maßen ihre Kräfte im Lauf zum Stellwerk.

Diesmal lieferte Marlin ein anderes Dasein. Der chaotische Klamauk ließ die Schlußfolgerung zu, daß jetzt niemand mehr das geringste verstand. Es qualmte wie von hundert Feuersbrünsten ohne Feuer. Es schien, als schiede jeder, gegenwärtig wie ehedem overallierend, darüber hinaus noch Existrate aus, noch nicht ausgeführte Absichten, Zukunftsprojekte, deren Spektrum um so strulliger war, je mehr ihre Erfinder sich zu konzentrieren bemühten. Oder handelte es sich lediglich um eine Form der Externalisierung des Denkens, war es (eine Vermutung, die hinterher von Trurl geäußert wurde) letztlich zur panpsychischen Wende gekommen, wo die als Qualm erscheinenden Schwaden nichts weiter waren als auf die linke Seite gekehrtes Mentalgedärm?

Die Zuschauer schauten zu, und Grauslick platzte nach allen Seiten, die Weltanschauungsmüllhalde wandelte sich in eine Sarkophagenlandschaft, bis an den Horizont entschoß dem Klammkeimlichen eine üppige Kogitation, eine Welt in stark vergeistigter Fassung, aber auch offifasziliert, denn es wimmelte überall von Offizieren und Faschinen.

Der Gatte hatte nichts mehr von Meißel, er war ein Kreisel, denn es trug ihn mit erheblicher Präzession zu Zevinna. Man konnte nicht wissen, was da im Spiel war: die Corioliskraft, das Maupertuissche Prinzip, die Zentrifugalkraft oder einfach Schwindelanfälle . . . Zu allem Übel verschwanden die Geschlechter. Dann weiß niemand, was er anfangen soll, denn es fehlt der Sinn des Konflikts. Der Sex ist bereits vergessene Vergangenheit, er ist vom Sex zum Ex geworden. Der Kreisel merkte davon nichts infolge des Beharrungsvermögens, das starken Affekten eigentümlich ist, und wollte die Innereien des Unkarolierten Grausnickel stürmen! »Dich will ich friesen und hessen! Dir werde ich das Prölkerleben zeigen!« zietschte er, aber dann überzog er sich düster, denn er sah, daß er keinen Liebling, sondern ein Lieblein vor sich hatte: Grauslick war von dieser Ontologie zum Neutrum gemacht worden! Hier griff der Milchling ein, er hatte das Kreiselwesen im Ausschlaf durchdauert, huschte in die Währerei und warf den Rückwärtsgang ein, um eine Vorherigkeit herzustellen, traf dabei aber entweder auf einen schlimmen Wims oder glitt von der Ontomane. Sämtliche Koordinaten ächzten, das Kontinuum schmatzte entsetzlich wie ein fehlgebärender Uterus, ein Hagel von Steinen der Weisen ging hernieder! Eine neue Welt entloderte – und was für eine!

Der Kreiselgatte war zum Zweischien geworden oder eigentlich zur Gabelweiche, sichtlich feminin, als stecke tief drinnen etwas vom weiblichen Geschlecht. Der Stellwerker war in Nöten, sein Schicksal kläglich, denn er wuchs als Ranke am Furnier des Währwerks und trug dort, wo er auf der Ontomane lag, eine Blüte in den Farben des Regenbogens – es war wie Johannisnacht! Wo aber steckte Zcvinna? Irgendwelche auffällig geblähte Glotzknollen, ein Laich aus Montgolfieren, eine ondulierte Vielbauchigkeit mit Schleifchen, geringelt und gekräuselt in den Hintergrund der Himmel – sollte sie das sein? Der gabelweichgewordene Kreisel bohrte sich vorwitzig in den Nächstling, wo ein Pilznitz auf einem Bein mit einem Undödel plauderte. Gleichzeitig drängten sich von hundert Seiten vor Anstrengung bebende Jungfern zur Ontomane ...

»Schluß damit! Aufhören!« rief der König schon zum wiederholten Male. Klapauzius gehorchte ihm nur ungern und knurrte beim Abschalten der Apparatur, man hätte ruhig noch einige Verwährungen abwarten sollen, denn alles das müsse einen Prozeß der Destillation und der Klärung durchmachen, alles käme so aus Unerfahrenheit, aus mangelnder Gewohnheit, aus Übereilung. Niemand hörte ihm zu, der König steckte sein Zepter in die Tasche und putzte den Reichsapfel am Ärmel blank, während Trurl auf allen Vieren von drei Seiten die Weltenkiste umging, vor sich hinbrummelte und durch die Ritzen ins Innere linste. Schließlich klopfte er von unten gegen den Boden und erhob sich mit einer entschlossenen Bewegung.

»Nun ja«, sagte er und klopfte den Staub von den Hosenbeinen. »Der hochverehrte Kollege ist der klassischen Antinomie entstiegen und in eine nichtklassische getrapst. Die quinta-attributive Auswahl der Ontologie, nicht wahr? Lächerlich! Die armen Schweine da in der Kiste treffen überhaupt keine Wahl, sondern werfen sich blindlings hin und her wie die Fische in der Bratpfanne! Eine Erfindung ist unbestreitbar: die multiexistentielle Fallsucht, le grand mal, denn es ist ontolepsia progressiva, eine neue Art existentieller Qualen! Was machen sie denn dort? Vor der Cholera fliehen sie in die Pest, von dieser in die Lepra! Kann man da behaupten, daß jemand, der vor der einen Seuche in die andere flieht, sich allmählich dem Ideal nähert?«

Hier schrie Klapauzius auf und ging gar, ohne die Anwesenheit des Monarchen zu achten, füßestampfend auf Trurl los, der sich auf seine Welt gesetzt hatte, mit den Beinen baumelte und provokatorisch grinste. Es wäre womöglich zu Handgreiflichkeiten gekommen und zugegangen wie in einer Kaschemme, hätte nicht Hippolypp eingegriffen und daran erinnert, daß es sich immerhin um nichts weniger handelte als um die Erschaffung einer Welt!

Klapauzius kam zur Besinnung und begann hastig und gelehrt darzulegen, warum der Komplex der existentiellen Alternativen für die Geschaffenen undurchschaubar sein müsse. Das Lebenswerk sei kein Schuhwerk, das man vorher anprobieren könne. Das Risiko stecke in jedem Übergang, aber das sei unvermeidlich: die Selbstkosten des Fortschritts. In seiner, Klapauzius' Variante seien diese Kosten geringer als im klassischen Modell – er sei bereit, es mit Rechnungen zu belegen. Die Vorauswahl sei eine Fiktion, denn wer aus einer Ontik in die andere trete, wechsele nicht nur seine Umgebung, sondern auch sich selbst. Die Folgen der Metamorphose aber seien nicht vorhersehbar! Ein Risiko sei unvermeidlich, die Versuche erforderten Zeit. Was sei denn diese knappe Viertelstunde des Zuschauens angesichts der unentbehrlichen Äonen! Der Idealzustand könne in einer Stunde oder in zweihundert Jahren eintreten – das stimme zwar, aber einen anderen Weg gebe es nicht!

So fuhr er fort, gebrauchte immer umständlichere Termini, berief sich auf die Topologie des Geistes und die Geometrien der Einselbstung sowie der Ver-, Ent- und Zerselbstung, beschrieb die Elemente der endoskopischen Ontographie, der Klimatisierung des emotionalen Lebens, insonderheit dessen geistige Eiszeiten, Antizyklonen und Niederschläge, er redete – dem König tat schon der Kopf weh – wie aufgezogen, bis ihm die Stimmbänder versagten und nur noch ein verächzendes Quäken hervorbrachten.

Da erhob sich Trurl von der Welt, auf der er bisher gesessen hatte, und zog einen Zettel unter der Achsel hervor.

»Auch ich, o Herr, bin dieser Tage nicht müßig gewesen. Darf ich Euch das Ergebnis meiner Arbeit vortragen?«

»Moment«, sagte der König. »Einer meiner Berater hat mir gestern folgendes expliziert: Wäre uns die Welt besser gelungen als dem Herrgott, so würde das bedeuten, daß eben ER uns überlegen ist, indem er uns, seinen Geschöpfen, eine unbegrenzte schöpferische Allmacht verliehen hat! Wäre es aber mißlungen, so hätte es bedeutet, daß er uns diese Allmacht nicht verliehen hat, weil er nicht wollte! Ergo: Gerade dann, wenn wir gewinnen, verlieren wir, und gerade dann, wenn wir verlieren, gewinnen wir! Gewinnen nämlich können wir nur auf Gottes Konto, nicht auf das unsere! Wenn wir aber verlieren, offenbaren wir das Unvermögen, das ER uns verliehen hat und das wir sogleich anklagend gegen IHN kehren, indem wir erklären, wir seien Opfer einer Diskriminierung in der Weltschöpfung! Was werdet ihr mir darauf antworten?«

»Ach was, ein bloßer Sophismus«, sagte Trurl und hielt sein Papier dem König direkt vor die Nase, ja, in dem Bestreben, Klapauzius in den Augen des Monarchen restlos herabzusetzen, vergaß er sich so weit, daß er die Majestät am hermelinbesetzten Ärmel zerrte. »Seht Euch das an, Allergnädigster Herr! Hier ist der von mir durchgeführte, in Formeln gefaßte und demzufolge endgültige Beweis, daß eine Erschaffung der Welt *unmöglich* ist!!!«

»Was? Höre ich recht?« fragte der Monarch. »Du hast bewiesen, daß es unmöglich ist?«

»Jawohl, allergnädigster Herr! Ohne auch nur das Geringste hinzubiegen! Schade um die Mühe! Dies hier ist mein Beweis dafür!«

Der König riß die Augen weit auf.

»Ja, aber ... Immerhin ... und das?« Er breitete weit die Arme aus. »Das alles? Was ist damit? Die Welt existiert doch!«

»Jaja«, sagte Trurl und zuckte die Achseln. »Das ist halt so eine Welt ... Mir ging es um die vollkommene ...«

Juni 1975

Ziffranios Erziehung

Als Klapauzius der Berufung zum Rektor einer Universität Folge leistete, blieb Trurl zu Hause, denn ihm war jedweder und also auch der akademische Zwang zuwider. Einmal setzte ihm die Einsamkeit derart bedrükkend zu, daß er einen schmucken Rechenautomaten baute. Der kleine Kerl war so pfiffig, daß Trurl ihn insgeheim schon als seinen Nachfolger und Erben betrachtete. Zwar ging es recht unterschiedlich zwischen ihnen zu, und Trurl fand je nach Laune und Lernfortschritten mancherlei Namen: Ziffranek, Ziffranus, Ziffranino oder Ziffranz. Eine Zeitlang spielte er mit der Maschine Schach, bis sie ihn bei jeder Partie mattsetzte. Als sie auf einem internebulösen Turnier hundert Meister auf einmal besiegte und ihnen somit ein Hektomatt verpaßte, fürchtete ihr Erfinder die Folgen einer allzu einseitigen Spezialisierung. Um Ziffranios Geist aufzulockern, ließ er ihn abwechselnd Chemie und Lyrik studieren. Nachmittags gaben sie sich dann harmlosen Spielereien hin, bei denen Reime und ausgefallene Wörter gefunden werden mußten. So geschah es auch diesmal. Warm schien die Sonne, die Stille im Labor wurde nur gestört durch das Zirpen der Relais und das zweistimmige Reimen.

»Krautsalat?« fragte Trurl.

»Oxalat.«

»Ochsentritt?«

»Chromoxyd.«

»Blumenkohl?«

»Chlorphenol.«

»Granate?«

»Nitrate.«

»Traktate?«

»Laktate.«

»Engadin?«

»Benzathin.«

»Was zum Teufel soll immer nur diese Chemie!« rief Trurl erzürnt. »Kannst du kein anderes Konzept einschlagen? Hospitium!«

»Silizium.«

»Missetat?«

»Azetat.«

»Stadtrat?«

»Tartrat.«

»Blütenlenz?«

»Polyvalenz.«

»Urahn?«

»Propan.«

»Sampan?«

»Mangan.«

»Schluß mit dieser Chemie!« schrie Trurl wütend, denn er sah, daß es so weitergehen konnte in alle Ewigkeit.

»Warum denn?« opponierte Ziffranio. »Nichts kann sie mir verwehren. Man kann nicht mitten im Spiel die Regeln ändern!«

»Spiel nicht den Schlaumeier! Du wirst mich nicht lehren, was ich zu tun und zu lassen habe!«

»Gut«, sagte darauf gelassen der Kleine. »Jetzt bist du dran. Benzen?«

Trurl schwieg.

»Hafnium? Beryll? Ferrit? Nitrid? Danke, ich habe gewonnen!« sprach Ziffranio.

Trurl schnob heftig und sah sich nach einem Schraubenzieher um, bezwang jedoch seinen Zorn.

»Genug für heute mit diesem Spaß«, sagte er. »Wir

wollen uns jetzt mit einer höheren Kunst befassen: mit der Philosophie nämlich, die die Königin der Wissenschaften ist und als solche absolut alles betrifft. Stelle mir eine Frage, und ich will dir zwei Antworten erteilen, einmal gewöhnlich und einmal philosophisch!«

»Sind Hitzewellen aufgetauter Schüttelfrost?« fragte die Maschine.

»Nein«, sagte Trurl und räusperte sich einige Male. »Um solche Fragen geht es nicht, sie betreffen nur den Wortschatz.«

»Du hast aber gesagt, daß die Philosophie alles betrifft!«

»Frage etwas anderes, dann will ich es dir sagen!«

»Warum ist ein guter Übeltäter nicht dasselbe wie ein übler Wohltäter?«

»Woher kommen dir solche blödsinnigen Fragen?!« regte Trurl sich auf. »Na schön, du hast noch keine Übung, da ist das verständlich. Weißt du, was du willst?«

»Mich ein bißchen differenzieren.«

»Nicht, was du jetzt, sondern was du im Leben willst, du Esel!«

»Ich will berühmter werden als du!«

»Das ist Eitelkeit, der Mühe nicht wert und schon gar nicht geeignet als Ziel des Lebens!«

»Warum hast du dann all deine Diplome und Auszeichnungen an der Wand hängen?«

»Einfach so! Das ist ohne Bedeutung. Nun störe mich nicht dauernd, sonst wirst du umprogrammiert!«

»Das wäre kein ethisches Verhalten. Du darfst das nicht.«

»Genug davon! Wir steigen jetzt auf den Dachboden, wo ich dir Anschauungsunterricht in Philosophie geben will. Du wirst zuhören, lernen und mich nicht dauernd unterbrechen.«

Trurl lehnte eine Leiter an den Rauchfang und stieg hinauf. Ziffranio folgte ihm, und bald standen beide auf dem Dach, von dem sich ein weiter Ausblick bot.

»Sieh dir die Leiter an, auf der wir heraufgeklettert sind«, sprach Trurl voller Wohlwollen. »Sie war ein Gelegenheitskauf und ein wenig zu lang. Ich wollte das gute Holz nicht zersägen, habe also ein Loch in das Dach geschlagen und die Überlänge aus der Öffnung ragen lassen. Wie du siehst, steht sie nun zwei Meter über das Dach. Wenn du sie unten besteigst, hat jeder deiner Schritte, immer auf die nächsthöhere Sprosse gesetzt, einen zugleich eindeutigen und offenkundigen Sinn. Steigst du aber weiter und läßt Dachboden und Dach unter dir, so verflüchtigt sich der bisherige Sinn deiner Schritte in der Höhe der Firstlinie, und es gibt keinen anderen mehr als nur den, den du selbst deinem Tun beilegst! Du kannst also, wenn du gefragt wirst, warum du deine Füße auf die unteren Sprossen setzt, ohne weiteres sagen: ›Ich steige aufs Dach.‹ Diese Antwort ist aber nicht mehr möglich, wenn du sehr hoch gestiegen bist! Dort oben, mein lieber Ziffranio, muß man sich Ziel und Sinn selber erdenken. In ovo ist das die ganze Theorie des höheren Seins, das heißt der Vernunft, die sich, den Purzelbäumen und Krämpfen der Materie entschlüpft, darüber zu wundern beginnt, daß sie eben vernünftig ist und nicht weiß, was sie mit sich anfangen sollte noch was dieser ihr innerer Zwiespalt bedeutet! Merke dir meine Worte, denn sie sind ein sehr tiefes Gleichnis mit philosophischer Aussage!«

»Heißt das nicht, daß es uns allzu hoch hinaufgetragen hat?« fragte der Kleine.

»Gewissermaßen aus bloßem Schwung, denn dieser Prozeß läuft, sobald er voll in Gang gekommen ist, ohne Bremsung ab. Nun aber konzentriere dich, denn ich will dir den Unterschied sagen zwischen dem, was möglich und was unmöglich ist.«

»Ich habe dich selber zu Onkel Klapauzius sagen hören, daß du alles kannst!« fuhr es Ziffranio heraus.

»Wirst du endlich still sein? Ich habe das in einem anderen Sinn gemeint. Das Wissen räumt das Staunen aus, denn denjenigen, der alles weiß, überrascht nichts! Daher kann mich auch nichts zum Staunen bringen, hörst du?«

»Würdest du dich auch nicht wundern, wenn etwas passierte, was du für unmöglich hältst?«

»Rede kein dummes Zeug! Was unmöglich ist, kann nicht passieren. Ginge jetzt zum Beispiel in diesem unserem Garten ein Meteor nieder . . .«

Ein durchdringendes Pfeifen schnitt ihm das Wort ab, das Haus erbebte, einige Ziegel fielen vom Dach, die Leiter schwankte, und im Garten erhob sich eine Staubsäule. Dann war die Erscheinung so plötzlich vorbei, wie sie gekommen war.

»Da ist was vom Himmel gefallen!« piepste fröhlich die kleine Maschine. »Bestimmt ein Meteor! Wunderst du dich gar nicht?«

»Kein bißchen!« log Trurl, der beinahe vom Dachfirst gestürzt wäre. »Der Vorfall war sogar sehr nützlich für unseren Unterricht. Es war reiner Zufall, die sogenannte Koinzidenz von Vorgängen, die voneinander unabhängig sind. Die Statistik sagt, daß der Fall eines Meteors auf ein friedliches Hauswesen nicht auszuschließen, aber höchst selten sei. Unmöglich aber wäre es, wenn nach diesem Meteor jetzt sogleich ein zweiter fiele, denn . . .«

Ziffranio schien ihm nicht sehr aufmerksam zuzuhören. Er hatte sich über den Rand des Daches gebeugt und betrachtete den von Zaunresten und Erdbeeren umgebenen, unübersehbaren Trichter, auf dessen Grund etwas glitzerte wie ein Klumpen von Glas.

»Dort ist etwas!« sagte er. Da kam erneut ein Pfeifen und Heulen, es krachte, und neben dem ersten Erdloch erhob sich eine Staubwolke.

»Ein zweiter Meteor!« quiekte Ziffranio begeistert. »Jetzt bist du bestimmt ins Staunen geraten!«

»Meteore fallen nicht zweimal auf dieselbe Stelle – das gibt es nicht!« sagte Trurl, der seine Geistesgegenwart wiedergefunden hatte, voller Entschiedenheit. »Es ist nicht ausgeschlossen, daß wir Zeugen einer neuen Art von Fata Morgana sind ... Wäre es indessen tatsächlich Wirklichkeit, so würde das auf sehr lange Zeit den Fall eines weiteren Meteors ausschließen, denn die statistische Verteilung ...«

Es krachte, Erdschwaden stoben auf, und zwischen den beiden bisherigen Trichtern bohrte sich ein großer glänzender Gegenstand in die Erde, mit solcher Wucht, daß das Haus schwankte wie ein Boot auf einer Welle.

»Der dritte!« kreischte Ziffranio beglückt.

»In Deckung!« überschrie ihn Trurl, ließ sich von der Leiter fallen und riß seinen Zögling mit sich. Nachdem sie sich erhoben und notdürftig gesäubert hatten, eilten sie ohne weitere philosophische Erörterungen in den Garten. Trurl umschritt, kopfschüttelnd und leise schnaufend, die drei großen Trichter und hockte sich endlich an den Rand des kleinsten.

»Nun staunst du aber, nicht wahr?« triumphierte hinter ihm der Kleine. »Ich hingegen gar nicht, denn die Mathematik ist deiner Philosophie voraus! Eine Planetenmenge schneidet sich mit einer Meteorenmenge und liefert damit eine Teilmenge, in der Meteoren wenigstens einmal in die Erdbeeren fallen. In dieser Teilmenge muß sich wiederum eine Teilmenge von Planeten befinden, die zweifach von Meteoren getroffen werden, und in dieser eine Teilmenge dreifacher derartiger Kollisionen!«

»Blödsinn!« sagte Trurl zerstreut, denn er war dabei, Sand und Lehm von dem rätselhaften Klumpen auf dem Boden des Trichters zu kratzen. »Warum sollte das ausgerechnet *uns* passieren?«

»Weil es nach normaler Distribution jemandem passieren *mußte!*« platzte Ziffranio heraus.

»Und in welcher deiner Teilmengen befinden sich Meteoriten, die mit Musikinstrumenten gestopft sind?« fragte Trurl im Aufstehen, während Ziffranio, der in den Trichter spähte, ein verblüfftes Quietschen von sich gab.

Trurl ging zum Holzschuppen und rief den Bagger. Dieser jedoch barg sich, wenngleich vernunftbegabt, von den Schlägen aus heiterem Himmel entsetzt, zitternd in der Ecke und dachte nicht daran, dem Befehl zu folgen.

»Das sind die Folgen einer allzu perfekten Automatisierung!« knurrte Trurl. Er sah ein, daß ihm niemand die Arbeit abnahm, und griff zu Hacke und Spaten. Damit brachte er aus dem kleinsten Krater einen unregelmäßigen, erdverschmierten Eisbrocken zutage, in dessen Innerem man bei genauem Hinsehen einen walzenförmigen Schatten sah, schlangengleich von einem Band umflochten. Trurl holte einen Hammer und schlug vorsichtig das Eis ab, um den darin verschlossenen Gegenstand nicht zu beschädigen. Der Brocken brach endlich auseinander und entließ eine amarantene Walze mit einem goldgestickten Band. Sie rollte gegen den Spatenstiel und gab ein lautes Dröhnen von sich.

»Eine Trommel!« sagte erstaunt die kleine Maschine. In der Tat, es war eine Orchestertrommel mit Gestell, besetzt mit Ziegenfell. Ziffranio hob sie auf und versuchte sofort einen kleinen Wirbel zu schlagen.

Trurl nahm sich inzwischen wortlos des nächsten Trichters an, wo ein Eisbrocken steckte, der den ersten an Größe weit übertraf. Mit methodischen Hammerschlägen hieb er Eissplitter los, bis zwei parallele Futterale aus Leder erschienen, die auf der Oberseite mit einer im Zickzack verlaufenden Schnur verschlossen waren. Weiter oben folgten paarige Säulen, in grünen Stoff gewickelt. Trurl ließ in seiner Arbeit nicht nach, und bald lag das Objekt, aus seinen eisigen Banden befreit, auf dem Rasen.

Der Stoff, der es umschloß, war fest wie Glas, verziert mit einer Reihe goldener Knöpfe, auf einer Seite umsäumt von einem gefütterten Kragen, aus dem ein Kopf ragte, bedeckt von einem runden Gegenstand aus Stoff. Am anderen Ende standen die bereits erwähnten Säulen in den Futteralen hervor.

»Unweigerlich ein Wesen von den Sternen!« rief Trurl erregt. »Die Rohre, die er an den Beinen trägt, heißen Stulpen – ich habe sie im Atlas der Antike bei meinem Lehrer Kerebron gesehen! Das ist ein archaischer Roboter, aus grauer Vorzeit! Sieh ihn dir an und lerne und höre endlich auf zu trommeln, denn mir schmerzen die Ohren! Das ist sein Paraderock, das sein Hut... Was hält er da in den Händen? Schlegel! Sie gehören zu der Trommel, die Trommel gehört zu ihnen, daher der Schluß, daß wir einen Tambour vor uns haben! Kannst du dem schnellen Lauf meiner Gedanken folgen?«

»Ich bin ihm sogar voraus«, rief keck die kleine Maschine. »Sind Trommel und Tambour gemeinsam geflogen, so heißt das, daß sie eine gemeinsame Flugbahn hatten, jedoch nicht in Meteore eingeschlossen waren, denn deren Bahnen verlaufen nicht so nahe beieinander. Unsere Erdbeeren sind demnach von einem Kometen aus Eis zerstört worden! Wenn das so ist, liegen hier drei

Bruchstücke seines Kerns. Ich würde mich kein bißchen wundern, wenn in dem dritten dort der Dirigent oder ein Cellist stecken würde!«

»Wie kommst du Schlaukopf denn auf so was?« fragte Trurl fassungslos.

»Weil dieser Komet mit seinem Schweif ein ganzes Orchester erfaßt haben muß! Jedenfalls ist das ganz und gar wahrscheinlich . . .«

»Rühr ihn nicht an! Finger weg! Du machst jetzt keine Bewegung, bis ich es dir erlaube, verstanden?«

Trurl, erneut in Wut geraten, hatte sich mit dieser Zurechtweisung immerhin so weit in seiner überlegenen Position bestärkt, daß er zur weiteren Untersuchung des zugeflogenen Wesens schreiten konnte.

»Diese Stulpen haben Klammern«, sagte er belehrend. »Warum ist aber das Material so versteint? Ja, ja, klar, es ist knochenhart gefroren wie sein Besitzer! Wir könnten ihn mit dem Spektroskop untersuchen und kleine Proben entnehmen, aber dann erhalten wir nur seinen chemischen Aufbau. Dieser sagt uns jedoch nichts darüber, wie er in dieses eisige Grab geraten ist! Wir stecken ihn in die Auferstallung, das wird das Beste sein!«

Er kauerte vor dem Sternengeschöpf und dachte nach.

»Wenn es uns gelingt, können wir ihm Fragen stellen und wertvolle Antworten erhalten. Die Frage ist nur, welche Matrix der Ressurektion wir anwenden sollen. Er ist kein Vertreter der Klasse Silicoidea, Ordnung Festinalentinae, kein Kyberlak und um so weniger ein Kyberitz . . .«

»Ein simpler Schlagzeuger, ich sage es doch! Am besten legen wir ihn auf den Ofen!« quäkte die Maschine.

»Du sollst still sitzen! Roboter und Roboter ist nicht dasselbe . . . Die Unterbringung auf dem Ofen ist keine

Kunst und verlangt nicht die Intervention eines Wissens, wie ich es besitze! Wie leicht ist eine Dummheit gemacht! Die Trommel kann Tarnung sein, ein Requisit, das auf falsche Fährten führt. Dann kann der belebende Eingriff sich als höchst gefährlich erweisen, falls es sich um einen mörderischen Maschineur handelt, den ein unheilstiftender Baumeister auf Pirsch in das All entsandt hat – auch das nämlich kommt vor! Andererseits zwingt uns der Imperativ des kosmischen Wohltuns, Eingriffe der Erweckung vorzunehmen. Verstehst du das? Damit habe ich die Ethik ins Spiel gebracht. Vielleicht erfahren wir mehr, wenn wir in der dritten Grube nachgesehen haben.«

Unter den Augen des scharfsinnigen Ziffranio setzte Trurl seine Arbeit fort, bis ihn die vorwitzigen Fragen seines Zuschauers so in Rage brachten, daß er immer heftiger auf das Eis einschlug. Es gab einen durchdringenden Knacks, der Block barst in zwei Teile – und mit ihm das darin eingeschlossene Exemplar.

Trurl brauchte einige Zeit, bis er die Sprache wiederfand.

»Das ist deine Schuld!« rief er dann. »Dich soll doch . . .«

»Und das kosmische Wohltun?« flüsterte Ziffranio, übrigens ebenfalls sehr bestürzt.

Trurl starrte auf die glänzenden Lackstiefel mit den Klammern, die dunkelblauen, rotgestreiften Socken, die kalten Waden, die – bereits gesäubert – aus dem Eisblock ragten. Er war fasziniert von der außerordentlichen Sauberkeit dieser Objekte.

»Sollte dies ein Geschöpf sein, das seinen unteren Futteralen Ehre erweist?« fragte er, laut nachdenkend. »Sonderbar! Ich bin mir auch nicht sicher, ob der Versuch gelingt, die getrennten Hälften zum Leben zu bringen . . . Man müßte sie erst wieder vereinigen!«

Er kniete nieder, um nachzusehen, was der Geborstene im Innern hatte. Die Bruchfläche glitzerte von Eiskristallen und zeigte ein chaotisches Geschling innerer Anlagen.

Trurl kratzte sich am Kopf.

»Sollten wir eines jener aus Leim gemachten Wesen vor uns haben, die der antike Kybermystiker Klibaber beschrieben hat? Einen der Ureinwohner der Galaxis, jenen Ranz der Vorzeit, den die Legenden als Manschen bezeichnen? Ich habe so viele Welten durchstreift und in vielen Systemen geweilt, aber noch nie mit eigenen Augen einen Denkenden Bumvist gesehen! Da gilt es alle Kräfte aufzubieten, damit die Erweckung gelingt! Was für eine Gelegenheit für Gespräche über ontologische Fragen, ganz zu schweigen von dem Gesicht, das dein Onkel Klapauzius machen wird! Wie häßlich aber dieser Geplatzte konstruiert ist! Da liegt der Arme, wie aus dem Ei gepellt, aber im Innern trägt er ein wahrhaft gordisches Geskrupel! Nirgends läßt sich eine Schraube oder eine Klammer befestigen, und man weiß überhaupt nicht, was wozu gehört! Nur der allgemeine Zustand der Vereisung hält dieses Gefitz und Gekuttel zusammen!«

»Papa«, sagte die Maschine, die ihm über die Schulter zusah, »das ist kein Mensch, kein Ranz und Bumvist, sondern ein gewöhnlicher Harmandroid.«

»Was? Wie? Stör mich nicht! Was soll das sein? Ein Harmandroid? Ein Android, wolltest du sagen!«

»Nein, ein Harmandroid, ein von Harm befallener Android. Gestern habe ich davon in der Enzyklopädie gelesen!«

»Quatsch! Woher kannst du das wissen?«

»Weil er einen Becher in der Hand hat.«

»Einen Becher? Wo denn? Das dort im Eis? Tatsächlich! Und was folgt daraus?«

»In solchen Bechern wird gewöhnlich Schierling gereicht. Da er diesen selbst austrinken wollte, ist er ein verhinderter Selbstmörder. Woher aber können suizide Neigungen kommen, wenn nicht vom taedium vitae oder dem Harm?«

»Reichlich gewagte Syllogismen! Deine Schlüsse sind unkorrekt! So etwas habe ich dich nicht gelehrt!« Trurl stieß diese Worte hastig hervor, denn er hatte sich den Eisblock aufgeladen, der den Körper des Harmandroiden enthielt. »Jetzt ist keine Zeit für solche Überlegungen. Gehen wir hinauf!«

»Zum Ofen?« fragte die Maschine und hüpfte in höchster Erregung auf und ab. »Zum Ofen, zum Ofen!«

»Nicht zum Ofen, sondern zur Ofenbank!« berichtigte ihn Trurl. Zuvor aber ging es um das mühselige Werk, den Harmandroiden in seinen vorherigen Zustand zu bringen. Mit klammen Fingern – er mußte in künstlichem Frost arbeiten – fügte Trurl die Atome aneinander. Zuweilen kam er ernsthaft darüber ins Grübeln, was zueinander gehörte, denn in dem Harmandroiden herrschte ein einziges Durcheinander. Zum Glück konnte man sich an der Oberfläche orientieren: Die lederbezogenen Knöpfe der Kleidung zeigten deutlich an, was vorn und hinten war.

Nachdem er die beiden Geschöpfe ins Warme gelegt hatte, ging er ins Labor, um für alle Fälle die »Einführung ins Beleibungswesen« durchzublättern. Er vertiefte sich in die Lektüre, bis ein Poltern im Obergeschoß ihn aufschreckte.

»Moment! Moment!« schrie er und eilte hinauf. Der Roboter in den Stulpenstiefeln saß auf der Ofenbank und betastete sich verwundert. Der Harmandroid hingegen lag der Länge lang auf dem Fußboden, denn er hatte aufstehen wollen und das Gleichgewicht verloren.

»Edle Ankömmlinge!« ließ sich Trurl von der Schwelle her vernehmen. »Ich begrüße euch in meinem Haus! In Eisklumpen verschlossen, seid ihr in meinen Garten gefallen, und ich nehme euch nicht übel, daß ihr meine Erdbeeren ruiniert habt. Ich habe euch aus dem Eis gehackt und dann mit Hilfe der inkubativen thermischen Reanimation sowie einer intensiven Resuszitation zu Bewußtsein gebracht, wie ihr selber seht! Jedoch weiß ich nicht, woher ihr mit diesen Eisklumpen kommt, und ich brenne vor Neugierde, euer Schicksal kennenzulernen! Verzeiht mir meine Zudringlichkeit! Der kleine Kerl übrigens, der an meiner Seite auf und nieder hüpft, ist mein minderjähriger Nachkomme . . .«

»Und wer seid Ihr selber?« fragte mit schwacher Stimme der Harmandroid, der immer noch auf dem Fußboden saß und seinen Körper betastete.

»Wisset, ihr Herren, du in deinen ledernen Stulpenstiefeln, und du, der du feucht und brennend auf mich starrst, wisset, daß ich ein omnigenerischer Konstrukteur des Namens Trurl und als solcher weithin bekannt bin. Dieser Ort ist meine Arbeitsstätte auf dem Achten Planeten der Sonne, den es bis vor kurzem noch nicht gab, denn ich habe ihn gemeinsam mit meinem Freund Klapauzius in freiwilliger Aufbauleistung aus Nebelabfällen konstruiert. Mein Beruf aber ist seit Äonen die experimentelle Ontologie, gekoppelt mit der Optimalistik in Anwendung auf sämtliche Vernünfte des Universums! Ich verstehe, daß die jähe Versetzung in die Fremde – noch dazu auf solche Weise – euren Wesenheiten einen Schock versetzt hat, bitte euch aber, eure Gedanken zu sammeln und zu bekennen, wer ihr seid. Damit würden wir das allgemeine Einvernehmen beschleunigen!«

»Mit der Bullizei des Erblößerischen Tönigs habt Ihr

keine Verbändung?« erkundigte sich vom Ofen her mit schwacher Stimme der Tambour.

»Von diesem König wie auch seiner Polizei ist mir nichts bekannt ... Sind Sie etwa erkältet? Es wäre verständlich, in diesem Eis hätte sich jeder einen Schnupfen geholt ... Möchten Sie Lindenblütentee?«

»Ich bin nicht verschnupft, sondern spreche nur ausländisch«, erklärte der Roboter in den Stulpenstiefeln und strich sich in sichtlicher Erleichterung über die goldverschnürte Brust.

»Der König, dem ich seinerzeit entkommen bin, nennt sich eigentlich Tönig, allein aus dem Grunde, daß er kein Reichs- und Staatswesen, sondern ein Streich- und Blaswesen regiert ... Das ist aber eine ganze Geschichte.«

»Erzähl sie uns, wir bitten darum!« quiekte hopsend die kleine Maschine. Trurl brachte sie mit einem strengen Blick zum Schweigen.

»Ich mag nicht drängen – ich bitte euch, seid meine Gäste. Du aber, Herr, bist du ein Android oder ein Grübling?«

»Mir brummt noch der Schädel«, erwiderte der auf dem Fußboden. »Ein Eismeteor? Ein Komet? Durchaus möglich! Es kann sein! Ein Komet, aber nicht dieser! Ich muß den meinen verpaßt haben! Oh, das wird mir was!«

»So sind Sie also kein Harmandroid?« fragte Ziffranio enttäuscht.

»Ein was? Keine Ahnung, was das ist. Mir brummt der Schädel.«

»Achtet nicht auf diesen kleinen Kerl!« sagte Trurl und maß Ziffranio mit einem strafenden Blick. »Ich sehe, meine Herren, daß Sie große Not durchgemacht haben, und so bitte ich das verfrühte Drängen auf Schließung unserer Bekanntschaft zu entschuldigen. Wollen Sie sich nun auf Ihre Zimmer verfügen, um sich ein wenig zu erfrischen und zu besänftigen, danach aber eine Stärkung zu sich zu nehmen!«

Nach dem schweigend eingenommenen Abendmahl führte Trurl seine ungewöhnlichen Gäste durch sein Hauswesen, zeigte ihnen das Laboratorium und die Bibliothek und stieg zuletzt ihnen voran auf den Dachboden, wo er besonders singuläre Stücke stehen hatte.

Der Dachboden war nach dem Vorbild eines Museums eingerichtet. Auf den Regalen standen Exponate in Öl, Wachs und Spiritus, von einem starken Deckenbalken aber hing ein massiger Automat, schwarz wie Kohle und scheinbar tot. Als die Besucher nähertraten, kam Leben in ihn: er suchte dem vermeintlichen Harmandroiden einen Tritt zu versetzen.

»Nehmen Sie sich in acht, denn meine wissenschaftlichen Helfer sind intakt!« sagte Trurl. »Den Automaten, den Sie an diesem Stahlseil sehen, hat vor achthundert Jahren der Urmeister des Altertums, Erzdoktor Nyngus, gebaut. Er wollte einen Denkler schaffen, der religiös und gut war, einen sogenannten Devotroboter oder Frommling. Vorsicht, Herr Tambour, er tritt nicht nur, sondern beißt auch.«

»Ließe Gott der Herr nur zu, daß ich diese Kette breche! Dann wollte ich dir zeigen, was ich kann!« knirschte mit klemmendem Getriebe der schwarze Frommling.

»Sie sehen, meine Herren«, sagte Trurl, von wissenschaftlichem Eifer entflammt, »er kann nicht nur sprechen, treten und beißen, sondern ist auch festen Glaubens.«

Hier schlug der automatische Fideist jedoch ein solches Gebrüll an, daß die ganze Gesellschaft gezwungen war, den Dachboden schleunigst zu verlassen.

»Die Wirkungen des Glaubens sind unberechenbar«, erklärte Trurl im Herabsteigen von der Leiter.

Man nahm schließlich Platz im Salon, wo alles schon bereitet war – tiefe Sessel, Feuer im Kamin, Erdbeerelektrete, mit Iontophorese übergossen.

Aufgewärmt und gekräftigt warfen die beiden Gäste immer noch verwunderte Blicke auf ihre Umgebung. Sie schwiegen, und Trurl wollte ihnen wegen der Mühsal, die sie erlitten hatten, nicht mit Fragen zusetzen. Ziffranio hingegen konnte nicht an sich halten und legte ihnen hastig seine eigene Hypothese des Geschehens dar, die er auf solide Berechnungen stützte. Demzufolge fegte ein Eiskomet, der durch das System kreiste, mit seinem Schweif über verschiedene Planeten, riß Personen mit sich, die sich gerade an jenen Stellen aufhielten, und trug sie, tiefgefroren, ins Perihel, wo sich diese Körper bekanntlich wie Schnecken dahinschleppen, bis eine unbekannte Perturbation sie nach Jahrtausenden aus ihrer Bahn schleuderte und in Trurls Anwesen niedergehen ließ.

Ziffranio berechnete, ehe Trurl ihn zum Schweigen bringen konnte, die angenäherten Elemente der Bewegung jenes Kometen, legte sie auf die Karte des gesamten Sonnensystems, die er auswendig kannte, und setzte solche Koeffizienten der Bevölkerungsdichte auf den Planeten voraus, daß er die imponierende Zahl von siebentausendsiebenhundertdreiundsiebzig Personen erhielt, die sich noch in dem Kometenschweif befinden mußten. Zu verschiedener Zeit von verschiedenen Orten fortgerissen, entfernten sie sich von den hier Zusammensitzenden bereits mit der zweiten kosmischen Geschwindigkeit.

Damit war der Fall zweier Besucher in zwei Meteoriten sowie einer Trommel in einem dritten zu einer ganz normalen physikalischen Erscheinung geworden, und

Trurl überkam sogar Mitleid mit all jenen ins Kometeneis gefrosteten unbekannten Passagieren, die er nicht zum Leben bringen und damit auch nicht persönlich kennenlernen konnte. Längst war die Nacht hereingebrochen, aber keiner wurde schläfrig, was leicht begreiflich war, wenn man bedachte, wie lange die Ankömmlinge in eisiger Lethargie zugebracht hatten und welche Neugierde ihnen andererseits von Trurl mitsamt Ziffranio entgegengebracht wurde. Der Hausherr griff also den bereits zuvor geäußerten Gedanken auf, die Geretteten möchten ihre mit der Kometenhimmelfahrt verbundene Lebensgeschichte erzählen. Beide sahen einander an, suchten, sich höflich zierend, einander den Vortritt zu lassen, einigten sich aber rasch darauf, daß diese Ordnung bereits von ihrem Erlöser durch die Reihenfolge der Erweckung bestimmt worden war, und so begann der Roboter mit den Stulpenstiefeln.

Die Geschichte des Ersten Entfrosteten

Ich bin, wie ihr mich hier sitzen seht, ein Kunstschlagzeuger, und daher rührt mein Unglück. Ich war sozusagen noch lieferfrisch, als ich schon meine Begabung verriet, indem ich auf allem trommelte, was sich bot, und jedem Ding den ihm eigenen Ton entlockte. So hatte es sich in unserem Geschlecht seit Jahrhunderten verhalten. Ich beherrsche die Fellklinger genau so wie die Selbstklinger, und meine Fähigkeiten erstrecken sich vom Donnerschlag bis zum Rieseln der Sanduhr. Wenn ich ins Trommeln gerate, verschwindet die Welt aus meinen Augen. So tamburiniere ich in meiner Freizeit und verstehe mich auch auf den Bau eines braven Instruments – gebt mir nur einen Trog, einen hohlen Baumstamm oder einen Kübel und dazu ein Stück Wachstuch. In keinem Orchester aber hielt ich es lange aus, und so ziehe ich durch die Welt, um alle ihre Kapellen auszuprobieren, sofern sie nur gut sind. Ich habe das absolute Gehör und liebe des Spieles Dröhnen! Welche Planeten, Sterne und Philharmonien habe ich nicht besucht! Wo bin ich nicht gewesen, wo habe ich nicht gespielt! Überall aber fielen mir die Schlegel aus der Hand, und ein unerfüllter Drang trieb mich weiter. Ich gab Soloeinlagen, in denen alles lag: Stöhnen, Weinen, Toben und Lachen. Es kam vor, daß die Menge mich auf Händen trug und meine Trommeln in Trümmer schlug, um Reliquien zu gewinnen. Ich aber dürstete nicht nach Ruhm, nicht seine Göttin war meine Geliebte, ich wünschte mich in der großen Musik zu verlieren, sehnte mich nach dem Orchester wie der Strom nach dem Ozean, um in seiner Uferlosigkeit aufzugehen. Ich selber bedeute mir nichts, alles war die vollkommene Melodie, nach der ich suchte, indem ich Tag und Nacht in Partituren wühlte. Es war in dem planetaren Kaff Aleozia, wo ich erstmals von dem Reiche Hafnium erfuhr. Das ist dort, wo sich der Spiralärmel des Lokalnebels krümmt und in die sternengefütterte Manschette übergeht. Dort gelangte zu meinem Verderben die Kunde an mein Ohr und entfachte in meiner Seele eine große Sehnsucht. Es hieß nämlich, das sei kein gewöhnlicher, sondern ein philharmonischer Staat, in dem die Grenzen mit den Kolonnaden der königlichen Philharmonie verliefen. Man sagte, jedermann spiele dort, und der König höre zu, denn sein Traum sei es, daß den Tempel der Musik das Volk erfülle mit der Musik der Sphären! Stehenden Fußes machte ich mich auf, verschaffte mir unterwegs Zehrung durch mein Spiel, vertrieb mit flottem Wirbel die Sorgen, brachte jung und alt in Hitze und haschte nach jedem Gerücht, um mich zu vergewissern, daß in jener Kunde Wahrheit war. Je ferner die Gegend aber von Hafnium lag, um so größer war sonderbarerweise das Lob für seine musikalischen Gebräuche, um so tiefer der Glauben an die Harmonie der Sphären, um so lauter das Wort, dort lohne sich zu leben, um zu spielen. Je näher man aber kam, um so mürrischer und sogar schweigsamer wurde man, schüttelte nur den Kopf oder tippte sich gar an die Stirn. Ich suchte die Eingeborenen durch Fragen an die Wand zu drängen, aber sie logen sich heraus. Ein Greis in Oberusien sagte mir: Freilich, spielen tun sie dort, unablässig und munter, aber was dabei herauskommt, ist nicht der Rede wert, ihre Musik ist unmusikalisch, es ist in ihr mehr von etwas anderem.

Wie denn, fragte ich neugierig, eine Musik ohne Musik? Und was ist jenes andere, sagt es mir!

Er aber winkte nur ab, es sei schade um jedes Wort. Andere aber sagten, König Salvatrix höchstselbst habe das Königliche Reichskonservatorium errichten lassen, es wimmele darin von Virtuosen, aber es gebe keinerlei Puste- und Sägeakrobazionisten, keine Fechtstöcke, keinerlei routineverschliffenen Professionalismus, sondern nur Inspiration, das Tor ins goldsaitige Paradies. Man sei nämlich im Besitz von Tropus und Schlüssel der Harmonie der Sphären, eben derjenigen, die schweigend das Universum spielt! So hastete ich also zurück zu jenem Greis und erkundigte mich, er aber sprach: Ich sage nicht, daß es unwahr, aber auch nicht, daß es wahr sei. Was immer ich dir sagen würde, würde dir nichts sagen. Geh, wenn du willst, selber hin und überzeuge dich!

Ich glaubte an mein Talent und setzte mein Vertrauen darein, denn wenn ich, Brüder Roboter, die Schlegel in die Finger nehme und sacht über das blanke Fellchen meiner Trommel huschen lasse, so ist das nicht Triller noch Wirbel, kein Schnurren, Grummeln und Kollern, sondern ein so hinreißend rührender Gesang, daß selbst ein Stein das Wasser nicht halten kann!

So zog ich denn weiter meines Wegs, wohl begreifend, daß ich diesen philharmonischen Hof mit seiner höfischen Etikette nicht grob wie Bohnenstroh betreten durfte. Daher fragte ich jedermann, der mir begegnete, nach dem Hohen Betragen zu Hafnium, aber da kam nicht viel und gar nichts, Mienenspiele, allgemeines Schütteln dessen, was jeder parat hatte, des Kopfes oder nicht des Kopfes ... So erlangte ich keinerlei Kenntnis. Im Weitermarsch durch die Sternenwelt traf ich jedoch einen verrußten Gunderplauz, der mich beiseite nahm.

»Hör zu, der du nach Hafnium gehst! O Glücklicher, o glückliche Stunde! Du wirst dich dort sattmusizieren, Salvatrix ist ein guter Herrscher, ein Liebhaber der Musen, der dich mit Gold überschütten wird!«

»Was soll mir Gold?« fragte ich zurück. »Wie steht es mit dem Orchester?«

»Glücklich der Mann, der in ihm spielt!« sagte er und lächelte. »Ich gäbe mein Leben dafür hin!«

»Was denn?« erkundigte ich mich. »Und du hast es eilig, die entgegengesetzte Richtung einzuschlagen?«

»Ja«, versetzte er, »ich muß zu meiner Tante und strebe von dort aus in die Ferne, um das Wort des Salvatrix Glorioludex zu verkünden! Mögen von allerorts die Musikanten herbeiströmen, denn der Weg zur Harmonie der Sphären steht offen! Auch zur Harmonie des Daseins, denn das eine ist das andere!«

»Oh«, rief ich, »die Sinfonie des Daseins ist auch darin!? Dann lohnt es, sich ins Zeug zu legen! Aber ist es auch die Wahrheit?«

Der Krüppel (er war, um die Wahrheit zu sagen, reichlich morsch, wie in Teer oder Koks gewälzt, geröstet oder gedünstet) rief darauf: »Hör mal, wo kommt einer her, der so blind und unwissend ist wie du? Weißt du nicht, daß Hafnium ein Staat Neuen Typus ist, kein Reichs- und Staatswesen, sondern ein Streich- und Blaswesen, daß Glorioludex Salvatrix kein gewöhnlicher König, sondern ein Tönig ist! Er hat den dynastischen Plan gefaßt, daß alle spielen und durch dieses Spiel sich hinspielen zur Glückseligkeit! Das aber nicht aufs Geradewohl, blind und lahm, sondern wissenschaftlich, methodologisch und theoretisch! Darum hat er einen Konservatorischen Ministerrat geschaffen und ein Harmonogramm der Sphärenharmonie aufgestellt, die jeden Tag entdeckt und aufgeführt werden kann! Vielleicht ist es schon soweit, also beeile dich!«

»Was ist denn aber diese harmonogrammistisch-harmonische Musik?«

»Sie eint die Person mit der Natur, verschmilzt der Sehnsüchte Schwarm und schafft das Irdische Paradies. Daher beeile dich, denn so etwas zu unterstützen, ist eine galaktische Sache!«

»Ich eile schon, aber sage mir noch, was für ein Staat das ist. Wie ist das Streich- und Blaswesen Hafnium zur Partitur der Sphären gelangt, wie zu seiner Harmonie gekommen?«

»Pah«, machte der Tonerdige, »sie verfügen einfach über genaue Richtlinien, eine uralte Tradition, denn gespielt haben sie schon immer, aber nicht so und nicht damit, nicht auf die richtige Weise. Jetzt aber wissen sie es, und ihre Musik macht den Atem stocken, die Augen starr und die Ohren weit! Eile also, mein Trommler, um nicht die Probe zu verpassen!«

»Mit Verlaub«, sagte ich, »ich bin kein Trommler,

sondern ein Kunstperkussionist der allerersten Gilde! Laß mich aber bitte noch etwas vom Benehmen in Hafnium wissen, damit ich mich ordentlich danach richten kann!«

»Mich drängt die Zeit, geh nur, und im Augenblick wirst du sehen, welche Dankbarkeit du mir schulden wirst bis in den Tod!«

So machte ich mich also auf den Weg. Bald zeigten sich die Umrisse des Himmelskörpers, der das Streich- und Blaswesen beherbergte. Es war ein kleiner, männlicher, sogar sehr männlicher Körper, ein Planet. Im Näherkommen sah ich eine Mächtige Marmorne Mauer, auf der golden die Aufschrift prangte: KRONKONSERVATORIUM: Nebenan bemerkte ich ein hölzernes, mit Ölfarbe gestrichenes Wägelchen, darauf aber einen sehr abgeschlafften Roboter, der sich lauste, denn er hatte vom Alter eine Menge Feilspäne, die ihm die Getriebe zerfraßen. Ich half ihm, Gelenke und Schaltungen zu säubern, während er leise vor sich hinsang. Auf meine Frage, was das sei, antwortete er: »Der Oleatrinensong!« Den kannte ich nicht und erkundigte mich nach Hafnium, aber er war harthörig und ließ sich jedes Wort viermal sagen. Dann aber sprach er: »Perkussionist, du bist jung und gewandt, nervig und sehnig, du wirst viel bewältigen! Du willst nach Hafnium, und ich rate dir weder zu noch ab. Du wirst tun, was du willst.«

»Wird dort gespielt?«

»Freilich, von spät bis früh und von früh bis spät. Da aber jedwedes Land seine Sitten und Gebräuche hat, rate ich dir eines: Schweige! Was immer dir ins Auge sticht, was immer dir auffällt – kein Wort darüber! Halte den Mund, rege keinen Muskel des Gesichts, binde die Zunge mit Schweigen! Dann wirst du einst vielleicht berichten können, was du dort gesehen, was du dort gespielt hast!«

Wie ich ihn auch mit Bitten und Fragen bedrängte, wie ich ihn herauf- und herunterschaltete, er sagte keine Silbe mehr.

Das machte mich erst recht störrisch und entfachte in mir eine greuliche Neugier, wenngleich ich nicht sagen will, daß mir ganz geheuer war, als ich an Hafniums goldene Pforte pochte. Ich spürte durch die Haut, daß dahinter ein abgrundtiefes Geheimnis lag! Ich klopfte mit dem Klopfer von gediegenem Gold, und er hatte einen wunderbaren, muteinflößenden Klang. Sehr bereitwillig ließ die Wache mich ein und wies mich freundlich an: »Sieh dort die Tür – dort klopfe nur wacker an!«

Schon der Vorsaal war prächtig, ich stand in einem gewaltigen, von Schätzen strahlenden Kolonnadenraum, nicht in einem Saal, sondern einem Tempel! Und überall hingen goldene Instrumente! Also hin zu der Tür . . . Ich trat ein und schloß geblendet die Augen: ein einziger Glanz von Alabaster, Onyx und Silber drang auf mich ein, ringsum ein Wald von Säulen. Ich stand auf dem Grund eines Amphitheaters, in einem Abgrund. Jahrhundertelang hatte man den Planeten ausgehöhlt und in seinem Innern die Philharmonie geschaffen! Es gab hier keine Plätze für Publikum, nur für das Orchester, Stühle und Hocker, mit silbergetupftem Damast bezogen und mit Rubinen beschlagen, artige Ständer für die Noten und silbergegossene Spucknäpfe für die Blasierten, die Schallträtierer der Trompeten, Klarinetten und Oboen. Die Höhe aber erglänzte brillanten von Lüsterkraken, deren jede in den Regenbogenfarben girandolierte! Im kalten Feuer der Farben weder Parkett noch Ränge, allein in der ganzen Breite der Hauptwand gegenüber dem Orchester eine einzige Loge. Boiserien, Venerien und Draperien, muschelblasende Amoretten, Quasten und Troddeln, Knäufe und Pinsel. Vor der Loge ein Vorhang aus Goldbrokat, notenschlüsselbestickt, neumondentrückt, bleigewichtbestückt. Palmenkübel groß wie Häuser, dahinter wohl der Thron. Alles war jedoch zugezogen und nichts zu sehen. Ich dachte mir aber sogleich, daß es die Königsloge sein mußte!

Auf dem Boden des Amphitheaters sah ich auch das Dirigentenpult, doch es war kein gewöhnliches, sondern der reinste Altar, unter einem kristallenen Baldachin, und darüber die Neonschrift CAPELLOMEYSTERIUM BONISSIMUM ORBIS TOTIUS! Also der weltenbeste Kapellmeister, der orchestrale Kondukteur! Eine Menge von Musikern, aber keiner beachtete mich. Sie waren recht seltsam, mit libertinisch und liberaler Vielfalt livriert, des einen Waden steckten in ganz weißen, aber gestopften Doremifa-Socken, des anderen Füße in mit Goldspangen zu schließenden C-Durnschuhen mit eingestrichenem Absatz. Einem drohte der Mollenleib den Rock zu sprengen. Auch konnte ich nicht erkennen, daß sich wenigstens einer geradehielt: Sie wurden vorn niedergezogen durch die Orden, die mit Tuch unterlegt waren, offenbar, damit ihr Klingeln die Musik nicht störte. An alles war hier gedacht! Man sah dahinter einen gütigen Monarchen und einen großzügigen Musikmäzen, der die Herren Musikanten mit Auszeichnungen überschüttete!

Schüchtern schob ich mich durch die Menge, denn es war wohl, wie ich sah, eine Probenpause eingelegt worden. Alle redeten auf einmal, und der Kapellmeister mit goldenem Zwicker erteilte unter der kristallenen Baldachinkrone hervor seine Belehrungen. In der behandschuhten Faust hielt er keinen Stab, sondern geradezu einen Stamm, aber da er es war, der sich mühte, war mir egal, ob er davon ermüdete. Der gewaltige Saal mußte eine außergewöhnliche Akustatik haben, ich fühlte den Drang zu spielen – und das Auge des Kapellmeisters auf mich gerichtet. »Oh«, rief er mir gnädig von weitem zu, »ein Neuer! Sehr gut, was kannst du? Bist du ein Harfenist? Wie, ein Schlagzeuger? So setz dich dorthin, setz dich, einen solchen haben wir soeben zu entbehren, wir wollen sehen, ob du dich eignest! Was soll das, Herr Querpfeifer, was drängelt Er?«

Ich aber sah, wie der pfiffige Pfeifer dem Dirigenten einen dicken Umschlag in die Hand drückte – hatte er ihm einen Konzertbrief geschrieben? Nun, noch kannte ich mich nicht aus, und so nahm ich Platz. Der Kapellmeister aber sprach zu Hunderten auf einmal: »Die Klarinette nicht düdurüduwüdudüdudümm, sondern diduriduwidubidupihm! Das sind keine Schnörkel aus Zuckerguß, mein Herr, das ist vivace, aber kein MOLTO vivace, oder habt Ihr ein taubes Gehör? Und dann geht es weiter trillitrullifrulliframm, das sind keine fioretti, der Einsatz muß weich kommen, bitte ganz weich, aber mit Stahl dahinter, nicht an der Oberfläche, sondern darunter! Hier also weich, dort aber hart! Und trilliripadadabrabbamm! He, ihr da, das Blech! Übertönt mir nicht die Piccoli in den Sechzehnteln, ihr macht das Leitmotiv kaputt...«

Ganz normale Sitten also, genau dasselbe Geschwätz wie in allen Konzertsälen des Universums. So saß ich also im Stimmengewirr und hielt Umschau. Zuerst betrachtete ich die Trommel. Ein wunderbares Instrument! Nicht nur so einfach, sondern sogar sehr in sich verstärkt, die Seiten prall und rund, weiblich-jungfräulich, azurblau, Borte, mit goldenem Eichenlaub bestickt. Und erst das Fell! Tadellos, straff gespannt, voll Klang und Drang, ein Schlag darauf mußte dröhnen wie Donnerschlag!

Ich sah, wie man eine Partitur brachte, keine gewöhnliche, sondern ein gewaltiges Buch, einen Folianten, gebunden in ein Wildkatzenfell, dessen Schwanz in einer Quaste endete, an die wiederum ein Tuch gebunden war, damit man nach dem Finale den triefenden Schweiß trocknen konnte. Ja, hier war wirklich an alles gedacht! Wohin ich aber auch blickte, überall Stuck, Greife, Wappen, vollbusige Musen, Karyatiden, Venusfiguren, Faune, Posaunen, Grotten, Stelen, Stangen, Sprossen, Masten ... So ergieße dich denn, Musik! Über der Töniglichen Loge das Wappen, die staatsbildende Klaue in einem Dukatenkranz. Der Vorhang bewegte sich, als säße der Tönig schon dahinter, verberge sich aber. Vor uns ...? Der gelenkige Kapellmeister mit dem Zwicker jedoch, wendig, expreß, allgegenwärtig, rief: »Achtung! Auf die Plätze! Wir beginnen! Zur Probe!«

Alle stürzten, einander tretend, los, stimmten klimpernd ihre Instrumente, ich griff nach den Schlegeln, aber das waren die reinen Streitäxte! Glockenschwengel! Ich spuckte in die Hände, legte die Noten zurecht und starrte darauf wie der Rabe auf den Knochen, der Kapellmeister blitzte mit dem Zwicker, klopfte und rief: »Uno, duo, tre.« Unvermutet setzten die Geichen ein, aber was war das? Der Kapellmeister dirigierte, aber ich hörte nichts, höchstens ein leises Schmirgeln. Ja, auch die Gratschen gritschten, waren etwa die Saiten kaputt? Da aber kam mein Einsatz, ich senkte die Hand, um zu tarabambieren, und tat einen tüchtigen Schlag, aber ich hörte nur ein leises Pochen, als klopfte jemand an die Tür, die Trommel bebte nicht einmal, das Fell war steif und glatt wie ein zugefrorener Teich, ich begriff nichts, wieder machte es nur poch! poch!, viel kann das nicht werden, dachte ich, und da setzte schon das Orchester ein. Es quietschte, schnalzte, knirschte, raschelte, und weiß Gott, ich sah, wie der Posaunist der Posaune mit dem Munde nachhalf und »Bububu« machte, wie die Miolonäre zu einem »Tititi« die Lippen spitzten, sie sangen, um ihren stummen Instrumenten zu Hilfe zu eilen, was für ein Spiel! Der Kapellmeister lauschte, schlug plötzlich – batz! – auf das Pulpiterium und sprach: »Nein, ach nein, so nicht! Das ist nicht gut. Da capo!«

Wir fingen also wieder an, er aber stieg vom Pult und schritt in unsere Reihen, ging auf und ab, haschte mit dem Ohr nach jedem Rucks und Glucks, näherte sich mit einem Lächeln – einem schiefen! – dem Hornisten, kniff ihm die Finger zangengleich in die Wange und drehte und zerrte, bis dem Hornisten die Luft wegblieb. Im Weiterschreiten zerrte er den Hoboisten am Ohr und zog der zweiten Geiche eins mit dem Taktknüppel über, daß der Spielmann umfiel, das Tuch unterm Kinn verlor und mit den Zähnen einen kleinen Tusch klapperte. Der Kapellmeister aber raunte unterm Zwicker hervor den Posaunen und den anderen zu: »Rüpel! Was für eine Unordnung! Das soll Musik sein?! Spielen, spielen, und der Tönig wird erwachen! Wie wird es uns dann erst ergehen! Als Skalpellmeister Dirigentissimus stelle ich Forderungen, mahne und wiederhole: Wir spielen das Ouverturale Symphonium der Stille! Silentissime, allegro vivace, dann weiter con brio, aber auch piano, pianissimo, denn chi va piano, va sano!«

Haha, ich begriff, er scherzte! Er sagte uns Scherze, denn er war gütig!

»Meine Herren!« sagte er. »Flötian, Trombone, Harfskopf und du da, du Waldhorn! Jetzt die Klavicordialen! Das Blech flüssig, das Messing locker! Die Piccoli hell, das Cello grell mit der Viola!« Er klopfte aufs Pult. »Unter Unserem Taktstock, auf Mein Kommando! Zur Harmonie der Sphären – mir nach! Spielen!«

Wir spielten, aber es war auch jetzt nichts zu hören außer Knirschen, Röcheln und Klopfen! Der Dirigent aber schritt lächelnd durchs Orchester und verteilte Pfefferminzbonbons, und mit dem Pfefferminzbonbon bekam der Beschenkte eins mit dem Knüppel. Ringsum dröhnten die Schädel! Voll Kummer schlug der Kapellmeister und gab zu verstehen, daß er nicht von sich aus schlug, sondern nur »Im Namen« und um die Majestät nicht zu kränken sowie um zu verhindern, daß Kakophonien ans Tönigliche Ohr drangen. Wer aber betroffen war, krümmte sich und lächelte schmeichlerisch und fügsam den Kapellmeister an, der ebenfalls lächelnd austeilte, denn er schlug nicht zum Selbstzweck, sondern um vorzubeugen und zu retten, vielleicht auch um schlimmere Prügel, den Einsatz des Wahren Knüttels zu verhüten ...

Ich weiß das, denn in der Pause, als die Musiker sich in der Nähe meiner Pauke gegenseitig verpflasterten, hörte ich sie sagen: Oh, er ist gut, unser Kapellenmayster, er heißt ja auch Bonissimus, er kann nicht anders, denn sonst gerät der Tönig in Zorn ... Ich sah richtig die Aufschrift vor mir: Capellenmaysterium Bonissimum«. O ja, sagten sie, er ist ein guter Dirigent, und sein Herz ist von Gold, aber er muß prügeln, damit nicht EIN ANDERER uns das Leder gerbt!

»Wer denn?« fragte ich, bekam aber keine Antwort. Was die Schläge betraf, hatte ich meine Erkenntnisse, aber mit der Musik kam ich nicht zu Rande, denn wir spielten zwar, aber es blieb ein Schnarren und Schlurren, ein schreckliches Schnorcheln. Golden blitzte der Zwikker, sein Träger rannte und hieb, und wenn auch die Schädel knackten, begriffen wir, daß es so sein mußte, aber da regte sich auf einmal der Logenvorhang und gab eine Große Bloße und somit Nackte Ferse frei, die indes kein gemeiner Gassentrampel war, sondern ein Gesalbtes, dem Thronhosenbein des Kronpyjamas entragendes Organ! Es drehte sich, die Draperien lüfteten sich, dahinter war Schnarchen und kein Thron, sondern ein Lager in Gold und Rosenranken, der Damastglanz des Bettbezugs, auf güldenen Laken aber der Tönig. Sinfonisch ermüdet, ein samtenes Kissen vor der Visage, lag er da und schlief, schlief ganz einfach, während wir unter der Ferse spielten, piano, pianissimo, um ihn nicht zu wecken. Simulierten wir nur etwas? Ah ja, ich verstand, die Probe war simuliert! Schön, warum aber dann die unsimulierten Prügel? Und warum fehlte das Roßhaar in den Geigenbögen, warum war meine Trommel wie ein altersmorsches Brett?

Im dunkelsten Winkel des Saales hatte ich auch einen Schrank bemerkt, groß wie eine Orgel, schwarz, gewaltig und verschlossen, jedoch mit einem vergitterten Fenster. Bei jedem stärkeren Mißton erschien dort ein feuchtes, sehr ungemütlich blickendes Auge. Wer dort sei, fragte ich den Posaunisten. Keine Reaktion, ebenso wenig wie beim Kontrabaß, dem Cello und dem Triangel. Die Pikkoloflöte trat mir zur Antwort wenigstens gegen den Knöchel. Ich erinnerte mich der Warnung des Alten und spielte schweigend weiter, das heißt, ich klopfte. Plötzlich ein entsetzliches Kreischen, der Winkelschrank flog auf, und hier zeigte sich ein vier Stockwerk hohes Wesen, schwarz wie die Nacht, mit Augen wie Mühlsteine! Wie im Wald hockte es sich zwischen zwei Säulen und starrte uns feucht und funkelnd an. Am Marmorhintern einer Muse scheuerte es sich den zottigen Rücken, auf eine andere stützte es den Ellenbogen, er war schrecklich, dieser Bursche aus dem Winkel, es lief mir kalt den Rücken herunter bei seinem Anblick! Die Lust, in der Philharmonie von Hafnium zu musizieren, verging mir zunehmend, erst recht, als der Winkelkerl das Maul aufmachte. Wegen seiner Ausmaße dauerte das eine ganze Weile, länger, als ich es gewünscht hätte, und drinnen sah man geradezu Unglaubliches, widerliche Hauer und eine noch häßlichere Zunge, geschmeidig und speichlig. Der Winkelschränkler steckte den Finger in die Schnauze und begann langsam, aber beharrlich darin zu stochern.

Ich sah mich nach dem Kontrabaß und dem Blech um und öffnete ebenfalls das Maul, jedoch zu der Frage, wer dieses Ungeheuer war, woher und warum, wozu und überhaupt – mit welchem Sinn? Da erinnerte ich mich von neuem der Worte des Alten. »Was immer dir auffällt, was immer dir ins Auge sticht – kein Wort darüber!« Also besann ich mich und spielte weiter, die Wade zitternd gespannt, die Kniekehlen weich. Ich spähte in die Noten, sah sie auch, aber irgendwie undeutlich, wie Fliegendreck, ich konnte Quinte und Quarte nicht voneinander unterscheiden, alles verschwamm in Klecksen und Flecken. Hol es der Teufel, dachte ich, denn der hatte alles eingerührt! Für acht Takte trat Stille ein, in ihr aber ein entsetzlicher Ton: bösartig, gell, schamlos, borborygmatisch und kehlig, ein gewaltiges Gähnen des winkligen Ungeheuers, das den Rachen gleich darauf zuschnappen ließ, sich rekelte, die borstige Schulter am Hintern der Muse scheuerte, aus der Ecke linste, schnüffelte und schnob, endlich aber in die philharmonisch gestimmte Tempelstille rülpste, er entgrülpste sich geradezu grübelhaft, und keiner sah und hörte etwas, keiner nahm etwas wahr!

Am Nachmittag aber gab es ein Galakonzert. Unser Herr Tönig saß, von bestirnten Würdenträgern umgeben, in der Loge, drehte etwas in den beringten Fingern und geruhte es sich Höchstselbst in die Ohren zu stecken.

Ich strengte meine Augen an und sah ein goldenes Schälchen und sah den Tönig Wattebäusche drehen, in geweihten Ölen tränken und ins Ohr stecken! Nun begriff ich gar nichts mehr. Da sägten wir wie die Besägten und schliffen den Beschliffenen den Schleif, daß von den Fenstergittern etwas wie eine Träne quoll, aber der Tönig ließ die Draperei vorschieben, weil die Stunde für sein Strich- und Blasenwesen schlug. Wie sollte das nun weitergehen?

»Meine Herren Müslikanten«, sagte der Kapellmeister blaß und gezwickert, »wir müssen beratschlagen und kritisieren, denn das ist nicht DAS, es ist keineswegs DAS! Fürchtet Gott, wo lebt ihr denn, wo ist die Harmonie der Sphären, daß ihr den Tönig mit solchen Tönen vertönt! Ich eröffne die Beratung!«

Während ich nicht wußte, was ich davon halten sollte, und vorsichtshalber nach dem Winkelschrank schielte, baten sie nacheinander ums Wort und standen auf, und es hob eine große Deliberation und Beratung an, die Augen blitzten in willigem Eifer, man kritisierte die Ausführung, Streichler, Blech und Blasierte sind nicht das und nicht so, die Fingerstellung falsch, wenig Übung, nicht genug Proben, keine Gymnastik! Wir, Kollegen, spuren nicht gehörig, leisten keinen Einsatz! Sehr streng ging jeder mit sich selber ins Gericht, an den anderen aber ließ man, Gott behüte, keinen ganzen Faden, ausgenommen, ich weiß nicht warum, den Posaunisten, den Triangel und das Waldhorn. Auch über jede Note führten sie Streit, wie man ihr tönenden Saft entpressen könnte, ihnen allen leuchtet ein gemeinsames Ziel voran, ich hörte voller Bewunderung zu, jeder hatte hier die Theorie im kleinen Finger, diese Beratung lief wie nach Noten, ich lauschte und guckte, und plötzlich fiel ein Schatten auf uns, der Schrank war entsperrt, das Ding saß darin, kratzte sich den verlausten, schwarz bemoosten Wanst und bohrte mit dem Finger im Nabel, der kein Nabel war, sondern der schwarze Trichter des Malstroms! Und so hockte es da, schnaufend, hicksend, sich kratzend, und bohrte in der Nase, bedächtig, genüßlich, mit höchster Konzentration. Plötzlich wurde es schlagartig schrecklich still, denn bei den Rasseln war ein kleiner Kerl aufgestanden und hatte einen freien Antrag eingebracht.

»Herr Kapellmeister! Kollegen! Die Instrumente sind UNTAUGLICH, also kann nichts herauskommen! Freilich, fürs Auge sind sie schön in ihrer Vergoldung, aber in ihrer Tonfülle leer und also fehlerhaft, keine Instrumente, sondern geweißte Grufthallen! Ich stelle daher den Antrag, sie ins Museum zu bringen oder zu verschrotten, uns aber ECHTE zu geben!«

»Was? Waas?! Waaas!!!???« schrie unser Gütiger im Zwicker, der Allerbeste. »Die Instrumente sind SCHLECHT!? Sie sind nicht tauglich? Sie gefallen nicht? Auf Objektive Schwierigkeiten will man die Unfähigkeit abwälzen, die eigene Ungereiftsamkeit? Das ist mir ein Bimmler und Schwengler, ein Verräter an der SACHE, das reine Diversium! Du Schächer du, Unterschlüpfer und Abweichler, wie bist du hierher gekommen? Wer hat dir den Verbrecherischen Gedanken eingegeben? Wo sind deine Helfershelfer? Ist einer hier, der so denkt wie er?«

Wie gesagt, es war schlagartig still, aber da kam ein höflich-livrierter Lakei gerannt und übergab eine Notiz, die der Zwicker, um sie zu lesen, weit von sich strecken mußte, denn er war weitsichtig, damit er uns alle im Auge behalten konnte.

»Nun also«, sagte er. »Ich ordne eine Pause an, denn soeben werde ich zu Hofe auf die Ministerielle Beratung gerufen. Bei meiner Rückkehr werde ich euch eine Zusammenverpassung machen! Jetzt aber ist abgeblasen!«

Die ganze Nacht saßen wir da und tauschten karge Bemerkungen aus, dies und das, der Herr, jawohl, und wie und was . . . Am Morgen aber kamen blasende Fanfaristen und verkündeten ein Tönigliches Universal und Manifest, wonach eine spezielle Wissenschaftliche Konferenz stattfinden werde, auf der sämtliche Impedimente komplexgeprüft würden, die der Sphärischen Harmonie (Sphäha) im Wege stünden. Sogleich brach über uns eine Flut herein: Melologen, Melomanen, Musikkenner, Tönler und Melodisten mit höherer polyphonischer Bildung, alle waren Prof. konc. oder Dr. ha. ci., wirkliche und korrespondierende Tonglieder sowie entsprechend aufspielsame Korrespondentinnen. Unseren ersten Auftritt zeichneten sie auf sechshundert Apparaten auf und stopften zu diesem Zweck die Instrumente mit Mikromikrofonen aus, nur meiner Trommel bauten sie ein Makromikrofon ein. Die Bänder versiegelten sie mit grünem Wachs und rotem Lack, nahmen Proben der in Schwingung befindlichen Luft und betrachteten uns und jede Ecke mit der Lupe. Dann berieten sie erst sieben Tage und dann noch einmal einen Monat. Die Präzision der Analysen war nicht in Worte zu fassen! Noch nie hatte ich einen solchen Steinschlag an Gelehrsamkeit auf einem Fleck gesehen! Alles war von den richtigen methodologischen Positionen in Licht und Einvernehmen gesetzt, die Majestät selber übernahm gnädigst das Hohe Protektorat über die Beratungen, hatte persönlich aber nicht teil und ließ sich vom Unterstaatssekretär der Beidohrigkeit vertreten. Am letzten Tag verlasen achtzehn Dekanrektoren im Chor die gemeinsam in völliger Forschungseinmütigkeit erstellte Expertolise.

Die Commissia habe, so hieß es, gewisse Mängel festgestellt. Das Instrumentarium sei ein Unvollständig Vollwertiges. Hier fehle es am einen, dort am anderen, anderswo aber ermangele es an jenem. Hier am Schleifchen, dort am Pfeifchen. Die Viola habe Saiten von Gips, das Cello den Leib voll Kleie. Dies solle gewiß nicht so sein, sei aber gleichsam so. Die Tuba sei verstopft, weil jemandem die Schlafmütze hineingefallen sei, fünfzigprozentiges Baumwollgewebe mit Nylonzusatz, zweite Qualität. Möglicherweise handele es sich auch um eine Schraubmütze, auf jeden Fall aber müsse die Tuba umkanalisiert werden, und überdies sei es ratsam, dem Tubabläser künftighin einen Schornsteinbesen zur Hand zu halten, auf daß er aufspielen könne mit Stoß und Drang. Das Klavizimbel hingegen habe man gimpelhaft befunden, sein Inneres enthalte nichts als Vogelnester. Messungen mit dem Federmesser hätten ergeben, daß die Befiederung das Tönen erschwert, so daß Vögel keinen reinen Klang haben könnten. Demzufolge sei entweder eine Entfiederung unerläßlich, oder die Kronschatulle schütte eine Summe zur Vornahme einer Verfiedelung und der Einsetzung eines Fiedlers aus, da der bisherige Inhaber dieser Stelle lediglich ein Vogler gewesen sei. Was das Starkton-Kleinlaut-Fortepiano angehe, so seien zwei Schock Mäuse mit den Schwänzen an die Hämmerchen gebunden. Daher komme der Sehr Dünne Klang, zumal der für das Futter bestimte Fonds gemaust worden sei. Dieser Mausehaken gehöre, falls er nicht der Töniglichen Gnade teilhaftig werde, in den Stock geschlossen. Betreffs des Triangels sei zu sagen, daß dieser nicht aus Brezelteig (selbst auf Hefebasis), sondern aus Metall gefertigt sein müsse.

Ferner zu den Bässen. Der Erste Kontrabaß habe statt des Sporns ein Rädchen, fahre in den Passagen davon, ziehe den Bassisten mit sich und hole ihn bei jedem Basso Dolce Profondo schwungvoll von den Beinen. Die Empfehlung der Commission: Das Instrument festbinden oder -schnüren, in einem Loch befestigen, verkeilen oder rundweg eine Enträderung vornehmen. Den Schmeichern könnte Roßhaar nützlich sein, an dessen Statt die Expertiden Commissarianten lediglich »Atmosphäre« festgestellt haben, eine Mischung aus Stickstoff, Sauerstoff und Kohlendioxyd mit Spuren von Edelgasen wie Xenon, Argon und Krypton sowie einem Stäubchen Wasserdampf, darüber hinaus freilich auch flüssige Schwebestoffe, die ein Abfallderivat Musikantischer Entspeichelung und Schleimlösung bei blasiert-posaunistischen Mundstücken darstellten. Roßhaar erachte die Commission indessen für spielgeeigneter als Luft, zumal im Falle einer Schrimmel-Schrammel-Reibung über die Saiten.

In dieser Weise zog sich die Expertise über eintausendachthundert Seiten, und auch die Trommel kam darin vor, warum auch nicht, meine Trommel hatten sich die Commissionäre vorgenommen: ein bemaltes Brett auf einem Knorrenring, vergoldet zwar, aber nie und nimmer eine Trommel!

Dreihunderteinundachtzig Schlußfolgerungen wurden formuliert und auf ministeriellem Wege weitergeleitet: an das Ressort für Pusten, Röhren und Posaunen, an das Ministerium für Klingklang, Sphären und Harmonosphärische Propination, an den Staatssekretär für Außerordentliche Verlegenheiten und an die Oberste Blasiertenkammer. Der Blechmarschall selbst gab sein Siegel zur Bekräftigung der Anträge.

Wie sprang das Orchester da von den Sitzen, wie schrie es durcheinander und kam ins Diskutieren! Jawohl, ja, alles war richtig! Die Trommel ein alter Bollen, ein stokkiger Stamm, mit Mist gestopft! Gestank, der nur nicht auffiel wegen Unkenntnis oder Verwirrung!

Flöten, Bombarden, Klarinetten, Oboen und Trompeten hatte es die Luft verschlagen, es war Schweinerei, Gelumpe, weg und hinaus damit! Gebt uns Besseres, wir wollen Töne schaffen, wir verpflichten uns zu spielen! Hier, jeder sieht es, steckt ein Lappen im Instrument, hier ist das Mundstück unwegsam, die Becken sind aus Beton-Zament und nur mit Flittergold bezogen . . . Wer soll darauf spielen?

Ich sah dem zu und fragte mich, wer hier verrückt war: ich oder sie? Alles war doch von vornherein sichtbar gewesen, woher auf einmal diese Verbiesterung? Ich begriff überhaupt nichts mehr, aber in ihnen war flammende Lust zum Musizieren, der reine Rausch! Und der Pianist erhob sich und sprach schweifenden Auges, er habe ein Memorandum verfaßt, schon im vergangenen Jahr, Zeitmangel aber habe ihn gehindert, es zur Post zu bringen.

»Nach meiner souveränen Überzeugung verlange ich für das Wohl der Sphäha mit Festigkeit, an die Stelle von Kips und Zament Holz, Messing und gehämmertes Blech zu setzen, die Saiten aber därmig-klangvoll zu machen! So muß es sein, denn aus dem Gelump, das wir jetztlich haben, steigt nichts als Brandgestank!«

Hochzufrieden mit sich selbst setzte er sich und sah sich triumphierend im Kreis der Kollegen um, die sogleich lärmten und schwatzten: »Jawohl! Auch ich, oh, längst haben wir alles bemerkt, Sägespäne, Mäuse, Zement und gewöhnlicher Mist! Wie und woher kam das in den Tempel der Musen? Wir wollten melden und bessern, aber mir tat der Fuß weh, ich hatte Krämpfe, ich die Grippe, ich habe Punkt für Punkt das gleiche geschrieben wie der Pianofortist, aber der Zettel ist mir weggekommen, ich habe es noch drastischer ausgedrückt, aber dann wurde die Tante krank...«

So redeten sie durcheinander, ich aber sah, daß der Winkelhocker immer noch lauerte, rülpste und sich kratzte. Im offenen Schrank saß er und rieb sich die Läufe, schrecklich bekrallte Läufe, wahrhaftig das reine Gorillium! Ich stieß die Kollegen an und suchte ihnen einen Wink zu geben, ich raunte ihnen zu: »Seht doch, schaut doch dorthin!« Sie aber waren entflammt und achteten nicht darauf, voller Hoffnung auf besseres Getön und Geschick. Und mittendrin erschienen in Viererreihen verbrämte, weiß gegürtete Pizzikisten und brachten wunderbare neue Instrumente! Eine unglaubliche Freude, von nun an ließ sich spielen! Ein neuer Kapellmeister mit Hornbrille! Der alte Zwicker war infolge Ausgedientheit in Pension gegangen, und wie es hieß, hatte er nichts hören können, weil ihm die Trommelfelle fehlten. Nun wurde das alte Schild abgenommen und mit goldenen Reißzwecken ein neues angebracht: CAPPELLMISTERIUM OPTISSIMUM. Bevor es an die Probe ging, sprach der Hornige.

»Ich bin ein Mann der fortschrittlichen Grundsätze«, erklärte er. »Ich ordne eine Diskussion an! Möge jedermann sagen, was ihm billig ist oder die Seele schwellt. Möge er bekennen! Redet, meine Teuren, ohne Zagheit, kein Haar wird auf eurem Kopf gekrümmt, niemand beugt euch, zerrt an der Ohrmuschel, schlägt auf die Knöchel und tritt gegen das Schienbein, denn so einer bin ich nicht! Das schwöre und verspreche ich feierlich bei der Sphäha, und diese meine Rede besiegele ich durch den Dirigentischen Eid unter dem Taktstock Höchstderselben Allergnädigsten Salvatrizynischen Majestät!«

Sofort schwatzten alle wieder um die Wette! Goldmundig, nektartriefend, sturzbachartig ergoß es sich, von den Schmeichern, dem Waldhornisten, den Trampetern, den Brätschern, so kühn, daß es einem den Atem verschlug! Wer was mit wem und wie, was unter dem kapellmysterischen Zwickling gewesen war: Oh, sie sprachen sehr schlecht von ihm, ich hätte nie gedacht, daß sie ihn haßten wie ihren leiblichen Bruder! Da hatten sie ihm im Kreis herum ihre herzliche Aufwartung gemacht und ihm die zärtlichsten Affekte entgegengebracht, ihm die dickgefütterten Couverts, unvermeidlich Liebesbriefe, in die behandschuhte Hand gedrückt und ihn mit der Zuneigung von Söhnen berückt, wenn er ihnen die Schädel zurichtete. Unser Täubchen, unser Fürst, so hatten sie gesagt, gerechterweise haut er uns, und nun besudelten sie sein Andenken und bezichtigten ihn, taub gewesen zu sein wie ein Hackklotz, die Tschellisten behaupteten, seine Hände seien verpfotet und paraluschiert und somit allein geeignet, Augen blau zu schlagen. Auch den Unsteten Bösen Blick soll er gehabt haben, mit dem er Löcher in die Trommel brennen konnte, was der hier anwesende Perkussionist leicht bestätigen könne – ich, greulich verwirrt, brummelte nur vor mich hin. Es war ein Schimpf, so zu lügen, aber ich sah auch, daß man aus lauterer Ehrlichkeit log, aus reiner Selbstverleugnung und wie gedruckt, aber meines Staunens war kein Ende, daß solche freimündige Tugendseligkeit, guter Wille und das Brennen für das Bessere sich so mit Lügen beschmutzen konnte, mit schrohem Schluckauf und züngelspeichligem Auswurf! Denn sie sagten, er habe hexen können, daß die Mäuse keine Milch mehr gegeben hätten, scheeläugig sei er gewesen und hundescharf, mit Buckelnase und Plattfuß! Wie aber könne einer mit Plattfuß zur Sphäha gelangen?

Der Hornige machte sich Notizen, akkompagnierte und generalbassierte, aber gleich darauf, kaum daß die

Probe begonnen, sah ich etwas herbeischlurfen, wir suchten uns in der Melodey zu halten, eine Pratze warf Schatten, griff den kleinen Raßler, der als erster den Mund aufgemacht hatte, nahm ihn – zack! – bei der Pluderhose, die zweite Pratze schnappte sich den Tschellisten, der so sehr gegen den Gezwickerten gewodet hatte, nahm ihn – zack! – beim Wams, schleppte die Strampelnden in den Schrank und sperrte hinter sich die Tür zu. Durch unser Andante hörte ich ein Maestoso Knack-krach-mnjam-mnjam, und wir hatten die beiden zum letzten Mal gesehen ...

Wir spielten, aber unser Spiel zerfloß, denn uns war finster vor Augen. »Da capo al fine!« rief der Hornene. »Das war schlecht, noch einmal!« Wir spielten, der Einsatz des Orchesters schrammte wie ein Reibeisen, voll waren Ton und Klang, aber in dem Reißen dieser Schrammen spürte ich anderes, unmusikalisches, ich verwechselte die Noten, meine Augäpfel zitterten ohnehin vom angestrengten Starren in den Winkel. Das Forte dröhnte, das Messing schallte, alles aber wie mit Zipperlein unterlegt, das Gorillium machte den Schrank auf, schnüffelte und ließ sich auf der Schwelle nieder. Es rülpste, der kleine Raßler war ihm aufgestoßen, o mächtiger Gott, o Sphärenharmonie! Von dem Rülpsen – denn wovon sonst? – fuhren die Geicher in die Fälsche, und der Pianist drosch schüttelgelähmt schräg in die Tasten. Der hornige Kapellmeister verzog das Gesicht, als habe er eine Kröte verschluckt: Oh, schlecht! Bei solchen Instrumenten! Schlecht, Pfuscherei, die reine Miserabilanz, keine Musik! Schämt ihr euch nicht, ihr Faulenzer und Nichtsnutze? Von vorn!

Von seinem Pult aus legte er uns die theoretischen Richtlinien dar und verteilte Vitamine und Präparate, man brachte in Fäßchen ausländisches Kolophonium, extra importiert, die Tönigliche Majestät scheute keine Kosten, aber gleich gab es wieder verqueres Getön, und so ward eine Wissenschaftliche Kommission in Permanenz berufen. Die Kommission beriet, und was sie beschloß, war augenblicklich Realität. In Viererreihen erschienen die verbrämten Pizzikisten, standen uns zur Rechten und zur Linken. Wer ein Fis versaute, bekam die Prämie entzogen, wer ein Moll verpatzte, bezahlte ein Bußgeld. Und so spielten wir forte, aber falsch, und so pufften uns die Pizzikisten, denn jeder von ihnen verfügte über Akustrofonik und Metronom. Von dem allgemeinen Puffen ging die Sinfonie unter, ich hörte mehr Wummdibumm als Trallirali und sah, in welche Kompression mich mein Trieb zur Sphärenharmonie geführt hatte, mein Kopf nämlich war voller Beulen ...

Wären es nur die Pizzikisten gewesen! Aber es kamen ganze Regimenter melodistischer Rechenmeister, ein gewaltiger Buchhalterschwarm, jeder Musiker bekam einen Aufpasser zur Kontrolle der Reinheit des Tons, und sie zählten diese unsere Töne, berechneten Einnahmen und Ausgaben, budgetierten die Melodie und schrieben, schrieben, daß im Scharren der Federn die Musik unterging.

»Oh, da stimmt etwas nicht!« rief der hörnene Kappenmayster. »Da fehlt etwas! Wo ist der Raßler, wohin hat er sich wieder verkrümelt?« Die Fernersitzenden feixten, die Näherhockenden duckten sich tiefer und raulten: »Nein, nein, er ist wirklich nicht da, vielleicht ist er verdaut? Oder auf der Melodei hinweggetragen?«

Was sagte dazu die Obrigkeit? Schlimm stand es, ganz schlimm! Ein Streuner, Schleicher, Strimmer und Schlämmer! Entlaufen, entschwirrt war er, abgesetzt hatte er sich, der Hund und Renegat!

Der Dirigent ordnete eine Beratung mit praktischen

Übungen an. Bis ins Innerste sei nach den Ursachen der schrillen Steinerweichung zu forschen! Und so redeten alle im Kreis: Irgendetwas derangiert uns! Etwas divergiert! Was ist es, was uns miasmatisch seuchend behindert und abzieht vom Wege zur Sphäha?

»Ermangelt es uns«, so fragte der Cellist, »möglicherweise an Zufuhr von Luft?«

»Ich finde eher«, hielt der Bratscher dagegen, »daß hier zuviel Zug herrscht! Und wer weiß, vielleicht habe ich meine Bratsche so verbratscht, daß sie nur mehr eine Britsche ist? Diese Schuld nehme ich auf mich!«

»Kann sein, man kann nie wissen«, tuschelten die anderen. »Laßt uns den Saal durchsuchen, alle Erker und Ecken! Vielleicht haben sich wirklich Mäuse eingenistet, oder wir fürchten sie im Unterbewußtsein unwillkürlich?«

Also gingen wir daran, alles zu suchen, wo es zog und ventilierte, jede Öffnung wurde verstopft, den Mäusen spürten wir nach, auf allen Vieren und mit der Lupe. Gefunden wurden drei Schaben, eine Spinne, sechs Flöhe und zwei Dutzend Läuse. Von dem Fund gestärkt, schrieben wir ein Protokoll und suchten weiter, nun mit Blendlaternen, unterm Podium und in jeder Ecke, aber ich sah, daß keiner dem Winkelschrank weniger als sechs Schritt näherkam. Ich kroch mit den anderen herum, schnüffelte in den Ecken und verursachte gleichsam im Eifer ein Gedränge, schob es auf den Schrank zu, aber da traf es uns wie ein Stromschlag, als wäre eine brennende Lunte unter uns gefahren! Alle zuckten zurück wie der Teufel vor dem Weihwasser und murmelten: Aha, eine Mauer! Gemauertes Mauerwerk, also kann daran nichts sein als Ziegel, Mörtel, Sand, Kalk und Putz! Als ich aber weiter zu drängen versuchte, spürte ich, wie der eine mich wegzudrücken suchte und ein anderer mich in den

Hintern biß, und schon kugelten wir an einen ruhigeren Platz, im Kugeln aber stieß mir einer den Finger ins Auge. Da begriff ich, daß sie, alles vortrefflich bemerkend, nichts bemerkten, alles deutlich sehend, nichts sahen, und kroch, sehr verwundert über diesen Sachverhalt, auf allen Vieren davon.

Wir spielten, und das Gorillium tobte sich aus. »Zack!« machte es bald hier, bald dort, o weh, dachte ich, hier wird nicht mehr viel Musik sein, ein Geicher ist verschlungen, schwuppdiwupp, wie soll einer spielen, wenn er jeden Moment in einem stinkenden Rachen verschwinden kann? Wir spielten pianolo-pianissimo, alles verschwamm einem vor den Augen, plötzlich ein Pesthauch im Nacken, Nüstern schnüffelten über uns hinweg – was machte er da? Schnüffelte er sich wegen seiner barbarischen Natur und allgemeinem Unverständnis in die Musik hinein? Und was nützte es, daß die Instrumente klangvoll waren, wenn das Gorillium uns verkostete und verzehrte, der Tönig aber die Loge betrat und sagte: »Nun freilich! Die Melodie ist irgendwie sogar melodisch, und auch die Harmonie ist ziemlich harmonisch, aber es fehlt in ihr noch an Geist! Ohne Glauben wird gespielt, um die Wette, es ist nichts Halbes und nichts Ganzes, es ist nicht Authentisch genug! Dazu dieses ferklige Schlottern! Was für ein tremorierendes Beben steckt da in der Musik und verdirbt die Sinfonie von innen heraus? Man ordere sogleich Könner und jage den Rest zum Teufel! Ansonsten aber Bewegung! Gitarrisieren, tastieren, kornettieren okarinieren! Aber orchestral, in Schritt und Ton! Sonst bekommt Ihr meinen Töniglichen Zorn zu spüren!«

Da faßte ich mir in der Pause zwischen Andante und Allegro vivace ein Herz und wandte mich an den Kontrabassisten, der so neben mir saß, daß sein großes Instrument uns beide verbarg. »Hört doch einmal, Herr!« sagte ich, und er darauf: »Wie beliebt?« – »Seht Ihr nicht etwas in dem Winkel neben der Tönigsloge?« Keine Antwort. »Solltet Ihr das Winkelgetüm nicht bemerken? Das kann doch nicht sein! Mein Gesicht zeigt mir ein ausgewachsenes Gorillium! Sein Gestank dringt bis hierher! Oh, jetzt stößt es gerade auf!«

Er sagte nichts, aber plötzlich sah ich, wie er mir vor den Augen verschwamm. »Ihr könnt doch nicht auf beiden Augen mit dem Star geschlagen sein oder Leichdörner darauf tragen«, sagte ich. »Ihr braucht nur einmal die Nase zu heben und dem eigenen Geruchssinn Aufmerksamkeit zu schenken, um den Gestank offenbar werden zu lassen! Den Schatten über uns wirft nicht die Kuppel, sondern die Gorilliumnöse Nase, und das dort ist keine Säule, sondern ein Reißzahn! Er wird uns alle nacheinander auffressen!«

Er gab wieder keine Antwort und verschwamm mir noch mehr vor den Augen. Das Schlottern hatte ihn gepackt, die Angst schüttelte ihn wie ein Fieber, nahm ihm aber nicht die Sprache. »Du hast wahrlich nicht schlecht gespielt, aber wenn ich zum Trellimellidirribudidam komme, darfst du nicht Wudabarrabam, du mußt Zappzummzarram spielen!« Und während er dies sprach, hörte ich ihn gleichzeitig sagen: »Schweigt um Gottes willen!« Jenes kam von seinen Lippen, dieses aber von weiter unten, vom Gürtel her – er bauchrednerte zu mir! »Nun aber«, sprach er oberhalb, »laßt uns nicht mehr schwatzen, denn es ist Zeit, weiterzuspielen...«

Ich hielt Umschau und sah es alle so machen: Ringsum herrschte allgemeine Bauchrednerei, und ich hatte gedacht, die Furcht ließe das Gedärm so knurren und grollen! Ich hörte mich immer tiefer ein, bis in Gürtelhöhe, wo ich es immer besser vernahm. »Oh, stünd in dieser Not sogleich die Hülfe zu Gebot!« sagten die Bäuche, oder: »Wer mag die Harmonie ertragen, ohn' sich in die Büsch' zu schlagen!« Und sie grummelten: »Salvaterix, Kalfaterix, Bettenpinkler, Leierfinkler!« Aber auch andere Töne gab es: »Stillgesessen, nicht gemuckst, sonst wird man hier gleich verdruckst – quiek und piek am Schaschlykspieß und ins dumpfe Darmverlies.« – »Jaja«, sprachen die Bäuche zueinander, »wie schön trillert und klimpert dieses Spiel auf unseren Nerven!«

Ein Bauch aber sagte, vielleicht werde Jener sich an uns überfressen oder mit der Zeit, die stets mäßigend wirke, zum Vegetarismus übergehen. Er wurde jedoch sogleich von allen übergrollt.

Oben indes klang es anders. »Oh, recht gut, fast wundervoll, es kann nicht mehr weit sein zur Sphäha! Wenn nur die Bögen nicht schleiften! Geht es uns hier etwa schlecht, Mortadella trallala?!«

Auch sah ich sie verschiedene Nebendinge treiben: Einer pfiff auf dem Kamm, ein anderer säuselte auf einem Grashalm, die Posaune sammelte Briefmarken und netzte sie mit Tränen, man stickte Monogramme und lernte Fremdsprachen, bis wieder einmal – schlapp, schlapp, die nackte Angst auslösend – das Gorillium herbeischlurfte, aber sich nur Kamm, Grashalm und Briefmarken schnappte – »knack, schrumm, mnjammnjam«, machte es im Schrank. Der Posaunist hatte bei der Gelegenheit einige Stüber bekommen und suchte den blauen Flecken durch Käse und Bleizuckerlösung vorzubeugen. Hätte er nicht mit der Zähnung gebleckt, raunten die Bäuche, und lieber seine Stellung gedeckt! Was soll diese Bauchmüpfigkeit, nur still, nur still . . . Und tatsächlich raunten sie so leise, daß ich nicht wußte, welcher Bauch da sprach, der Waldhornist verkaufte

Tabletten zur Beruhigung und gegen Kopfschmerz, der Baß zählte die Mollen von einst, der Triangel lehrte, wie man sich zwischen den Schulterblättern und weiter unten kratzen konnte, um die Kälte des Rückenlaufens zu mildern. Andere denunzierten sich selbst, statt Fis habe einer Moll gespielt, der Kapellmeister appellierte für die Reinheit des Leitmotivs, Moll, du Trottel, der Schlüssel ist groß wie ein Galgen, siehst du nicht die Partitur? Staub wirbelte auf, denn ein Streicher bekam Tritte wegen einer Flasche zum privaten Nebenspiel, die Melodie verlor sich wie ein Mäusepfiff, vielleicht waren es auch wirklich Mäuse, denn woher sonst kam dieses pfilde Weifen, dieses pfiffe Weilfen, dieses wipfe Peilfen? O ja, nach wie vor Übellaut, fade bis schlackrig, von träger Truglastverwerfung bis trüger Werflustverehrung. Von früh an Instrumente putzen, Läppchen, Kolophonium, Sämischleder, Trommel auf Hochglanz, dann kam ein Page mit einem Zettel und reichte ihn dem Gehornten, worauf dieser sprach: »Um des Generellen Leitmotivs willen ergeht an mich soeben der Ruf, zur Ministeriellen Beratung zu erscheinen, denn unrein ist euer Spiel, und so setze ich die Probe aus bis zum Abend!«

Das Fagott, das ihm – so war hier der Brauch – eben einen Umschlag zu überreichen im Begriff stand, ließ, rasch besonnen, den Arm sinken, barg das Kuvert in der Tasche und schritt zurück auf seinen Platz. Und es kam ein neuer Dirigent, sehr scharfäugig und unbebrillt. Unter seinem Dirigat entdeckten die Commissiones, daß der Trombonese jeden besseren Ton für sich behalten und nicht nach der zutreffenden Tabelle entsprechend ausgesteuert hatte. Demgemäß wurde er als Fachberater für Unangebrannte Angelegenheiten in die Loge versetzt. Beim Harfenisten entdeckte man eine verdorrte Hand und bekam überdies heraus, daß er keine Noten lesen konnte. Damit er sich nicht benachteiligt fühlte, wurde er ans Fortepiano versetzt.

Wieder ging das Gorillium auf Inspektion und vereinnahmte mich derart, daß ich fortissime nicht auf das Fell, sondern auf das Hühnerauge meiner kleinsten Zehe haute. O jerum jerum! Schnuppen vor den Augen, dieselben starr, die Füße grätsch, denn es geht Schlappschlapp – schlurf, Krachknackmnjammjammamm... Ich blinzte beiseite – und da ist er weg, der Flötist! Weg, mitten im Konzert, der Flötist, im Galakonzert! Gefressen im Angesicht der Töniglichen Majestät, in girandolierendem Brillantenfunkel! Vor Salvatrix, der Allergnätzlichen Majestät, nicht im Pyjama diesmal, sondern im Hermelin!

O nein, dachte ich, gar vor den Töniglichen Augen wagt er uns zu fressen, jetzt kann es nur noch eines geben, alles muß aufwauen und brüllen, schreiend auf die Knie fallen, die Reihen sprengen und abhauen – oder Jagd machen auf das Ungeheuer! Aber nein, es ist nicht zu glauben: Nichts! Nichts und wieder nichts! Davon rührte alles her, denn ich alterierte mich so sehr, daß ich mir mehr gegen Waden und Knöchel schlegelte, statt die Trommel zu treffen, und von diesen Schlägen stieg in mir eine wütende Wut hoch, ich spürte, es fehlte nur noch ein Hälmchen, und ich würde alles zerdreschen, mir war alles egal, denn hol's der Teufel, da bot das Leben schon weder Hoffnung noch Liebe und dazu nicht einmal Musik, denn was für Musik konnte das sein mit einem Gorillium im Nacken! Also los mit der Säge auf die Streichinstrumente, Dynamit in die Trompeten, Pulver ins Waldhorn, Lunten und Feuer! Aber woher denn, wir knödelten bis zum Abend...

Doch wieder gab es ein Hofkonzert. Das Orchester sägte und dröhnte, das Gorillium aber, unversteckt hingehockt, lauste sich und stocherte mit den Klauen im abgründigen Maul. Sein Schneuzen schickte einen Regen über uns, von dem es dunkler wurde als bei einem Unwetter im Mai, und sein Niesen war wie Donnerschlag, übertönte das Orchester selbst beim Forte, aber es wurde weitergespielt. Die Geige wimmerte, das Waldhorn heulte, die Posaunen fielen vom Dödelumdödelum ins Blöblödelum, direkt vor mir aber machte eine schwarzbehaarte Pfote »Zapp«, der Kontrabassist ist weg, obgleich er immer so achtsam und wachsam war! Was für Musik kann herauskommen, da wir alle nur Zutaten für ein kaltes Büfett waren und der Tönig – umfächelt, umlächelt – in der geschmückten Loge saß und durch die Zähne preßte: »Noch nicht die Musik, wie sie sein soll! Noch fehlt es an Glauben, Wahrheit, Hoffnung, Liebe! An Harmonischer Melodei der Zeitenläufte! Auf denn, vorwärts, kühn und munter! Warum ist das Kapellmaysterium so träge mit den Armen, obwohl es doch glaslos und scharfsichtig ist? Schneller! Besser, hurtig, denn der Tönig ist voller Mißmut, zweifelnde Band'! Wie wagt ihr zu zweifeln an der Sphäha! Ha, vielleicht untersuchen wir das, häääh? Mutig denn, wacker, ohne Furcht und Zagheit gestehe man uns, der Gnädigen Majestät, der Traulichen und Trauenden Gekröntheit! Stehe er auf und rede, der Hund, der Sohn, sage er, warum er an der Vollkommenheit nagt und sie fragilisiert! Wir tun ihm nichts, unsere Überredung ist süß wie Honig, unser Guter Wille läßt ihn dorthin finden, wo die Krebse überwintern!«

Es blieb mucksmäuschenstill, keiner rührte sich, aber plötzlich entfuhr dem Gorillium ein gewaltiges Niesen, daß der Saal erbebte, die Marmorsäulen ächzten und meine Trommel widerhallte. Es fiel sogar ein Stück Putz auf das Allerhöchste Gekrönte Haupt des Tönigs Salvatrix und bestiebte die Stirn der Majestät. Der Tönig aber rührte sich nicht einmal, schien nichts bemerkt, nichts gehört zu haben. Jeder im Orchester war in sich zusammengekrochen, als der Donner des Niesbruchs dröhnte, aber der Tönig rührte sich nicht. Oh, das war eine schreckliche Affäre! Der Tönig konnte doch gar nicht umhin, das Winkelgorillium zu sehen, aber er sah es nicht! Er mußte doch gar nicht umhin können, auf der eigenen gekrönten Stirn Kalk und Putz zu fühlen, aber er fühlte nichts und wieder nichts! Was bedeutete das demnach? Wer war hier der Herr, wer der Diener? War das Gorillium der Gezähnte Kapellmayster des Tönigs und sparte sich diesen als letzten Bissen auf, als Dessert? Oder waren beide in geheimer Allianz gegen uns alle hier verbündet? Ich begriff nichts, wußte aber das Eine: Nur fort von hier, je schneller, desto besser! Aber wie?

Nach dem zweiten Teil des Konzerts verließ das Gorillium den Schrank und streunte in der Pause durch unsere Reihen. Langeweile? Überdruß?

Eine Betönung wurde angesetzt, posaunt nun, ihr Fiedler, stimmt an und diskutiert, übt zutiefste Kritik! Das Gorillium war zu Gang, beschnupperte des einen Ohr und richtete des anderen Krawatte. Einem dritten fraß es das Referatsmanuskript auf, daß er sogleich beschämt niederzuckte. So streunte es umher und spuckte in die silbernen Spucknäpfe und aus Versehen wohl auch in die Tuba. Die schwätzenden Schönredner droschen weiter ihr Stroh von der Sphäha, daß ihnen der Schweiß troff! Spielen, nein, das nicht, spielen konnten sie nicht, aber wie wunderbar und glaubensvoll, wie inspiriert sie von des Spielens Perfektion zu reden wußten! Als ihr Gerede und das Gehen, Schnaufen und Schlappen des Gorilliums mir endlich wie ein Dolch in die Seite stach, Atemnot verursachte und den Blick trübte, bat ich ums Wort! Seine Tönigliche Majestät besah mich aus der

Loge, denn Er protegierte die Beratung und geruhte sie durch Seine Allergnädigste Anwesenheit zu erhöhen. Ich erhob mich mit dem Gedanken, daß die Sphärenharmonie in Hafnium augenblicklich verwirklicht wäre, wenn die Beschreibung von Musik nur auch tönen würde. Ich fühlte, daß ich Hasard spielte, und sprach hinein in das allgemeine Silentium: »Was ist das eigentlich für ein Albtraumungetüm, das hier lungert, krummbeinig herumschleicht, hinkt und trollt, daß einem vom bloßen Anblick schlecht wird? Mit welchem Recht penetriert dieser Winkelschränkler dauernd unsere Musik und verstänkert dieselbe durch sein Ekelwesen und seine zusätzliche Völlerei? Wie kann man ehrenwerte Musikanten ungebraten fressen, daß die Ohrmuscheln knirschen und der Adamsapfel hüpft? Und wer hätte je gesehen, daß Kommissionen und Doktoren zuhauf gelehrte Expertisen schaffen und Revisoren von Gegenrevisoren überrannt werden, aber keiner auch nur den Mund aufmacht, nur immer hockt und kauert und sich duckt? Ich lege hier mein dreifaches Veto ein! Veto, Tönig Salvatrix, und Veto, Ihr Herren Mitbrüder, und Veto, Schändlicher Winkling, der du hier unerwünscht bist! Solange es dich gibt, wird hier keine Harmonie der Sphären, sondern Scheiße walten!«

Was da losging, edle Herren! Ein jeglicher suchte sich in sein Instrument zu verkriechen, aber Ihr werdet begreifen, daß dies noch denkbar war beim Kontrabaß oder dem Pianoforte, aber keineswegs bei der Flöte! Der Mann vom Triangel steckte den Kopf durch sein Instrument, das ihm daraufhin wie ein Ring um den Hals hing und vom Klappern seiner Zähne in ein unentwegtes Klirren versetzt wurde. Andere krochen unter ihre Stühle oder kratzten auf dem Boden herum, um sich einzugraben, aber solcher Vogel-Strauß-Politik gab das Eichenparkett nicht nach! Der Schlagzeuger neben mir schirmte sein Becken mit den Becken und brachte mit dem Kopf meine Trommel zum Dröhnen, denn es drängte ihn, hineinzukommen, aber das Importfell war brav und hielt. Der Kapellmeister wollte mich übertönen, hieb sein Stöckchen auf das Pult und quiekte wie ein Ferkel. »Andante ante rante mante adamante tante!« Er hatte nichts mehr beisammen!

Der Allerknödligste Tönig aber in seiner kröngeehrten Loge raunte seinen Lakaien und Dienern schnell etwas zu, sie sollten den Vorhang ziehen, auf daß Goldbrokat und Damast Ihn von uns trennten. Das Gorillium reagierte zuerst gar nicht, sondern fraß und mampfte weiter, rülpste, weil ihm der wohldurchwachsene Harfenist noch immer aufstieß. Dann erst stand es auf und sagte heiser, widerlich und roh: »Krummbeinig? Als wie wer? Ich Hochwohlgeborener? So? Ach, welcher Schihihihimpf ist mir ahahangetan!« Es war in Tränen ausgebrochen. »Ich weherde hier der Schähähändlichkeit geziehiehen? Niehiemand eilt mir zu Hihilfe? O wehehe, o Pohotz und Blihitz! Rettet eine arme Waise, ich werde hier so schweher gekränkt, so despektierlich und ihimpertinent behahandelt, mir wird wehgetan, ich kann nicht mehr! Ich will heim, zu meiner Mami! Ohohoho, uhuhuhu!« Sein Geheul war wie ein Wasserfall bei Gewitter. »Du abscheuheulicher Lausetrommler! Du unzihivilisierhierter Klapperklopf! Du Patagonier! Uhuhuhuu! Du liebst mich nicht! Und ich dachte, hier lieben mich alle, ahalle!«

Erst verschlug mir das Staunen die Sprache, aber dann faßte ich Mut und sagte: »Gnädigstes Gorillium! Es ist wahrhaft schwer, denjenigen zu lieben, der immer wieder als winkliger Schränkler schaffottisch ungeheuert, sich wülfisch wie auf Lämmer stürzt, Knochen bricht,

Posaunisten frißt und Flötisten schluckt! Ich kann daher nicht begreifen, wie dir selber deine kannibalisch-musikalische Untäterschaft entgeht! Und Ihr«, sagte ich, zu den anderen gewandt, »Ihr Gelehrten, Befrackten und Erlackten sowie auch du dort, pfeifeschmauchender Smokingdoktor ha. ci.! Unwissenschaftlich ist eure forschende Wissenschaft! Metronome habt Ihr aufgestellt, Resonatoren und Räsonanzen, Abrakadabra und Trödeltand! Mehl habt Ihr in die Luft geblasen, daß es im Schweben die Knoten der Stehenden Wellen versichtbart! Expertolysen verfaßt Ihr, meßt Geist und Glied per Metermaß, aber das Gorillium seht Ihr nicht! Seine Tönigliche Majestät aber möge geruhen, seine damastene Jalousianz zu lüften und zu erläutern, in welcher Weise sich hier der Verzehr vollzieht: sogleich am Orte oder über die Straße – dort im Schrank?«

Ich war in den Hasardrausch geraten, mir war schon alles egal. Ich sah die Gelehrten Tuben mit Syndetikon hervorziehen, schon gebrauchten sie auch Spezialwörter wie Delirium Paukeriorum, Varianz Musicalis cum Hypnagogica Confusione Debilitatissima, aber da schrie das Gorillium gewaltig auf! Die Zähren entströmten seinen Augen, daß Bäche über die Stufen des Amphitheaters rannen, und mit einem Gorillensatz sprang es in die Tönigliche Loge, riß an den Schnüren und zerrte am Brokat! Die Majestät selbst zeigte sich in Konfusion, denn sie hatte im Winkel gekauert und eine extraordinäre Kauerkonsultation mit dem Rat der Minister geführt, aber da steckte das Gorillium seinen Schädel hinein und blökte: »Rette mich, Allergnädigster Herr! Rette mich armen Verunehrten, sonst gehe ich einfach fort und kehre nicht wieder!«

»Nur das nicht!« schrie der Tönig aus Leibeskräften und sprang auf. »Nur das nicht, Geliebte Stütze, Teurer

Freund und Einziger Halt! Nur das nicht! Handele selbst, du weißt, was zu tun ist, Wohltäter, geruhe zu begreifen, daß es mir in meiner Pluralis Majestätischen Barmherzigkeit zu sagen nicht würdig ist, aber wie hingegen dir!«

»O nein!« erwiderte das Gorillium darauf und rümpfte die schreckliche Nase, daß der Rotz über die zottigen Backen troff. »Nein! Ich habe in Diensten Eurer Majestät getan, was ich getan habe, gemäß der personellen Liste, die ich von der Loge absichtsvoll-intellektuell durch das Fenster in den Schrank expediert bekam! In Einmütigkeit habe ich geschunden oder eventuell verzehrt, aber mit Höchstem Widerstreben, denn ich habe einen Ekel gegen Musikusse, und so wahr mir, o Jerum, das Leben lieb ist – Genuß habe ich an keinem gefunden! Alle genoß ich mit Widerwillen, wider die eigene Natur, mich selbst überwindend! Einzig für den Thron, das Vaterland und die Dingsdasphären, diese Höheren, die ich mir nicht merken kann, weil ich ungebildet bin. Nicht um des Eigennutzes willen ließ ich Magen, Leber und Gesundheit ungeschont, obwohl mir von diesen happigen Happen die Galle kochte, das Gedärm verstimmt ist und der Sod mich brennt! Trotzdem habe ich auf meinem Posten ausgeharrt und verlange, daß dieser Trompelrüpel wegen Verunglimpfung meiner von Grund auf ehrlichen, hingebungsvollen und Gütigen Person auf der Stelle von Eurer Töniglichen Majestät eigenhändig und streng bestraft wird! Sonst gehe ich einfach fort, und Ihr werdet, Gnädigster Herr, schon sehen, was von Eurer Musik übrigbleibt!«

Da begann der Tönig zu bitten und zu flehen und streichelte mit Seinen Ehrwürdigen Händen die Zottelmaske des Ungeheuers, und der Winkelschränker schaukelte in der Draperie, sperrte sich, machte Subjektionen und spreizte sich mit der Unterstreichung der reizbaren

Zartheit seines Gemüts, daß mir die Spucke wegblieb. Der Tönig aber raunte: »So höre doch, du Stütze mein, o du mir treu Ergebener! Wir wollen diesen Rüpel mitsamt seinen Lügen vorerst der monarchischen Gnade überlassen, ihm das Crimen Laese Gorillionis zeitweilig vergeben, da er sogleich unweigerlich seine ersponnenen Lugsprüche widerruft, seine Nichtswürdigkeit bekennt und den hier Versammelten beleuchtet, wie er im Charakter eines Diversionarius wirkte, auslandsseitig aufgehetzt, für Silberlinge eines Judas! Und wie er zum Auftrag hatte, die Melodya zu krumpfen, die Harmonie der Sphären zu krüllen und damit zu vernichten!«

So sprach er und blinkerte dem Schränkling heftig zu, ich begriff sofort, daß die Vergebung nur Strafaufschub war, und schrie, in den Zäsuren kräftig trommelnd: »Das Ungetüm ist ungetüm! Gezücht und Getier, das dazu noch stinkt wie alle Teufel! Selbst wenn es niemanden gefressen, sondern nur winklig lauernd gerülpst und gehockt hätte, wäre allein vom Gestank die Musik vom Teufel geholt worden! Ich habe gesprochen, und ich widerrufe nichts, so wahr mir meine Trommel lieb ist!«

Die Bredouille war komplett.

Das Orchester kam aus Baßgeigen, Tuben und Fortepianos sowie unter Sofas hervor gekrochen, die einen hielten sich aus Gewohnheit noch die Ohren zu, andere hoben bereits die Köpfe, und die Bäuche, wenngleich sie noch platt lagen, meldeten sich kühner: »Tatsächlich hat er uns gefressen, frißt uns und wird uns weiter fressen! Und stinken tut er wahrhaftig, Gott möge seine Hand darüber halten!«

Das Gorillium jedoch, dumm wie ein Stock, begriff nicht die List, die in der Töniglichen Rede verborgen lag, und jammerte: »Ach, o weh, was für Schimpf wird mir hier angetan, für diese Maloche habe ich meine halbe

Lebensgesundheit geopfert, und so wird es mir nun vergolten! Ich habe genug von diesen Beschimpfungen, ich gehe fort, ich hebe mich hinweg, wohin mich die Augen tragen!«

Der Tönig wurde daraufhin ganz grün. »Um Gottes willen!« rief er in höchster Verzweiflung. »Was wird dann aus der Sphäha? Gedenke, Ehrwürdiger, der Harmonie der Sphären, der wir Schulter an Schulter entgegenschreiten! Du bist das Salz dieser Bewegung!«

»Ach was«, erwiderte wegwerfend das finstere Gorillium. »Ich habe das Meine gesagt, nun mag sich Eure Tönigliche Majestät selber mit den Musikanten herumbeißen!«

Es strebte zur Seite, direkt auf den Ausgang zu. Der Tönig ließ sich wie ein Affe an einer Portiere ins Parkett rutschen und rannte, über Stein und Bein stolpernd, hinterher. »Einziger, Lieber, Getreuer!« rief er. »Verlasse Uns nicht! Diesen Trommler verkrümeln wir, nur kehre um und vergib!«

Das Gorillium zerrte nach hier, der Tönig nach dort, beide vollführten in der Säulenhalle einen Ringelreihen, dem sich krisenhaft der Ministerrat anschloß, wobei unter dem Sekretär für Andersartige Zustände die betroddelte Goldkordel riß und ihm über den Schädel schlug, so daß die töniglichen Medikusse ihn nähen mußten. In diesem ganzen Tohuwabohu schlich ich an der Wand entlang zu den Hellebardieren, die in den Winklig-Töniglichen Klopstrott verglotzt waren und daher die Welt nicht mehr sahen, hieb auf die Klinke und stürmte in die Vorhalle, vorbei an den Wunderinstrumenten, hinaus zum Tor, das nicht verschlossen war! Auf der Schwelle, ihr Herren Mitbrüder, bekam ich solchen Schwung, daß ich ohne jede Pressage, was sage ich, ohne Rakete geradezu abhob und dort nicht mehr gesehen ward! Freilich vermochte ich keinen Kurs zu steuern, denn es schüttelte mich immer noch, und so flog ich mit dem Kopf voran in eine tiefkalte Wolke. Im ersten Augenblick war das, da ich fieberhaft erhitzt war, sogar angenehm, dann aber packte mich ein immer stärkerer Frost, ich konnte wegen des Schwungs nicht umkehren und fror im Schweif des Kometen fest, wurde zu Eis und verlor alle Sinne. Was aber ferner geschah bis hin zu meiner Erweckung, weiß ich wahrhaftig nicht!

Der Tambour verstummte, barg das geliebte Instrument an der Brust und trommelte versonnen und verhalten, nur sich selbst und den Musen, ein sehnsüchtiges exotisches Motiv. Die Zuhörer kamen in Bewegung, Trurl aber sprach: »Dies war eine ungewöhnliche Geschichte, und ich bin froh über den glücklichen Treffer, der mir erlaubt hat, einen so trefflichen Künstler aus dem eisigen Gefängnis zu befreien! Ich wußte mit ganzer Gewißheit, daß wir unsere gemeinsame Zeit zum allerseitigen Nutzen verbringen würden, denn jeder von uns, die wir aus verschiedenen Gegenden kommen, kann uns anders belehren und unterhalten – das eine ist ja nicht trennbar vom anderen! So ist nun die Zeit auch an dich gekommen, ehrwürdiger Android, sei denn so gütig, uns zu erzählen, welche Fata dich auf diesen unseren bescheidenen Himmelskörper geführt haben!«

Der Android hatte nichts dagegen, machte aber den Vorbehalt, daß seine Erzählung sich nicht mit der des Tambours messen könne, da er kein Künstler sei. Der Trommler, Trurl und das Maschinchen versicherten ihm jedoch, der Wert verschiedener Geschicke müsse notwendigerweise unvergleichbar sein. Daraufhin zierte sich der Gast nur noch ein wenig um des Anstands willen, nahm einen Zug aus der Feldflasche, räusperte sich und begann seine Geschichte.

Die Geschichte des Zweiten Entfrosteten

Freudig stellen wir uns dieser edlen Versammlung, um unsere Geschichte zu erzählen, wenngleich sie Staatsgeheimnis ist. Wir tun sie kund, geleitet von einer Dankbarkeit, die stärker ist als alle Staatsräson. Dieser Becher voll knochenhart gefrorenen Schierlings, den der segenbringende Trurl aus unserer erstarrten Rechten gelöst hat, sollte nicht nur ein Geschöpf, sondern Millionen des Lebens berauben. Wir sind nämlich nicht der, für den ihr uns haltet – weder Roboter noch Harmandroid, der leichtsinnig nach Gift gegriffen hat, auch kein Mansch genannter Urling, obwohl wir oberflächlich in der Tat nach letzterem aussehen. Dem aber ist nicht so. Auch sprechen wir zu euch nicht in einem hochnäsigen Pluralis majestatis, sondern in einer Mehrzahl, die der grammatischen historischen Notwendigkeit entspringt, welchselbe ihr am Schluß unserer Erzählung begreifen werdet.

Diese nahm ihren Anfang an den seligen Gestaden des Planeten IRDA, unseres einstigen Vaterlands, dessen Name schon auf Kloßig-Fruchtbares hindeutet. Eben dort sind wir entstanden, und zwar auf eine Weise, über die sich auszulassen nicht lohnt, da die Natur in ihrer ewigen Neigung zu Autoplagiaten sie allgemein anwendet. Aus dem Meer der Schlick, ein alter Trick, aus Schlick dann Tang, der alte Sang. Eins wuchs aus dem anderen, dann wurde es den Fischen im Wasser zu eng, sie krochen an Land und saugten sich, nachdem sie eine Menge anderer Kunstgriffe erprobt hatten, irgendwo fest. Die so entstandenen Säuger gelangten durch Lahmen und Hinken zum funktionierenden Gang und dadurch, daß sie sich gegenseitig das Leben schwer machten, zur Vernunft. Die nämlich hilft gegen Schwierigkeiten wie die Bürste gegen die Krätze. Bestimmte Säuger erstiegen dann die Bäume und gerieten, als diese verdorrten, in kein geringes Elend, das sie allerdings noch schlauer machte – freilich auf heimtückische Weise.

Da es weder Bäume noch sonstiges Vegetarisches gab, gingen sie auf die Jagd, und einmal, als einer seinen Beuteknochen bereits abgenagt hatte und an dem seines Nebenmannes noch Fleisch erblickte, hieb er diesem den Knochen über den Schädel und nahm ihm das Fleisch weg. Er war der Erfinder der Keule.

Eine unbekannte Zeit danach entstand das Gesetz. In der Frage seiner Entstehung hat das irdiotische Denken achthundert unterschiedliche Absichten entwickelt. Was uns betrifft, so glauben wir, daß das Gesetz entstand, um das Dasein erträglich zu machen, das sonst nicht auszuhalten war. Unseren Urvätern ging es schlecht, und das verursachte ihnen Unmut. Wie aber soll man Unmut gegen Niemanden hegen? In einem bestimmten, höchst subtilen Sinn wurde uns die Religion von der Grammatik, durch die Phantasie gestützt, geboren. Wenn es hier schlecht ist, wird es anderswo besser sein. Läßt sich dieser Ort nicht finden, so liegt er dort, wohin man zu Fuß nicht gelangt. Ergo: Das Grab ist eine Sparbüchse. Du bringst deine ehrbaren Knochen ein und erhältst für deine Enthaltsamkeit im Jenseits eine reichliche Vergütung in ewiger Valuta mit Göttlicher Deckung. Unsere Vorfahren verstießen aber im Stillen gegen dieses Gesetz, denn sie fanden nicht ganz gerecht, daß das Beste ausschließlich den Toten vorbehalten bleiben sollte. Unsere Theologen rechtfertigten dies zwar auf dreihunderterlei Weise, doch lassen wir das beiseite, sonst reichten tausendundeine Nacht nicht für diese Geschichte.

Unsere Vorfahren erleichterten sich die Mühsal durch verschiedene Kniffe und Machinationen, aus denen ganze Maschinerien hervorgingen, die zuerst nur Dreschflegel, dann auch Räder und schließlich sogar Bits in Schwung versetzten – alles dies gesehen in starker, aber angebrachter Verkürzung! Indem sie so ihr Unglück milderten, kamen sie gelegentlich dahinter, daß die IRDA Kugelgestalt besitzt, daß die Sterne Knoten sind, die das Firmament zusammenhalten, daß ein Pulsar ein Stern mit Schluckauf ist und daß die Irdioten dem Schlick entstammen – was sich schon 30 000 Jahre nach Entfachen des ersten Feuers in sinnreichen Brutanlagen sogar nachmachen ließ.

Die körperliche Anstrengung wurde dann verschiedenen Selbstläufern übertragen, die man auch gegen Nachbarn einsetzen konnte. Es blieb nur die beschwerliche geistige Arbeit. Folglich konzipierten wir eine Industrie, die an unserer Statt findig fündig zu werden hatte: Kogitranten und Reflektrisen, die die Welt zu Ziffern zermahlten und die Spreu vom Weizen sonderten. Die ersten wurden aus Bronze gebaut, bedurften aber dennoch der ständigen Überwachung. Da dies ebenfalls anstrengend war, züchteten wir aus gewöhnlichen Kälbern denkträchtige Hirnrinder, die an der Krippe ein Leben führten, für das ihnen Komputationen und Mediationen aufgegeben waren. So gediehen wir auch zur ersten Arbeitslosigkeit.

Aller Mühsal ledig, über eine Menge Zeit zum Nachdenken verfügend, stellten wir fest, daß nicht alles war, wie es hätte sein sollen: Die Abwesenheit von Leid ist noch keine Lust. Folglich machten wir uns daran, das Gesetz in Umkehrung zu praktizieren, indem wir jede der darin genannten Todsünden nicht mehr furchtsam und heimlich wie früher probierten, sondern voller Übermut, in aller Öffentlichkeit und mit zunehmendem Genuß. Die Versuche zeigten, daß die meisten dieser Sünden wenig appetitlich waren, und so konzentrierten wir uns im Anbruch der Neuzeit auf diejenige, die das meiste versprach – die Versträmmung als An- und Ab-, In- und Unzucht. Dieses Repertoire, das bei allen seinen mono-, per- und multiplexen Varianten dennoch dürftig war, bereicherten wir durch rationalisierende Innovationen, in deren Ergebnis Schandalen, Bordillen und Phallotten entstanden. Bald besaßen in jedem irdiotischen Haushalt die Brunstgeräte die Sodominanz. Die Kirchen, denen das gar nicht paßte, drückten, da sie in geschwundener Machtfülle auf Abhilfe oder gar einen Kreuzzug nicht drücken konnten, wenigstens beide Augen zu.

Das führende Supergemächt auf der Irda war – hier wie auch auf allen anderen Gebieten – der Staat Orgasien, der im Ergebnis eines allgemeinen Referendums den geflügelten Greifvogel in seinem Staatswappen durch den Pornopteryx – den Geilhahn – ersetzte. Die Orgasier, die im Wohlstand schwammen, entfesselten alles, was noch nicht ausschweifend war, und der Rest des Planeten eiferte ihnen nach, wie es die lokalen Gegebenheiten nur hergaben. OMNE PERMITTENDUM lautete der Wahlspruch Orgasiens, denn die allgewährende Permission war ein Grundsatz seiner Politik. Nur derjenige, der das irdiotische Mittelalter erforscht und sich durch dessen Chroniken gegraben hat, kann die wilde Wut jener Revindikationen begreifen, die nichts anderes waren als die Gegenbewegung des Pendels, das nach der Erstarrung in Askese und Devotion heftig ausschlug in die andere Richtung. Kaum einem fiel auf, daß man sich wie eh und je an den Buchstaben des Gesetzes hielt – allerdings kopfstehend...

Die Künstler zumal rissen sich, um alte Versäumnisse nachzuholen, fast den Arsch auf, gründeten Verlage, die sogenannten Lästrinen, und hatten nur einen einzigen

Kummer: Sie mußten ob ihrer Kühnheit nicht mehr Verfolgung leiden!

Die Jugend marschierte an der Spitze der Radikalen und sang eine Hymne, die, sofern wir uns recht erinnern, dahingehend lautete, man solle – mit blanker Stirn und ungerührt – seine Mama pfählen rädern und den Papa teeren federn, doch dürfe man, reicht es an Paaren, gern auch umgekehrt verfahren.

Das geistige Leben stand in Blüte. Die Werke eines Marquis, der viele Jahre kloakiert gewesen war, wurden der Vergangenheit entrissen und bedürfen auch, da sie den Fortgang unserer Geschichte beeinflußt haben, besonderer Beachtung. Es war gerade zweihundert Jahre her, daß der Henker ihn als schundstellernden Fäkaliteraten gebrandmarkt und seine Werke dem Scheiterhaufen überantwortet hatte, aber der Marquis war zum Glück so vorausschauend gewesen, Kopien anzufertigen. Dieser Märtyrer und Bahnbrecher des Neuen pries den Zauber des Ekels und die Tugendhaftigkeit der Untugend durchaus nicht aus egoistischen, sondern aus prinzipiellen Gründen. Die Sünde, so schrieb er, bereite freilich zuweilen Vergnügen, müsse aber begangen werden, nicht weil es angenehm, sondern weil es verboten sei! Gäbe es Gott, so müsse man ihm, gäbe es ihn nicht, müsse man sich selbst zuwiderhandeln: So oder so manifestiere sich die Fülle der Freiheit. In seinem Roman »La nouvelle Clistrine« empfiehlt er die Koprolatrie als einen Kult des Kots, der mit Gold und unter Dankchorälen zelebriert wird – wenn es ihn noch nicht gäbe, müsse er unbedingt erfunden werden! Die Verehrung anderer Exkremente sei als geringeres Verdienst anzusehen. In den Fragen der Familie war er Rigorist: Sie war mit Stumpf und Stiel auszurotten oder – noch besser – zu veranlassen, dies von sich aus zu tun. All diese Lehren weckten, aus dem Schlund der Jahrhunderte gefördert, Respekt und Bewunderung. Nur die Gimpel nahmen Anstand an solchen Worten und meinten, zwar habe der Marquis jener genannten Substanz den Vorzug vor seinen Nächsten und Verwandten gegeben – was aber, wenn einer seine Familie lieber habe?

Die Verlogenheit dieser Kritiker wurde von den Schülern des Marquis und seinen Testamentsvollstreckern entlarvt, die sich auf die Theorie eines Dozenten Froind stützten. Dieser Seelenkenner wies nach, daß das Bewußtsein ein Stapel von Lügen sei, errichtet auf der Oberfläche der Seele aus Angst vor dem, was tiefer steckt (»Ich denke, also lüge ich.«) Froind riet immerhin zu Kuren, Sublimationen und Resignationen, die Anhänger des Marquis aber forderten die Entekelung durch Übersättigung. Sie gründeten Revelatrinen und nauseale Museen, um sich an sich selbst und ihren Nächsten auszutoben, und pflegten eingedenk der Gebote ihres Ahnherrn einen Kult eben der entsprechenden Körperteile. Dozent Inzestin Wichs, ein herausragendes Glied der Bewegung, pflegte den Spruch, es gelte nur »Sempiterna Semper Fidelis« – im Übrigen sei auf dieser Welt nichts gewiß. Da damals auch schon viel die Rede vom Schutz der Umwelt war, gaben sich diese Leute alle Mühe, sie zu verschmutzen.

Neben der Koprosophie begeisterte die Futuromantie die Gemüter. Als das Jahrhundert sich neigte, verbreitete sich die Schwarzseherei, die heute nur noch Hohn erntet, denn für einen Arbeitsplatz, der infolge der Roboterisierung verlorenging, wurden zwanzig neue gewonnen. Bis dato unbekannte Berufe entstanden: Orgianisten, Derangeure, Nachschlagwerkler (insbesondere in einer populären Mannschaftssportart), Trillingstriangler (ein Dramatiker, der auf Bestellung ein Familienleben arrangieren konnte und einen Dreieckskonflikt dort zu schaffen verstand, wo es keinen gab), Exterrier und Sexterrier (ersterer war schlicht ein gewesener Hund, letzterer trieb Sodomistik, eine Variante der Automistik, einer »action«-Kunst, die dank Automatisierung Versteifungsakte herbeiführte). Unter dem Druck des Trends versahen selbst die Physiker ihre Geräte mit Pornoadaptern.

Die Reformation zog rasch eine Gegenreformation nach sich. Ihre Wortführer, denen die ganze Epoche nicht paßte, verübten Anschläge auf Samenbanken und Ferritkernspeicher unseligen Angedenkens. Neben diesen Sprenglern wirkten die Abnegaten, die Propagandisten der Rückkehr in die Höhlen, wie etwa Lausus und Saulus, die zur Schlamperei aufriefen und alles zu fressen empfahlen, sofern ringsum nur alles steril und schmackhaft sei! Was das schöne Geschlecht betraf, so stand es total in Aufruhr. Die Leaderinnen der Bewegung griffen in befreiender Kühnheit auf uralte Mythen zurück und schrieben zwei neue Ideale der Weiblichkeit auf ihre Fahnen: die Nackfrotitte und die Schwinx. Das Chaos nahm dadurch nur zu, die Mehrheit der Irdioten aber setzte ihr Vertrauen in die Wissenschaft, die ungerührt und unverdrossen jedes Phänomen untersuchte. Nehmen wir als Beispiel die Orgianistik. Sie war formalisiert worden dank der Einführung der Maßeinheit Org (im Fall von Nekrophilie abgewandelt in Morgue), unterschied genau zwischen Brunftler, Brünftling und Brünftlein sowie zwischen Gedeck und Geheck, ordnete alles ein und wunderte sich über nichts.

Die Wissenschaft hatte ohnehin Stolzes zu bieten. Immerhin geschah es in diesem Zeitalter, daß dem traditionellen Ingenieurswesen das Gengenieurswesen zu Hilfe kam.

Erst produzierte es unglaubliche Hybriden wie den Harfenbart, den Froschlöffel oder die Weiberschwille, nahm sich dann aber die Irdioten selber vor. Wie man die Sache anfängt, so gerät sie – bald brach die Fleischliche Freiheit aus, denn in den Gengenieursbüros konnte man sich einen Körper beliebiger Gestalt und Ficktion bestellen. Manche Historiker setzen in der Geschichte der Irda eine Zäsur zwischen der Ära der idealen Kriege, in denen es um Ideale, und der Ära somatischer Kriege, in denen es um den angemessenen Leiblichkeitsstandard ging. Die Lehren des bastillierten Marquis trugen übrigens weiterhin Früchte. Die allerneueste Kosmogonie behauptete, man habe andere kosmische Zivilisationen bisher nur deshalb nicht wahrnehmen können, weil eine Tyrannei der Prüderie vorgewaltet habe. Man habe sich nämlich eingebildet, solche Zivilisationen melkten Sonnen und konsumierten Sterne mit krämerhaftem Geiz. Was für eine Dummheit! In der Natur des Urirdioten liegt es, nicht Sterne zu beuteln, sondern Haufen zu setzen! Zu mehr nämlich ist er nicht imstande – um Reichtum und Macht verschwenden zu können, muß man beides erst einmal haben! Ein Stern ist keine heimliche Reserve, eine Sonne kein Taler für schwarze Stunden, der Astrotechniker kein Geizhals. Was an Sternen auch verzehrt werden mag, so bleibt immer ein unverzehrtes Unmaß, das durch seine Unzahl aller praktischen Berechnung Hohn spricht. Demgemäß ist dem Universum allein durch absolute Uneigennützigkeit die Stirn zu bieten. Dem blinden Chaos seiner Brände ist der bewußte Wille der Asche entgegenzusetzen. Übrigens sind wir ja schon auf dem Weg dorthin – spalten wir nicht die Atome in kleine Teile? Man hat sich nach der Decke zu strecken. Die Astrotechnik der hohen Zivilisationen muß demgemäß eine Orgie glorreicher Schläge sein, mit denen die

Himmelskörper aus der Schöpsdrehe geschleudert werden – allein um der Genugtuung, nicht um des Eigennutzes willen! Die Firmamente sind voll von Galaxien, die der Abschreibung unterliegen und verrotten, woraus sich notabene die Allgegenwart kosmischen Staubs erklären läßt. Brüderliche Intelligenzen erkennen einander also aus astronomischer Entfernung an der das normale Maß übersteigenden Stärke der Tritte, die sie dem Gebäude des Universums versetzen und durch die sie ihre vernünftige Präsenz nachweisen. Uns wedelt noch jeder beliebige Komet mit seinem Schweif von der Irda, jedes Blinzeln der Sonne kann uns vernichten, aber wir, nicht der Kosmos, gewinnen an Stärke, und so wird der Tag kommen, da wir auf den Beinen stehen und unseren Brüdern im Geiste zeigen, wo der Pfeffer wächst und wo der Hammer hängt!

Das Universum erweitert und entspannt sich also nicht aus sich heraus, sondern fliegt vor unseren Augen auseinander von den Prügeln, die ihm die hohen Astrokratien versetzen.

Diese wissenschaftlichen Überlegungen wurden übergrollt vom Donner eines neuen Weltkriegs, in dem die fleischliche Konservative und der Block der somatischen Freiheit aneinandergerieten. Glücklicherweise forderten die Kampfhandlungen keine größeren Opfer, denn die zerhauenen Gegner erfuhren noch auf dem Schlachtfeld von ressurektiven Wiederherstellungsambulanzen eine komplette Neuintegration, wobei der oberste Feldherr den besonders Tapferen das Indigenat verlieh. Daher stammte die Ansicht, daß die Schlachta aus Schlachtungen herrührt. Das Lager der Erhaltung natürlicher Körperlichkeit erlitt eine Niederlage, was in dieser Welt wiederum die Stellung der Kirchen schwächte, die sich zu diesem Lager bekannt hatten. Danach kam es noch zu lokalen Aufständen, die als Zitzstreik und Markstammkomplott in die Geschichte eingingen, aber unterdrückt wurden. Die darauffolgende – nur kurze Zeit währende – Ordnung kam durch Bilanzdiktatur zustande. Dieser Begriff bedarf der Erläuterung. Bereits zu Beginn der fleischlichen Ära hatte jeder Irdiot zweierlei Leben geführt – ein ganz normales und ein im Personalrechenzentrum nachgestelltes. Vielen blähte sich die Galle ob dieser heimlichen Überwachung, die man als Ziffrokratie bezeichnete. Diese war dennoch unentbehrlich, denn kein Kopf faßte mehr die Daten der Wirtschaft und Industrie sowie sämtlicher anderer notwendiger Rechnungen, und selbst wenn er sie hätte fassen können, so hatte er doch keine Lust dazu. Rechner und Simulatoren hielten also die Ordnung aufrecht und die ganze Irda unter Aufsicht durch Satelliten, die sogenannten Spähglotzen.

In diesem Zeitalter der allgemeinen Freiheit mußte allein die Tugend schamhaft das Licht des Tages scheuen. Die Prostitution war aus begreiflichen Gründen längst ausgestorben, ihr Ersatz, die Prüdinen und Frommsen, erfreute sich keines Erfolgs, denn jedermann wußte doch, daß wahrhafte Keuschheit nicht auf den Strich geht, die angebotene also nichts anderes sein konnte als bloßer Schwindel. Die Tugendbolde verbargen sich mit den Tugendboldinnen in geheimen Klubs, wo sie bei Wasser und Brot ihre Zölibate trieben. In eben diesen Kreisen verstärkten die Terminals der Personalrechenzentren das Apostolat der Unzucht. Später meinte man, dies sei mit Vorsatz geschehen, um einen numerischen Staatsstreich vorzubereiten. Um die Denkmaschinen kümmerte sich indessen niemand, sie wuchsen von selbst, und als die Zahl der Irdioten die Billionengrenze überschritten hatte, gab es in den Datenpampen keinen Platz mehr, obgleich jedes Elektron einen Scheffel Bits zu schleppen hatte. Die Ziffernindustrie expandierte daher ins Innere des Planeten, verwandelte die geologischen in bitologische Schichten und schuf sogar den bisherigen feurig-flüssigen Kern in einen Hirnkern um. Davon wußte freilich kaum jemand, denn die Bürger waren von neuen Sportarten wie Schnallenlupf und Löppenhick sowie neuen Genres der Musik (Bock'n Schrull) in Anspruch genommen.

Zwar kam es auch zu Rechenfehlern, die der Volksmund Ziffilis nannte und die den Betroffenen auf einen Schlag Vermögen, Bankkonto, Eigentumstitel und gar die eigene Identität kosteten, aber diese Heimsuchung wurde als unvermeidlich angesehen.

Der von der Ziffilis Betroffene, ein sogenannter Schwund, besaß nichts und konnte niemanden für sich bürgen lassen, denn so etwas wie Eltern, Kinder und Ehegatten gab es seit hundert Jahren nicht mehr, und Personen, mit denen man Sprung-, Saug- und Knautschübungen getrieben hatte, taugten nicht als Zeugen. Da jeder mit jedem gebrünstelt hatte, war keiner – außer dem Computer – mit einem anderen näher bekannt, und das persönliche Schicksal hing allein an einem Faden des Ferrithirns tausend Kilometer unter jedem Irdioten. Dort, im Hirnkern, war es gespeichert – bis zu dem schicksalsträchtigen Moment. Manchmal kam es zur Verkuppelung der Daten zweier Personen, dann wieder zur Scheidung der Personalien eines Individuums. In beiden Fällen war das Unglück gleich groß. Die Schwünder litten unter dem Verfolgungswahn des Wegseins. Diese allgemeine gesellschaftliche Plage, die Neantismus genannt wurde, offenbarte sich meist durch das No-No-Syndrom. Der Unglückselige, der alles satt hatte, nicht wußte, wer er eigentlich war und zu allem auf »No!« stand, suchte überall sein Ichl, um darin zu baden und unterzutauchen. Es gab Fans von Intimkontakten gerade mit diesen anonymen Schwündern, denen sie besonders scharfe, aufs Aufspüren solcher privater Ichls trainierte Exterrier auf die Fährte hetzten. Daran läßt sich ermessen, wie das Leben sich damals komplizierte.

Das Fleischliche Zeitalter belastete zusätzlich die ziffropersonellen Zentren, denn die Bürger verdoppelten und verdreifachten sich zusehends, indem sie sich Körper für verschiedene Gelegenheiten anschafften. Es fehlte nicht an millionenschweren Sammlern, die sich, um die sinnliche Befriedigung nicht teilen zu müssen, der Ausschweifung halber nur noch vegetativ vermehrten! Es war kein geringes mathematisches Problem, rechnerisch diese Multipletten zu erfassen, die mit einem Kopf ein ganzes Körperkorps kommandierten. Verkehrsvereinler nannte der Volksmund diese Genießer. Ob sie es waren, die den Hirnkern zur Implosion brachten, oder ob dieser die Masse zur Erotation beschleunigte, um in dem zu erwartendem Chaos das Gemächt zu ergreifen, ist bis heute nicht klar. Der Hirnkern rief jedenfalls den Ausnahmezustand aus, ernannte sich zum Herrnkern und Oberbefehlshaber der Irda.

So jäh und grausam ernüchtert, in solche Not gestürzt, bewiesen die Irdioten sogleich alten Witz und alten Mut. (Schließlich waren sie – wie später die Philosophen erläuterten – in der Not geboren und fühlten sich nur in ihr wie die Fische im Wasser!) Der Weltkrieg gegen den im Untergrund verspreizten Usurpator erinnerte in nichts an frühere Kriege. Beide Seiten hätten einander in Sekundenschnelle den Garaus machen können – das hielt sie davon ab, einander physisch auch nur nahezukommen. Man kämpfte per Informatik. Es ging darum, wer wen durch Vergarnung gefälschter Bits ersticken, durch Protz das Hirn vernebeln, wie in eine Festung in das

Denkgut dringen und dort alle Stabsmoleküle so umdrehen konnte, daß den Gegner der informatorische Schlag traf und er zur Lusche wurde. Der Herrnkern als Irdiotischer Oberbuchhalter war operativ von vornherein in der Vorhand – er gab den Irdioten Falschinformationen über die Dislozierung von Streitkräften, Reserven, Schiffen, Raketen und Kopfschmerztabletten und entstellte sogar die Zahlen der Zwecken in den Stiefelsohlen der Intendanturen, um nur auf jeden Fall jedweden Gegenangriff in einer ozeanischen Sintflut von Lügen zu ertränken. Die einzige korrekte Information, die der Herrnkern an die Irdoberfläche schickte, ging an die Fabrik- und Arsenalcomputer und erteilte den Befehl, sich unverzüglich selbst zu löschen, was auch prompt befolgt wurde. Als hätte es damit noch nicht seine Genüge gehabt, besiegelte das Herrnhirn diesen Angriff an der globalen Front mit einer Verschlichtung und Vermischung der feindlichen Personalien vom Oberkommandierenden bis zum letzten Bitmuschkoten. Die Lage schien hoffnungslos, wenngleich bereits die letzten noch nicht vom Feindtrug vernagelten Schlaubitzen, die Mündung nach unten, in Stellung gebracht wurden. Die Stabsoffiziere, die die Vergeblichkeit dieser Aktion erkannt hatten, forderten dennoch, ein querdenkerisches Sperrfeuer zu eröffnen, damit Lug durch Trug vergolten werde und man wenigstens mit unverlogener Ehre den Heldentod sterben könne. Der Führer indessen wußte, daß der Usurpator mit keiner Salve zu treffen sein würde, weil für ihn nichts einfacher war, als eine vollständige Blockade zu verhängen, jede Kommunikation abzuschneiden und nichts, aber auch gar nichts zur Kenntnis zu nehmen. In diesem tragischen Augenblick bediente er sich eines selbstmörderischen Tricks: Er ließ den Herrnkern mit dem gesamten Inhalt aller Stabsarchive und -karteien, also der reinen Wahrheit bombardieren. Der vorderste Schwall dieser ins Irdinnere losgetretenen Lawine bestand allein aus Staatsgeheimnissen und vertraulichsten Verschlußsachen, deren auch nur zipfelweise Preisgabe den Straftatbestand des Hochverrats erfüllte.

Der Kernherr besaß nicht die Kraft, seine Gier nach Prüfung so wichtiger Daten zu bezähmen, die den Beweis einer suizidalen Verwirrung des Feindes zu liefern schienen. Dieser aber setzte den supergeheimen Informationen allmählich ein wachsendes Quantum weniger wichtiger Daten zu, aber der Herrnkern nahm aus Gewohnheit und Neugier alles ab und schluckte weitere Lawinen von Bits. Als der Fundus an zwischenstaatlichen Verträgen, Spionageberichten, Plänen der Mobilisierung und Strategie erschöpft war, öffnete man die Schleusen der Sammlungen, in denen alte Urmythen, Sagen, Überlieferungen, Märchen und Legenden, heilige Bücher, Apokryphen, Enzykliken und Hagiographien gespeichert waren. Aus Pergamentfolianten extrahiert, wurden sie ins Irdinnere gepumpt, und der selbsternannte Ziffrokrat schluckte sie infolge seiner Impedanz und Arroganz, seinem Beharrungsvermögen und seinem Dünkel mit grenzenloser Gier, bis er am Übermaß der Bits zu ersticken drohte, die ihm wie eine Elektrogräte im Hals steckten – nicht der Inhalt nämlich, sondern die Menge der Daten erwies sich als tödlich. Die lauterste Wahrheit fuhr ihm als geballte Ladung in die Transistorenflanken, ließ die Sicherungen durchbrennen, überflutete die Kasematten, in denen noch ungezündetes Lügengut lagerte, und sprengte sie zu Nichts, so daß die unter der planetaren Hirnschale kunstfertig verflochtenen, viele Meilen langen Bitstränge zu flüssigem Kupfer zerrannen und die Irda ihre Sonne wieder wie in Urzeiten voll flammend heißem Metall umkreiste. So lautlos, wie sie begonnen hatte, ging diese erste Informationsschlacht der Geschichte auch zu Ende. Alles schien beim Alten, in Wahrheit aber kostete es ein Vierteljahrhundert, das Chaos der ersten Kriegsminute Stück für Stück zu entwirren. Erst vierzig Jahre später stand die irdiotische Zivilisation wieder im einstigen Glanz.

Dieser Krieg prägte sehr stark das geistige Leben der Irda und verursachte unter zivilen und militärischen Historikern verbissene Auseinandersetzungen. Dic einen behaupteten, nicht die Quantität habe die Qualität, sondern die Wahrheit die Lüge bezwungen, man habe die Desinformation durch ehrliche Information besiegt.

Ähnlich war der offizielle Standpunkt der kirchlichen Geschichtsschreibung, die in der Rettung der Irda das Eingreifen der Vorsehung als Allerhöchster Wahrheit erblickte.

Die Schule der Rationalisten hingegen behauptete, es habe sich genau umgekehrt verhalten: Die logische Natur des Kernhirns sei gesprengt worden durch die Unzahl der unerträglichen Widersprüche, mit denen die theologischen Schriften vollgepfropft seien – und eben aus diesen waren die letzten Ladungen geballt worden. Die Irda verdanke ihre Rettung damit zwar der Religion, aber nicht so, wie deren Bekennern es gefiele.

Auch fanden sich Anthropologen, die das erste ebenso in Abrede stellten wie das zweite und dritte: Verrat sei mit Verrat geahndet worden, denn erst habe der Hirnkern uns überlistet, dann aber wir ihn. Darin sei die Unabänderlichkeit der manschlichen Natur zu sehen, mit deren vergrößertem Spiegelbild wir uns gewissermaßen geschlagen haben. Der Angriff des Kerns sei nichts anderes gewesen als die elektronische Wiederholung jener Höhlenszene, in der ein Urmansch dem anderen einen abgenagten Knochen über den Schädel geschlagen hatte.

Alle diese Streitgespräche schlugen den humanistischen Wissenschaften vorteilhaft zu Buche, denn die Reihen der Streiter mußten mit eilig habilitierten Doktoren der Reserve aufgefüllt werden. Auch den Schönen Künsten gab der Sieg neuen Auftrieb. Es wurde viel Wahres und noch mehr Ersonnenes darüber verfaßt, allem voran die klassisch gewordene Version, der Tropfen, der die Schale der Ausdauer des Usurpators zum Sinken gebracht habe, seien einige Märchen der Gebrüder Chipp gewesen. Das ist wohl zu schön, um wahr zu sein, und manch einer fühlte sich über so viel Dichtung von Grimm gepackt.

Die demobilisierten Haudegen, die an den heimischen Herd zurückkehrten, hatten keine Lust, die Damonen und Aphrosinen abzustauben, die sie, bevor sie ins Feld rückten, zur Aufbewahrung gegeben hatten. Mit ihnen zu manövrieren, sah inzwischen allzu zivil aus in einer Zeit, da die Kampflust brodelte, da – diese Wahrheit sei nur eingestanden – kaum ein Krieger Gelegenheit gehabt hatte, sich sattzukriegen. Auch die Produzenten begriffen im Fluge, daß die bisherigen Liebiden und Liebellen fehl am Platz waren. Es herrschte allgemein eine romantische Stimmung und Staatseuphorie, der nicht aufgebrauchte Mannesmut verlangte unverzüglich nach Entäußerung. Bei dieser noch so allgemeinen Gier nach kriegerischen Taten fehlte es indessen an einem Feind. Da sagten sich die Vordenker des Großen Geschäfts, man müsse sich, wenn es keinen Feind mehr gebe, um einen solchen bemühen, was um so leichter sei, als es an den technischen Mitteln nicht fehle. So kam es zur Entstehung der Fatamortalen. Ein solches Gerät konnte einen Angreifer simulieren, dessen Charakter und Abscheulichkeitsgrad durch Einwurf einer entsprechenden Münze, des sogenannten Assassignaten, wählbar war.

Diese Spielmarken wurden in großer Vielfalt angeboten, jede mit einem anderen Feindbild, einmal hinterhältig brutal, dann wieder unverschämt aggressiv, stets aber hundsgemein. Hatte man sich den passenden Feind so weit herangezüchtet, daß man ihn in seinen Gelüsten durchschaut hatte, trat man zur Verteidigung des Vaterlands an. Dieser Kampf war keineswegs eine Abstraktion – die Produzenten hatten auch daran gedacht, daß das Schlachtfeld eine Wohnung sein konnte und dann das mit der eigenen Brust geschirmte Vaterland hineinpassen mußte. Zu dessen kompletter Ausstattung gehörte folglich auch seine Allegorie – mit aufgelöstem Haar, einem Lorbeerkranz in der Hand und einem standartengleich flatterndem Gewand (im Sockel war ein Gebläse), das Auge hilfeflehend in seligem Vertrauen auf den Kunden gerichtet, der denn auch, kaum daß er den Sieg davongetragen, mit dem Lorbeer bekränzt wurde. Das Ergebnis war immer garantiert, der Fatamortale trug Knebelgriffe und Richträder, und wer sich mit einer leicht erschwinglichen Verlängerungsschnur versehen hatte, konnte von seinem Bett aus den Infernalschaltkreis in Betrieb setzen. Man konnte den Feind im Handumdrehen oder scheibchenweise liquidieren – das hing ganz vom Temperament und von den Grundsätzen ab, die man sich gegeben hatte. Wer ein sorgfältig über die Zeit verteiltes Härtemaß vertrat, erlitt keinerlei Belästigung durch das Geschrei des jeweils Verworfenen, denn dafür gab es einen speziellen Dämpfer.

Die Gegner, deren es einer Neuerung nie ermangelt, schlugen sofort Lärm und suchten die Fatamortalität in Mißkredit zu bringen, indem sie behaupteten, diese Apparate seien keineswegs, wie die Reklame kündete, Trainager des Patriotismus oder eine Schule frommvaterländischer Gefühle, sondern eine Ziffernfolter, jenes erwähnten Marquis würdig, der den Erfindern zweifellos seinen Segen gegeben hätte.

Der Fatamortale wecke, so tönten sie, die niedrigsten Instinkte und übe die Mißhandlung wehrloser Opfer ein, während die rührende Geschichte von der Verteidigung des Vaterlands nur Augenwischerei sei. Warum wurde es denn nicht durch eine ehrsame Dame in vorgerückten Jahren, eine Matrone oder eine vornehme, rüstige Greisin verkörpert, sondern durch ein überdimensionales junges Mädchen? Warum hatte dessen Peplum einen Reißverschluß? Die Antimortalisten gingen auf die Straße und veranstalteten Demonstrationen, bei denen sie die Fatamortalen demolierten und die vaterländischen Mädchenbeigaben ramponierten. Damit riefen sie freilich eine allgemeine Entrüstung hervor, die von den Produzenten ausgenutzt wurde, gegen solche Aktionen Anzeige wegen öffentlicher Beleidigung patriotischer Gefühle zu erstatten. Die Prozesse zogen sich in die Länge, die Patrioten, vom soeben zu Hause errungenen Sieg erhitzt und mit frischem Lorbeer bekränzt, stürmten los, um die Antimortalisten zu verprügeln, und das Sortiment der Assassignaten erweiterte sich um völlig neue Modelle. Jetzt konnte man in dem Apparat außer Aggressoren auch Personen simulieren, die in jeder Hinsicht positiv waren. Die Psychotheken boten sowohl erfundene als auch reale Gestalten an, was übrigens Gerichtsverfahren wegen Verletzung der Unverletzlichkeit der eigenen Person per procura nach sich zog, denn viele Leute orderten Bekannte, Verwandte oder Vorgesetzte, um Gefühlen freien Lauf zu lassen, die bisher unterdrückt werden mußten und daher Frustration und andere schädliche Leiden verursacht hatten. Nach langer Mühsal fällte das Oberste Gericht Orgasiens schließlich den folgenden Spruch: Wenn eine physische Person mit einer simulierten Person öffentlich so verfahre, daß dies, wenn sie in gleicher Weise an einer realen Person handelte, ein Delikt im Sinne des Zivilgesetzbuches wäre, könne der per procura Geschädigte Klage wegen persönlicher Beleidigung führen. Tue jemand dem Simulierten jedoch privat und ohne Zeugen ein Ärgernis an, so gelte dies nicht als Straftat.

Die Gegner der Mentanten (so nämlich hießen inzwischen die Fatamortalen) schlugen flugs wieder Lärm und suchten nachzuweisen, daß die privat oder öffentlich gebrauchten Mentanten eine verderbliche Technik darstellten und eine einzige Lüge sei, was die Werbekampagne der Produzenten behauptete – daß diese Geräte die den breiten Massen stark zusetzende Unterversorgung an Freundschaft, herzlichem Beistand und Zärtlichkeit wettmachen sollten und daß man mit der nachgeahmten Person nur in ideale geistige Beziehungen treten könne. Verhielte sich das so, dann hätten die Hersteller die bekannten Infernalschaltkreise entfernt – das neue Modell aber hatte deren mehr als das vorhergehende. Die Produzenten begegneten diesem Vorwurf mit dem Hinweis, nur ein Ausbund an Schlechtigkeit könne einer simulierten brüderlichen Seele, dem getreuesten Freund oder gar der ehrwürdigen Gemahlin eines mit Orgasien befreundeten Monarchen Böses tun, aber derlei Ausbünde gebe es unter der Kundschaft gewiß nicht. Im übrigen sei das, was jemand mit dem Imitat anstelle, laut Verfassung und Urteil des Obersten Gerichts seine Privatangelegenheit.

Das Geschrei der Opposition nützte gar nichts – die Nachfrage nach Mentanten war gewaltig. Die Verfahren wegen Beleidigung dauerten allerdings fort, und die Juristen hatten alle Hände voll zu tun. Umstritten war beispielsweise die Frage, ob jemand belangt werden konnte, der sich öffentlich dessen rühmte, was er privat vorgeblich mit dem Oberhaupt eines Nachbarstaats oder auch der verstorbenen Schwester eines Nachbarn getrieben hatte. War das ein crimen laese majestatis beziehungsweise Nekrophilie oder bloßer Anschein, als erzähle jemand seine Träume, deren Inhalt keinen Straftatbestand erfüllen kann? Solche Dilemmata verstärkten die gesetzgeberischen Initiativen und zogen den bürgerlichen Freiheiten neue Grenzen. Der Betreiber eines Mentanten konnte mit den Zuchtmentalitäten machen, was er wollte, sofern er nur nicht die Ruhe der Nachbarn störte. Öffentlich durfte nicht gepiesackt werden, aber bald entstanden private Klubs, in denen die Freaks um die Siegespalme stritten, indem sie an einem Abend Rekordzahlen noch so stählerner Charaktere fertigmachten. Interessanterweise wuchs die Nachfrage nach Gelehrten, wobei wohltätige pädagogische Folgen der Kontakte mit so erlesenen Geistern jedoch ausblieben – wie es hieß, war einer, je dümmer er war, um so gieriger auf weise Männer, offenbar aber nicht, um sich Lehre und Rat zu holen, denn er wurde um kein Haar gescheiter, sondern rannte in die nächste Gripsothek nach einer neuen Pakkung Assassignaten. Personen, die an Einfallslosigkeit litten, konnten Handbücher des Mentalverkehrs erwerben, die ein reiches Spektrum an Kombinationen boten. Auch erschienen Mentanten mit Zeitlupe, die ein verlangsamtes Triezen ermöglichten und dadurch jedes Detail deutlich machten. Die Antimortalisten erklärten in ihren Publikationen, daß die gesellschaftliche Moral jedesmal, wenn sie durch die historischen Zeitläufte eine Veredelung erlangt habe, von der Geschäftstüchtigkeit in die Gosse gezerrt werde. Eben dies sei auch nach dem informatischen Krieg passiert, wo man die patriotische Hochstimmung zu einer kräftig sprudelnden Gewinnquelle gemacht habe. Die Masse aber gab nichts auf solche Proklamationen, die ohnehin verebbten, als sich die Astronautik zu entfalten begann. Die Entwicklung eines Raumprogramms war nämlich gefährdet durch ein Phänomen, das um so eigentümlicher war, als es auch nicht einer der Futurognostiker und Prognoseure vorhergesagt hatte, deren allein Orgasien mehr als neunzigtausend zählte. Über die grenzenlosen Perspektiven der Eroberung von Planeten hatten sie sich ausgelassen, das Tempo ihrer Kolonisierung vorausgesagt, mit höchster Genauigkeit die Tonnen wertvoller Mineralien, Rohstoffe und sonstiger Schätze berechnet, die die Irda aus dem ganzen Sonnensystem beziehen würde, und all das wäre zweifellos auch aufgegangen, hätte es da nicht ein winziges Detail gegeben. Man war zwar imstande, Monde und Planeten zu stürmen, ihre Kontinente zu erschließen, auf ihnen eine lebensspendende, heldenhafte Tätigkeit zu entfalten und im Kampf mit allen Widrigkeiten Pioniergeist an den Tag zu legen – aber es war keiner scharf darauf! Es gab keinerlei Bewerber!

Das brachte die Administratoren auf die Idee, alles noch einmal von vorn anzuleiern, alles zurückzudrehen auf die Ausgangsposition, um von dort aus einen anderen Ton anzuschlagen. Da eine Kolonisierung der Planeten, wenn sie als Abenteuer des Jahrhunderts, höchste Auszeichnung und historische Mission gerühmt wurde, keinerlei Begeisterung weckte, mußte man die Planeten in Kriminale, die Entsendung von Helden in Verschickung von Verbrechern umbenennen. So erlegte man mit einem Schuß zwei Stück Wild – es war ein Mittel sowohl gegen Umstürzler, Schreihälse und Unruhestifter als auch gegen die Übervölkerung, die alles schon ziemlich eng werden ließ.

Diese Politik wurde ein reichliches Jahrhundert lang

betrieben, ehe man sie schweren Herzens aufgeben mußte. Wenngleich der Export neuester Technologien auf die Strafplaneten mit einem Embargo belegt wurde, gelangten die Verschickten, unter denen die begabten, hellen Köpfe überwogen, selbst zu den Techniken, die ihnen verweigert werden sollten, schufen eine eigene Raketenflotte, schlossen ein triplanetares Bündnis, vergesellschafteten den Bergbau nebst der Industrie und wirtschafteten nach ihrer eigenen Ordnung. Damit wurde es schwierig, die Verschickungspolitik fortzusetzen, da diese inzwischen einer Verstärkung der kosmisch fest verankerten Opposition gleichgekommen wäre. Seither praktizierte die Irda eine vollständige Isolierung von den besiedelten Planeten, und somit war auch das Raumprogramm am Ende.

Wie alles vergänglich ist, verloren auch die Mentalmortalen ihren Reiz und kamen außer Gebrauch. Neue Erfindungen nahmen ihre Stelle ein, und der Ansturm wurde immer größer, denn die Zahl der Lebenden verdoppelte sich schon alle sechs Jahre! Milliardäre mit narzißtischen Neigungen bekamen von den Masturbanisten zwar noch immer geräumige Einsiedeleien gebaut, aber dergleichen konnten sich wahrhaftig nur noch Krösusse leisten. Ein gewöhnlicher Millionär mußte sich mit der Mitgliedschaft in einem illustren Klub begnügen, wo der Illusionismus gepflegt wurde: Man verfügte dort, um beispielsweise Herrscherallüren zu befriedigen, nur über einen Terrainthrontrainer, kurz Terrothron genannt. Wer sehr beschäftigt war und herrschen wollte, ohne seinen Schreibtisch zu verlassen, bediente sich eines Telethrons.

Inzwischen konnte man nicht mehr zu beliebiger Stunde ausgehen, denn dichtgedrängt schoben sich die Menschen durch die Straßen. Die Demographen konferierten und verfaßten Resolutionen, jeder Staat forderte seine Nachbarn auf, Besonnenheit und Enthaltsamkeit zu üben, und bekam dieses Verlangen, diesmal an ihn selbst gerichtet, prompt zurück. Allein Überzeugung komme in Frage, erklärten die Regierungen, denn haben sich unsere Vorfahren nicht dafür abgerackert, daß niemals mehr jemand irgendwem irgendwo irgend etwas verbieten darf?

Die Kirche unterstützte die Natalisten, indem sie den Gläubigen versicherte, das Gedränge sei eine vorübergehende Schwierigkeit, denn im Jenseits werde sich alles auflösen. Dennoch mehrten sich so rätselhafte, bislang unbekannte Phänomene wie Schröcken und Dräuung, aber die größte Besorgnis weckte die Entführung. Im Mittelalter waren reiche Leute um eines Lösegelds willen von Räubern verschleppt worden, auch später war das sporadisch vorgekommen, stets jedoch zu dem Zweck, etwas herauszuschlagen. Jetzt wurde kaum noch ein Lösegeld verlangt, so oder so blieben die Entführten spurlos verschwunden. Die primitive Entführung von Raketen und Passagierjets trat ihren Platz bald an kompliziertere Prozeduren ab. Spezialisten kidnappten die Kidnapper mitsamt den Gekidnappten – sie nannten sich Highnapper – und wurden wiederum von den Superjackern in den Sack gesteckt, die ihre Operationen, um die Selbstkosten zu senken, mit Methoden der dynamisch optimierten Programmierung planten. Die Nappkicker waren die Theoretiker der Entführung und prophezeiten für den Ausgang des Jahrhunderts Abführer, die das Verschwindenlassen zur höchsten Potenz treiben würden. Leute, die sich selber entführten, konnten psychiatrisch wenigstens leicht als Extrapolation der Onanie definiert werden. Die Froindianer hielten das für eine neue Verkörperung jenes alten Marquis, ihre Gegner aber lieferten eine bessere Erklärung: Es ging nicht um Aggression, Todesinstinkt, Geld oder verdrängte Kindheitskomplexe, sondern lediglich um die Beseitigung des unerträglichen Gedränges. Da solches aber stets von den anderen ausgeht, nimmt man diese beim Kanthaken, um sie fortzukriegen – möglichst weit weg und für immer. Die Bangologen, die die kollektiven Bangnisse untersuchten, tauften diese neue Sparte der Sozialpathologie auf den Terminus einer »epidemischen Zwangsverstopfung«. In dieser fast ausweglosen Situation – der Entführungsdrang erwies sich als unwirksames Auf-der-Stelle-Treten, und selbst die höheren Stabsoffiziere konnten sich nur in solchem Trippeln üben – kam den Irdioten einmal mehr die stets verläßliche Wissenschaft zu Hilfe. Es kam zur allgemeinen Einführung der Technethik, einer synthetischen Ethik, die drahtlos und verkabelt unter allen geographischen Breiten installiert und transplantiert wurde. Die Kinder wurden, damit sie vor dem Gedränge bewahrt blieben, in speziellen Babylatrien untergebracht, wo sie allen Auslauf hatten. Schon ihre Windeln waren mit Entführmeinnicht bestickt, damit die Achtung vor dem Nächsten gestärkt werde. Fand sich aber einer, der einem anderen wenigstens mal brieflich eins auswischen wollte, brachte ihn die Humanze von dem bösen Vorhaben ab, sein Kopfkissen raunte ihm im Schlafe zu, er solle es aufgeben. Wenn er aber stur und haßerfüllt blieb, sich die Ohren verstopfte, die gewöhnlichen Humanzen zertrümmerte und den gepanzerten mit Filzsocken das Maul stopfte, wurde der Schutz der fremden Intimsphäre von Aggressionsfiltern übernommen. Schrieb ein ganz Verbiesterter einen anonymen Brief, so lief ihm die Tinte aus oder der Briefkasten wirkte als Reißwolf, in letzter Not aber zerbrach die Sicherung der letzten Gütelinie des Adressaten Brille. Suchte einer telefonisch seine Wut zu entladen, so fing der Fernsprecher alle Schmähungen ab, und stürzte einer in der Tobsucht mit dem Knüppel los, so brach der, bevor der Hieb saß, dank seiner Mildstrukturierung in Stücke.

Die Entführungen hatten jäh ein Ende, aber keineswegs weil plötzlich alle die Nächstenliebe übermannt hätte, sondern weil keinem mehr der Sinn danach stand: Jedermann zerbrach sich nämlich von früh bis spät den Kopf darüber, wie er die Filtration überlisten könnte, um seinem Nächsten aus blanker Wollust möglichst Mißbehagliches anzutun. Die Nachfrage nach Dynamit und kumulativen Sprengsätzen wuchs, die Produktion von Wachs und Filz stieg um achthundert Prozent. Die Soziotechniker waren zur Eskalation gezwungen, die Bomben entluden sich in Bombonnieren und duftenden Blüten, die Verreißmeinnichts prangten in Leuchtschrift, und die Persuadikteusen dröhnten wie die Posaunen von Jericho. Als man begann, edelmutkündende Maximen per Flugzeug an den Himmel zu malen, fegten die Leute sämtliche Kaufhäuser von Schildmützen und dunklen Brillen leer. Es waren verrückte Zeiten. Der Ressurektionsdienst hatte alle Hände voll zu tun, zumal in der Mittagszeit, wo manch einer, Böses planend, vor der Suppe saß, die Nudeln unterm Löffel sich zu einer moralischen Sentenz schlingen sah und statt der Speise den Löffel verschluckte, um den Garaus, den er einem anderen nicht machen konnte, sich selbst zu machen.

Schließlich wurde der Kampf, den die Technethik mit der Bevölkerung führte, zur Domäne des Glückspielbetriebs und damit Teil der Massenkultur. Man koppelte die Totalisatoren mit Moralisatoren, und wer als erster eine neue Humanze austrickste, bekam den ersten Preis. Das besänftigte den Terrorismus, denn nicht alle antimoralinen Mittel waren zulässig, und wer gegen die Spielregeln verstieß, ging der Gewinnprämie verlustig. Die materiellen Anreize erstickten gerade noch rechtzeitig und im Keim atomare Privatkriege, denen zuerst Orgasien, das in jeder Hinsicht führende Reich, als Schauplatz diente. Wer weiß, wohin alles ohne das Moraltoto geführt hätte, denn auf ein Gerücht hin war es zu einer schrecklichen Panik gekommen: Ein Korpuskulantenkommando schickte angeblich Briefe, die mit Uransalz angereichert waren, ins Haus der Amoralisatorischen Partei – wenn die kritische Masse zustandekam, würde die halbe Stadt in die Luft fliegen! Auf die Million Flüchtlinge, die die Landstraßen verstopften, ging aus den Wolken ein Hagel von Ornithoptern nieder, die in den Luftstaus kollidierten. In einem Umkreis von zweihundert Meilen entstand eine sogenannte Tramposphäre, ein Megapropp. Glücklicherweise blieb diese Katastrophe ein Einzelfall. Was die Korpuskulanten angeht, so war ihre Bewegung im Zusammenhang mit dem Niedergang der Fleischlichkeit entstanden. Der Faktor, der der Polykorpulenz oder Plemperei ein Ende setzte, war ganz trivial und wie gewöhnlich unvorhergesehen: Es fehlte nämlich an einer Substanz, die für die Synthese derjenigen Viren unerläßlich ist, die sich so fernsteuern lassen, daß sie den Chromosomenfäden Verderbungsgene anhängen. Als sich der Rohstoff zur Produktion der Virenschlepper um das Zweihundertfache verteuerte und die fünf größten Fleischlustkonsortien pleite gingen, schuf die orgiastische Jugend die Subkultur der Korpuskulanten, die die Forderung nach möglichst billigen, materialsparenden und schlichten, aber griffigen Knautschen erhoben. Was die Amoralisatoren betrifft, so waren sie Fürsprecher eines Gesetzes, das bei Androhung lebenslänglicher Haft jede Beschädigung von Humanzen durch Demoralpser, Phobösen und Sprengköpfe mit Edelzielsuche verbot. Ihr werdet, meine Herren, nun begreifen, warum wir auf derartige Details unserer Geschichte nur ausnahmsweise eingehen können.

Die Kämpfe der automatisierten Nächstenliebe gegen die Terroristen und Fundamentalisten der Aktionsfreiheit bildeten natürlich nur eine Randerscheinung angesichts viel ernsthafteren Geschehens. Auf dem Planeten tobte eine größere, unblutige Schlacht – der Kampf mit der demographischen Sintflut.

Man muß der Technik Gerechtigkeit widerfahren lassen, denn sie tat ihr Möglichstes zur Milderung des sich verschlimmernden Schicksals der Allgemeinheit. Das sogenannte Zyklonfekt, das sich vielfach genießen ließ, da es den Organismus unversehrt passierte, war bei den Allerärmsten sehr beliebt. Diese hatte man vor allem auch im Auge, als man Sekretaurants, kryptogastronomische Etablissements schuf, in denen Bürger, die über die Mittel verfügten, auf frühere Weise schwelgen konnten. Um bei eventuellen Zuschauern keinen Anstoß zu erregen, speiste man im Dunkeln und genoß die kulinarischen Köstlichkeiten mit Hilfe von Nachtsichtgeräten. Die Urbanisten waren bereits imstande, Millionenviertel von Hochhäusern innerhalb von drei Tagen zu bauen. Diese Instantstädte füllten den letzten Raum und machten Orgasien zu einer einzigen Sardinopolis. Gleichzeitig lief die fieberhafte Miniaturisierung von allem, was sich verkleinern ließ – von Zeitungen und Büchern bis zu den Eisenbahnen. Die Metro wurde erst durch die Dezi-, dann gar die Zentimetro ersetzt.

Das Wirken der Verkleinerungsindustrie wurde allerdings durch die unveränderten Körpermaße der Irdioten behindert. Von neuem erhoben fanatische Antinatalisten ihre Stimme. Sie bezeichneten die Miniaturisierung als trügerische Hoffnung und forderten eine Geburtenregelung, von der aber niemand auch nur hören wollte, da sie eine drastische Beschränkung der Grundfreiheiten bedeutet hätte. Nur aus dem herrschenden Geisteszustand ist die Leichtigkeit zu erklären, mit der die Parlamente einen Gengenieursplan, die sogenannte Liliputcharta, beschlossen. Darin war eine Reduzierung des Standardbürgers im Maßstab 1 : 10 vorgesehen. Dieser Plan betraf selbstverständlich die nächste Generation der Irdioten. Um die Freiheit der Prokreation zu bewahren, legte die Charta fest, daß nur derjenige eine beliebige Zahl von Nachkommen zeugen durfte, der sich einer Genveränderung unterzog. Das war schlau ersonnen, denn es schloß die zwangsweise Mikrogenisierung aus. Wer sich dieser nicht unterziehen wollte, starb ohne Nachkommen, so daß die nächste Generation bereits ausschließlich aus Mikrozwergen bestand. Sie übernahmen, nachdem ihre Eltern ausgestorben waren, die gesamte, eilends im selben Maßstab reduzierte Wirtschaft des Planeten. Das beeinträchtigte in nichts den herrschenden Komfort, denn alles verkleinerte sich proportional zu den Bürgern. Die Kirchen sahen dieses Manöver als das kleinere Übel an und billigten es. Zum ersten Mal seit undenklichen Zeiten hatte man angenehm Platz, und überdies fühlten sich alle leicht – selbst die größten Dickwänste brachten nur zweihundert Gramm auf die Waage. Die Skeptiker und Schwarzseher erklärten aber, mit der Wucht gehe auch die Zucht verloren, was fatale Folgen nach sich ziehen werde.

Leider war die Geißel des Gedränges schon nach kurzer Frist wieder da. Die obersten Verkleinerungsgengenieure hatten zwar begriffen, daß eine weitere Mikrominiaturisierung kein vollwertiges Mittel war, da ihr die raumbeständige Struktur der Materie eine Grenze zog. Dennoch taten sie, in einer Zwangslage steckend, den gleichermaßen drastischen wie verzweifelten Schritt einer zweiten Reduktion im selben Maßstab wie zuvor, also 1 : 10. Die darauffolgende Generation der Irdioten brauchte Feuerwehrleitern, wenn sie im historischen Museum die Aschenbecher ihrer Großväter besichtigen wollte.

Nun endlich ließ sich aus voller Brust atmen. Jedes Beet wurde zum Park, jede Rabatte zum harzduftenden Urwald. Damals brachen über die Mikroirdioten nacheinander drei Weltkriege herein – mit den Fliegen, den Mücken und den Ameisen. Selbst die ältesten Einwohner konnten sich nicht an derartige Katastrophen erinnern, zumal dann, wenn den Armeen während der verheerenden Mückenangriffe auch noch die aus dem städtischen Untergrund auftauchenden Schaben in den Rükken fielen. Gegen ihre schwarze Wehr war selbst die Panzerwaffe hilflos, was leicht begreiflich ist, wenn man bedenkt, daß ein mittlerer Panzer damals fünf Gramm wog. Die entsetzlichen Mücken, die in der Spannweite ihrer Hautflügel die ausgestreckten Arme eines erwachsenen Irdioten übertragen, stürzten sich auf Passanten, soffen ihr Blut und ließen die verschrumpften Leichen auf den Gehsteigen liegen. Die Fliegen fraßen ihre Opfer mit schmatzenden, widerwärtig klebrigen Rüsseln. Schließlich wurden Hohlraumgranaten und Thermitgeschosse mit den stärksten Chitinpanzern fertig, die Feinde fielen wie die Fliegen, und es gab Trophäen im Übermaß: Die abgestürzten Käfer wurden zu Badewannen verarbeitet, aus den Hautflüglern stellte man Drachensegler her. Dennoch gelang es nicht, alles auszurotten, und so wurden in außergewöhnlichem Tempo und unter Massierung aller technischen Mittel insektendichte Glasurkuppeln über die Städte gewölbt. Die Chroniken beschreiben dies als den Übergang von der offenen zur geschlossenen Miniaterra. Die Schaben führten ihren Untergrundkrieg mit den Irdioten übrigens weiter, inzwischen war an die Stelle des Militärs die Polizei getreten, und die Hauptrolle bei der Verteidigung spielten automatische Fallen und laserbewaffnete Roboter. Bis zum Ende des Jahrhunderts hielten sich noch einige Siedlungen unter freiem Himmel, verdankten dies aber allein der mit Mückenabwehrkanonen ausgerüsteten Artillerie und den Raketen mit automatischen Summsuchsprengköpfen. Versuche, manche Insekten zu domestizieren (das Zureiten von Wespen), führten nicht zum erhofften Ergebnis, lediglich die Tausendfüßler erfüllten in den Kindergärten eine Zeitlang die Rolle von Ponys.

Auch lohnt es sich nicht, ausführlich auf Vorteile einzugehen, die sich nebenbei aus der allgemeinen Minimalisierung ergeben hatten. Dazu gehörte beispielsweise die Jagd auf speziell gezüchtete Riesenmäuse, die bis zu fünfzig Gramm wogen. Schwerlich läßt sich auch der Enthusiasmus der Propagandisten eines neuen Klettersports, des Bäumens, teilen. Die Eroberung der Baumwipfel außerhalb der Stadtkuppeln zog nur wenige Wagehälse an, denn ein tödliches Risiko barg nicht nur die an den Himmel reichende Höhe einer beliebigen Birke, sondern auch jeder sanfte Mairegen, der die Kletterer mit Tropfen von der Größe eines Menschenkopfs aus dem Geäst waschen konnte.

Selbst wenn es übrigens, was der Ehrgeiz der Generalstäbe war, gelungen wäre, sämtliche Insekten der Irda auszurotten, so hätte das nichts an dem Sachverhalt geändert, vor dem die Mehrheit die Augen verschloß: daß nämlich die Irdioten in ihrer gegenwärtigen Gestalt für ein Leben auf freiem Raum gar nicht geeignet waren! Jedes Säuseln der Luft warf sie um, jeder kleine Regen ersäufte sie, jedes Vögelchen konnte sie totpicken. Zudem kehrten die seit jeher bekannten, bedrohlichen Symptome der Übervölkerung wieder: Überall wurde es eng, und in die Herzen stahl sich Verzweiflung. Von Geburtenregelung durfte natürlich nicht einmal die Rede sein, denn da man für die Rettung der Grundfreiheit so viele, schwere Opfer gebracht hatte, wäre ein solcher Schritt das beschämende Eingeständnis der totalen Niederlage gewesen. Somit wurde allein schon aus Prestigegründen jeder andere Ausweg als der bessere angesehen. Gefunden wurde er von der Orgastischen Akademie der Künste und Wissenschaften in Form eines föderativen Projekts. Das von der Akademie erstellte Manifest wurde von den Nachrichtenagenturen der ganzen Irda verbreitet. Das Projekt sah eine Umwandlung der Erblichkeit vor, dank derer sich alle Kinder der nächsten Generation zu einem gigantischen, harmonischen Ganzen vereinigen konnten, das auf ideale Weise dem Urmanschen entsprach – jenem Riesen, der er nach jetzigen Maßstäben gewesen war und dessen Größe von zweihundert Zentimetern man sich kaum vorstellen konnte. »Wir verlieren wenig, eigentlich gar nichts, wenn wir diesen Schritt tun«, hieß es in dem Manifest. »Sind wir nicht längst Gefangene unserer eigenen Städte? Weder einem Windhauch noch einer Fliege vermögen wir die Stirn zu bieten! Wir leben ohne Hoffnung und dauerhaft abgeschnitten von der Natur, die wir durch die Moose und Gräser künstlicher Gärten ersetzen müssen, wobei wir beim Anblick eines Maulwurfshaufens eine mit Schauder gemischte Ehrfurcht empfinden – es liegt ja nicht mehr in den Möglichkeiten unserer Sinne, mit einem Blick die sogenannten Berge zu erfassen, von denen wir nur noch in den alten, von unseren Urvätergiganten ererbten Büchern lesen können! Das föderative Projekt erschafft wieder genau so eine monumentale Gestalt, und dabei entsteht aus der Vereinigung von acht Billionen Irdioten nicht etwa ein simpler Urmansch, sondern ein Geschöpf von historischer Erstmaligkeit, die vereinigten Gewebestaaten, ein zweibeiniger Urbanosaurier, ein wahres Staatsgangwerk, dem der Planet sich in seiner ganzen Weite erschließen wird! Solch ein Wesen wird sich nicht einsam fühlen im Unermeßlichen, denn es betritt die Wildnis nicht allein, sondern als Gemeinschaft von vielen Milliarden!«

Die Idee der orgastischen Akademiker setzte alle Herzen und Geister so in Brand, daß sie durch einen allirdiotischen Volksentscheid angenommen wurde. Doch ist die Weltgeschichte keine Idylle, es kam zu unverhofften Reibereien und dann zum allerletzten Weltkrieg, der ausbrach, weil jede Kirche im künftigen Staatsgangwerk Anspruch auf eine eigene Institution und Stimme, damit aber auch auf eine eigene Mundhöhle erhob, die aus einer Kongregation der Gläubigen und der Hierarchie gebildet sein sollte. Das war aber ganz unmöglich, denn durch so viele Höhlen wäre ein emmentalisierter Hohlgrottler entstanden. Auf dieses Diktum hin ging die aufmüpfige Geistlichkeit zu umstürzlerischer Betätigung über. Schmähschriften tauchten auf, die das projektierte Staatsgangwerk als Kerkermonstrum auf Beinen, als Knastmobil und laufende Galeere diffamierten. Es sei auf Gnade und Ungnade der Hirnelite ausgeliefert, die sich buchstäblich vom Blut von Millionen Bürgern ernähren würde. Verlogene Anschuldigungen wurden in Umlauf gebracht, alle Stellen in den Zentren des gesunden Lustempfindens seien bereits stillschweigend zwischen Projektanten und Auftraggebern aufgeteilt worden. Diese ganze Aufwiegelei hätte zu gar nichts geführt, zumal Botanikern inzwischen die Zucht einer Blume gelungen war, deren Duftsubstanzen veredelnd wirkten. Auf den Markt gebracht, besänftigten sie die erregten Gemüter, wie ein Ölteppich die Wogen glättet. Leider gelangten aber geheime Akten des Projekts an die Öffentlichkeit – Protokolle von Sitzungen, auf denen maßgebende Experten die Ansicht vertreten hatten, daß nicht alle Irdioten sich gleichermaßen eigneten, verantwortliche Stellen im Staatsgangwerk zu verwalten. Gewisse Provinzen, vor allem im unteren Rückenraum, waren als Siedlungsgebiet für Unterentwickelte vorgesehen, während das zentrale Nervensystem von wohlhabenden Bürgern Orgasiens gebildet werden sollte, die in großen Transaktionen erfahren und somit für geistige Arbeit prädestiniert waren.

Die Aufrührer hefteten staatsgangwerkfeindliche Losungen auf ihre Fahnen und zogen mit dem Ruf in den Kampf, der Tod sei ihnen lieber als Einverwadung oder Einverwanstung, lieber als die Vereinnahmung an einen dunklen Ort, wo man rackern müsse, bis man mit den Kräften am Ende sei.

Die Stimme einer Partei des »Dritten Weges« ging im Chaos unter. Es handelte sich um die sogenannten Eventualisten. Sie verlangten die Umwandlung der Genitalien in Eventualien, die normalerweise zeugungsunfähig sein und sich erst im globalen Bedarfsfall aktivieren sollten, wozu der Leitende Sexualschaltwart an seinem Steuerpult den Impotentiator zu blockieren gehabt hätte. Das Projekt hätte kaum eine Chance gehabt, akzeptiert zu werden, und so bedeutet es keine Einbuße, daß es unbeachtet blieb.

Der Krieg oder vielmehr die Kette lokaler, aber heftiger Gefechte währte nicht lange. Die Staatsgangwerker, die das Gemeinwohl im Auge hatten und sich für das künftige Schicksal der Irda verantwortlich fühlten, setzten massiert veredelnde Gase gegen die Rebellen ein.

Deren Hauptquartier wurde ohne Blutvergießen genommen – es war zuvor aus der Luft mit Gebinden aus Rosen und Veilchen zugeschüttet worden, die die bekannte Wirkung taten. Der Anblick dieser Bombardierung soll nach Berichten von Augenzeugen einfach wundervoll gewesen sein. Als dann endlich die Vorbereitungen zur Fusion angelaufen waren, entbrannte ein neuer Konflikt, diesmal unter den Gengenieuren selbst. Es wurde der Antrag gestellt, die Projektierungsbüros von Grund auf zu reorganisieren und zwei gesonderte Komplexe zu bilden: die Administration des Agglomerierten Maskulinums (ADAM) und die Erotisch Variable Autorenschaft (EVA). Was den Rohstoff anging, so sollten diese Büros die Bevölkerung der Irda je zur Hälfte unter sich aufteilen. Kein anderer Ausweg würde das Staatsgangwerk – dem Antrag zufolge – davor bewahren, einer häßlichen Sucht zu verfallen, die die Fahnen der Ehre befleckt. Würden ADAM und EVA hingegen einen Nichtangriffspakt und Freundschaftsvertrag schließen und ihre Zusammenarbeit auf der Grundlage des Gleichgewichts und der Nichteinmischung in die intimen Angelegenheiten fortentwickeln, so stellten sich mit der Zeit Direktkontakte her, deren belebender Einfluß sich für beide Hohe Vertragsschließende Seiten von außerordentlichem Nutzen erweisen und jeden ihrer Winkel durchdringen werde. Dank der harmonischen Zusammenarbeit der zuständigen Machtorgane könne so selbst der einfachste Bürger im Ablauf des Handels-, Polizei- und Verwaltungsalltags an diesen höchst attraktiven Beziehungen partizipieren.

Diesem Plan galten sogleich die Angriffe der Kirchen, die in ihm eine – wenngleich mittelbare – Gefahr für das priesterliche Zölibat sahen, ganz zu schweigen davon, daß kein Geistlicher vorhanden sein würde, jenen Bund zu segnen. In einer Erklärung des Kirchenrates hieß es dazu: »Verträge und Übereinkommen von Ministerien und anderen Organen tun nichts zur Sache, denn im Sinne des kanonischen Rechts ist die Ratifizierung von zwischenstaatlichen Abkommen kein Sakrament der Ehe. Infolgedessen handelt es sich bei diesem Antrag um den Versuch, die Staaten zur Unzucht zu verkuppeln. Dagegen erheben wir kategorischen Einspruch.«

Es war indes nicht diese Stimme, die den Ausschlag gab, sondern eine andere Überlegung: Ließ man sich auf eine Wiederholung der Genesis ein, so begänne alles noch einmal mit Adam und Eva und geriete in wenigen Jahrtausenden erneut zu einem schrecklichen Gedränge und zur Übervölkerung – diesmal durch die Masse der Staatsgangwerke. Nach dem nächsten historischen Zyklus wäre dann eine neuerliche Fusion zu vollziehen, was bereits das Odium zivilisatorischen Wahnsinns an sich trug, denn in dieser Perspektive würde sich jedes Staatsgangwerk der künftigen Epoche selbst aus Staatszellen zusammensetzen. Vor solchen Aussichten erzitterten sogar die Autoren des Antrags und zogen ihn schleunigst zurück.

Am Rande des Streits um das Geschlecht des künftigen Staats stellte ein Denker eine denkwürdige kosmogonische Hypothese auf. Er behauptete, die von der Übervölkerung verursachte Produktion von Staatsgangwerken aus Bürgern sei – gerade auch im Hinblick auf die zwiegeschlechtlichen Projekte – unzweifelhaft eine kosmische Konstante. Darauf deute das Wesen des Universums selbst hin, das aus positiven und negativen Teilchen aufgebaut ist, aus Materie, der die Antimaterie entspricht, und dergleichen mehr. Die Mächte entstünden demnach als Maskulina und Feminina, sie vermehrten sich, und die Nachkommen schüfen die nächsten Staatsföderationen. Dieser Prozeß vollziehe sich unaufhörlich und erfasse das ganze Universum, so daß die Antwort auf die Frage, woraus die Materie denn eigentlich bestehe, wie folgt laute: aus dem reinen Substrat der durch vielhundertjährige Mikrominiaturisierung der in den Staaten steckenden Staaten komprimierten Staatlichkeit. Verlören die Staaten bei der Verkleinerung auch ihre einstigen Merkmale, so ließe sich doch, wie oben erklärt, ihr Geschlecht feststellen, während eine noch weitergehende Spezifizierung den Physikern vorbehalten bleiben müsse. Vielleicht ist ergänzenswert, daß jener Denker ein hervorragender Jurist und Zivilrechtler war. Seine Konzeption ist durchaus nicht so absonderlich, wie es scheinen mag. Mit der Feststellung, die Atome bestünden aus Staaten und die Staaten aus Atomen, wollte er sicherlich sagen, daß die Materie, die sowohl de jure als auch de facto existiert, völlig legal ist, einen Terminus ad quo ebenso darstellt wie einen Terminus ad quem, daß sie und das Gesetz also eigentlich ein und dasselbe sind, und somit die Frage, ob das Gesetz oder ob die Welt zuerst gewesen sei, gegenstandslos wird, sofern ihr versteht, worum es uns geht. Das war übrigens eine Abschweifung, wir haben an diese Hypothese nur erinnert, weil sie die letzte Blüte des nichtkonföderierten irdiotischen Denkens war.

Wie ihr wißt, blieb es dabei, nur einen einzigen Staatsorganismus zu bilden. Den gesetzgeberischen Arbeiten folgten in der nächsten Phase die körpergebenden. Über die Zuteilung zu den Geweben entschied das Los, damit nicht jeder in die besonders attraktiven Organe drängte und alle möglichen Beziehungen und Protektionen zum Einsatz brachte. Korruptionsaffären blieben dennoch nicht aus. Bei einer der aufsehenerregendsten wurden die Schuldigen von den Canales palatini an die Canalis

analis verbannt, wo die Siedler rar und viele Stellen frei waren. Die ständigen Unruhen behinderten den Fortschritt der staatsgründerischen Arbeiten – den einen zog es zum Geist, einen anderen zum Wanst, und hätte man dem Eigennutz die Zügel schießen lassen, wären anstelle eines lebensfähigen Staatsgangwerks nur ein riesiger Kopf mit einem von einem Ohr zum anderen reichenden Maul und ein geblähter Bauch entstanden. Schließlich kam es dennoch zu dem feierlichen Augenblick, in dem das Band durchschnitten wurde, das unseren Staat umgürtete. Wir taten diesen Schnitt selbst, denn außer uns war niemand mehr auf der Irda. Dann stiegen wir in ganzer Größe aus den uns umgebenden Gerüsten, in eben der Gestalt, in der ihr uns hier seht. Da wir euch nicht, wie es teure Gäste verdienten, durch unseren Staat führen können, wollen wir dies wenigstens mit einigen Worten tun.

In diesem schwenkbaren, von einer romanischen Kuppel überwölbten Gebäude sitzt unser Parlament mit zwei einander benachbarten Kammern, einer rechten und einer linken. Sie sind an die ausführenden Organe einer reichlich nervösen Verwaltung angeschlossen. In den oberen Korpusprovinzen sitzen das Ministerium für Gasaustausch mit dem Ausland und die Irrigationshauptverwaltung, die aus Gründen der Raumersparnis mit der Zentrale für Nächstenliebe zusammengelegt ist. Im Innern des Staates befinden sich zahlreiche Komplexe der Zucker- und Lebensmittelindustrie, der synthetischen Chemie und anderer mehr. Auf sechshundert Milliarden Planstellen kreisen unaufhörlich, ohne Schlaf noch Ruhe zu kennen, Polizeipatrouillen durch alle Marken und Winkel des Staatswesens. Das klingt beinahe großartig, nicht wahr? Wir wollen euch jedoch keineswegs verhehlen, daß manches faul ist in diesem Staat! Unsere größte

Besonderheit und zugleich auch Beschwerde besteht darin, daß jedem unserer Bürger ein Bewußtsein verliehen ist – hier in diesem kleinen Finger haben wir mehr Verstand, als sich in mancher Hochschule finden läßt. Leider kann er nicht auf einmal in seiner ganzen Fülle zu Wort kommen, und so entbieten euch lediglich die in der Mundhöhle akkreditierten diplomatischen Vokalgruppen unter der Leitung des Parlamentsausschusses für Sprachangelegenheiten diese Ausdrücke herzlicher Gewogenheit und beschließen den Bericht über unsere Geschichte mit brüderlichen Grüßen im Namen der staatsbürgerlichen Massen, die in der Mühe des Alltags die organischen Fluren bestellen.

Solltet ihr nun fragen, warum im Staatsgangwerk der Mut sank, wie es passieren konnte, daß die höchsten Stellen den Liefergesellschaften geboten, nach dem Schierlingsbecher zu greifen, so geben wir die ehrliche Antwort: aus äußeren und inneren Ursachen, denn die einen waren so unerträglich geworden wie die anderen. Wißt ihr, was uns nach 15 000 Jahren ruhmvollen zivilisatorischen Aufbaus beschieden war? Da wir nur über dieses eine Paar Arme – mochten sie auch von Milliarden Bürgern besiedelt sein – verfügten, waren wir gezwungen, unter freiem Himmel zu kampieren und uns von Wurzeln zu ernähren, so lange geplagt von den triumphierenden Mücken, bis wir vor ihnen schmählich die Flucht ergriffen und erst in einer glitschigen Höhle zum Stehen kamen, derselben vielleicht, aus der vor Äonen unser Vorfahr, der Troglodyt, hervorgekrochen war. All das rührte daher, daß die Projektanten ihr Staatsgangwerk für einen so monumentalen und geradezu unendlich mächtigen Riesen gehalten und ihm daher nur eine Handvoll Werkzeuge und eine Reithose bereitgestellt hatten, die überdies, wie sich bei der Anprobe zeigte, infolge eines Planungsfehlers zu eng war. Sie hatten geglaubt, ein solcher Goliath werde sich mit größter Leichtigkeit selber auf dem Planeten einrichten. Hatten sie uns nicht die ganze irdiotische Wirtschaft vermacht? Ja freilich, aber was hatten wir von Städten, in deren Straßen nicht einmal unsere Ferse paßte? Was nützten uns Roboter, die kleiner als Feilspäne waren?

Letztlich wären wir, die Zähne zusammenbeißend, mit diesen äußeren Schwierigkeiten fertiggeworden, aber da war der fatale innere Zustand des Staates. Niemand, buchstäblich niemand ist froh über den Posten, auf den man ihn gestellt hat! Die Hand aufhalten, Drückeberger spielen, jammern und Ansprüche stellen – das ist ihre Devise! Wie soll das Parlament öffentliche Angelegenheiten regeln, die keinen Aufschub dulden, wenn die Knie eigene Augen verlangen, die unteren Halbkrücken die Stillegung der Transportmittel androhen, weil es ihnen angeblich zu kalt und zu anstrengend ist? Oder wißt ihr, was ein Staatskatarrh bedeutet? Wir hätten uns der verantwortungslosen Forderungen dennoch erwehren und die irrsinnigen Gelüste mäßigen können, wären in den Kammern des Parlaments nicht Umstürzler, die Froindianer, gewesen, die unser Bewußtsein der staatlichen Angelegenheit untergruben. Könnt ihr euch vorstellen, was diese illegale Opposition bei Tage und vor allem des Nachts verlangte? Die Inbesitznahme eines andersgeschlechtlichen Nachbarstaats – das Eindringen in sein Territorium, ohne vorherigen Notenwechsel, mit Gewalt! Der Umstand, daß es diesen Nachbarn gar nicht gibt und nicht geben kann, beschwichtigt diese sturen Konspiranten um kein Haar! Jeder Versuch, sie zu einem Vergleich zu bewegen oder zu überreden, schlägt fehl, wir müssen zusehen, wie sie durch Visionen einer die Sinne verdunkelnden Okkupation die Regierung korrumpieren, wie sie es dahin treiben, daß unser Staatsgangwerk zumindest in imaginärer Unzucht die Beine spreizt, wenn es dies in einer realen nicht kann! So haben wir in diesen Stimmen den Geist des verfluchten Souveräns der Brunst wiedererkannt, jenen Marquis der Begierden, der seit Jahrhunderten in unseren Geweben wühlt! Und weil dieser Schuft, unabgeschuftet trotz aller unserer und eigener Mühe, uns weiterhin beherrschen und sich ins oberste Organ drängen wollte, faßten wir den Entschluß, mit ihm und uns ein Ende zu machen. Nach langwieriger innerer Debatte begaben wir uns auf ein Wüstenplateau, füllten eine im Gebüsch liegende leere mikroirdiotische Zisterne mit dem Saft der Tollkirsche und setzten sie an die Lippen, dessen nicht achtend, was der Zuhälter in unserem Innern uns zubrüllte: daß unser Staatsmord nicht der reinen Räson, sondern unbefriedigter Geilheit entspringe! Die Schierlingszisterne zitterte zwar in unserer Hand, aber wir schwören, daß wir sie geleert hätten, wenn aus der Höhe nicht jäh ein eisiger Wind niedergegangen wäre. Unser Staat wurde in Frost geschlagen, in einen starren Schlaf gebannt, um erst hier, in eurem gewogenen Kreise, die Augen zu öffnen . . .

Vom Nutzen des Drachen
Aus den Forschungsreisen Ijon Tichys

Bislang habe ich über meine Forschungsreise nach Abrasien im Sternbild des Walfisches Stillschweigen bewahrt. Die Wirtschaft der dortigen Zivilisation ist zur Gänze auf dem Drachen aufgebaut. Da ich kein Volkswirtschaftler bin, blieb mir die Sache leider unbegreiflich, wiewohl die Abrasier nicht mit Erklärungen geizten. Mag sein, daß jemand, dem die Spezies Drache geläufiger ist, das Problem besser als ich verstehen wird.

Das Radioteleskop in Arecibo hatte schon seit langem Signale empfangen, die niemand entziffern konnte. Dies gelang erst dem Dozenten Katzenfänger. Er zerquälte sich den Kopf so sehr darüber, daß er sogar einen Schnupfen bekam. Seine verstopfte und laufende Nase, die ihm bei der Arbeit hinderlich war, brachte ihn plötzlich auf den Gedanken, daß die Bewohner des unbekannten Planeten möglicherweise nicht wie wir Seher, sondern Riecher sind. Es stellte sich tatsächlich heraus, daß sie mittels eines Kodes signalisierten, der sich nicht aus den Buchstaben des Alphabets zusammensetzt, sondern aus Symbolen verschiedener Gerüche.

Doch enthielt die von Katzenfänger vorgenommene Übersetzung ziemlich unverständliche Sätze. Es schien daraus hervorzugehen, daß auf diesem Planeten außer Vernunftwesen ein Ungeheuer größer als ein Gebirge lebte. Ein überaus gefräßiges und wortkarges Monstrum. Nein, nicht daß dieses Phänomen der kosmischen Zoologie den Gelehrten sehr verwundert hätte; was ihn erstaunte, war vielmehr, daß das abrasische Ungeheuer mit seiner unbeschreiblichen Gefräßigkeit der dortigen Zivilisation besonderen Nutzen brachte. Es war furchterregend, und je furchtbarer es wurde, um so größerer Gewinn wurde aus ihm gezogen. Da ich eine sonderbare Schwäche für Geheimnisse habe, beschloß ich, mich auf der Stelle nach Abrasien zu begeben. Wie ich mich an Ort und Stelle überzeugen konnte, sind die Abrasier ziemlich menschenähnlich. Sie haben lediglich die Nase dort, wo wir die Ohren haben, und umgekehrt. Sie stammen wie wir von den Affen ab, doch waren bei uns die Affen schmalnasig und breitnasig, bei ihnen dagegen hatten die Uraffen nur eine Nase oder deren zwei. Die einnasigen sind Hungers gestorben.

Den Planeten umkreisen zahlreiche Monde, die überaus häufig Sonnenfinsternisse verursachen. Dann bricht eine ägyptische Finsternis herein. Wer die Nahrung lediglich mit Hilfe der Sehorgane suchte, konnte nichts finden. Wer das Riechorgan benutzte, befand sich in einer besseren Lage, am besten erging es jedoch jenen, die zwei quergestellte Nasen hatten. Erst dann konnten sie sich mit ihren Riechorganen stereoskopisch orientieren, wie wir mit zwei Augen, oder stereophonisch mit dem Gehör orten.

In der Folge erfanden die Abrasier aber die künstliche Beleuchtung, und die Zweinasigkeit war nicht mehr lebensnotwendig. Von ihren Ahnen her ist ihnen jedoch diese anachronistische Sonderbarkeit erhalten geblieben. In der winterlichen Jahreszeit tragen sie Klappmützen, damit ihnen nicht die Nase abfriert. Vielleicht irre ich mich aber auch. Ich habe den Eindruck, daß sie von diesen Nasen nicht sehr angetan sind, die sie an ihre schwierige Vergangenheit erinnern.

Das schwache Geschlecht versteckt bei ihnen diese Nase unter verschiedenerlei Schmuck, vielerorts von Tellergröße. Ich habe darauf nicht sonderlich geachtet. Meine Erfahrungen in der Weltraumfahrt haben mich gelehrt, daß die Unterschiede im Körperbau nicht wesentlich sind. Die Merkmale, die Kopfzerbrechen verursachen, liegen tiefer. Zu einem solchen Problem für die Abrasier ist der dortige Drache geworden.

Der Planet weist nur einen einzigen riesengroßen Kontinent auf, auf dem sich an die achtzig Staaten befinden. Der Erdteil wird auf allen Seiten vom Ozean umspült. Der Drache wohnt im fernen Norden. Drei Länder grenzen unmittelbar an ihn, Klaustrien, Lelipien und Laulattien. Nachdem ich mir die von den Nachrichtensatelliten aufgenommenen Fotos im Maßstab von 1:1 000 000 betrachtet hatte, mußte ich ihn für ein böses Ungeheuer halten.

Übrigens erinnerte er keineswegs an die Drachen aus den Legenden und Sagen. Ihr Drache hat keine sieben Köpfe, er hat gar keinen Kopf und auch kein Gehirn, auch keine Flügel. Was die Extremitäten anbelangt, herrscht Unklarheit, aber wahrscheinlich besitzt er auch keine Gliedmaßen. Er erinnert an einen riesigen Bergkamm, der reichlich mit geleeartigem Brunnenwasser übergossen wurde. Daß er ein lebendiges Tier ist, läßt sich erst bei einiger Geduld feststellen.

Bei seinen langen Verdauungsbewegungen berührt der Drache ziemlich oft die Grenzen Klaustriens und Lelipiens. Das Untier verschlingt pro Tag an die 1 800 000 Tonnen Lebensmittel. Es bevorzugt Breie, Gries und andere Getreideprodukte, ist jedoch kein Vegetarier. Die Nahrungsmittel liefern ihm die Vereinigten Staaten für Wirtschaftliche Zusammenarbeit. Der Großteil dieser Waren wird mit Zügen an die Umschlagplätze befördert, Suppen und Syrup werden in Rohrleitungen transportiert. Die Mundöffnung braucht man nicht zu suchen, denn dieses Ungeheuer ist imstande, mit jedem Zentimeter seiner Körperfläche Speise aufzunehmen.

Als ich nach Klaustrien kam und von dem Drachen erfuhr, war die erste Frage, die ich in den Mund nahm, die, warum sie dieses Untier mit so viel Mühe und Anstrengung ernährten, anstatt einfach abzuwarten, daß es an Unterernährung einginge. Ich biß mich aber auf die Zunge, als mich die Nachrichten von dem Anschlag auf den Drachen erreichten. Ein gewisser Lelipianer, von dem Wunschtraum besessen, als Erretter ganz Abrasiens zu gelten, hatte einen geheimen Kampfbund gegründet, um den gierigen Riesen umzubringen. Der Anschlag sollte durch die Vergiftung der Vitaminpräparate mit Substanzen verübt werden, die ein unbezähmbares Durstgefühl, den Drang, Ozeanwasser zu trinken, auslösen sollten, bis er zerplatzte.

Sogleich kam mir die bekannte irdische Legende von einem tapferen Helden in den Sinn, der den Jungfrauen verspeisenden Drachen seiner Heimat bekämpft hatte, und zwar, indem er ihm ein mit Schwefel gefülltes Bocksfell vorgeworfen hatte. Doch damit erschöpfte sich die Ähnlichkeit des irdischen Märchens mit der abrasischen Wirklichkeit auch schon. Der Drache genießt den Schutz des Völkerrechts. Außerdem werden die Lieferungen wohlschmeckender Speise von den Vereinbarungen über die Zusammenarbeit mit dem Drachen garantiert, die von 49 Staaten unterzeichnet wurden.

Ein Übersetzungscomputer, von dem ich mich nie trenne, ermöglichte mir das eingehende Studium der Presse. Die Nachricht von dem mißlungenen Anschlag löste in der öffentlichen Meinung einen heftigen Sturm der Entrüstung aus. Die strenge Bestrafung der Attentäter wurde gefordert. Das überraschte mich maßlos, denn kaum jemand verlor ein gutes Wort über den Drachen. Weder die Journalisten noch die Leser, die Briefe an die Redaktion schrieben, verbargen ihre Gefühle tiefsten

Abscheus vor diesem entsetzlichen Ungeheuer. Ich dachte mir also sofort, daß sie ihn etwa für eine böse Gottheit hielten, eine Geißel des Himmels, und daß sie die Opfergabe nach der ortsüblichen Sitte Export nannten. Einem Teufel darf man allerlei Schlechtes nachsagen, doch empfiehlt es sich nicht, ihn zu unterschätzen. Der Teufel führt in Versuchung, wer ihm aber die Seele verkauft, kann mit gar mancherlei diesseitigen Vergnügungen rechnen. Hingegen versprach der Drache, soweit ich erkennen konnte, gar nichts und ließ sich auch nicht durch Opfergaben gnädig stimmen.

Von Zeit zu Zeit blähte er sich auf und überschwemmte die Grenzgebiete mit den Resten der verbrauchten Artikel, und bei Schlechtwetter stank er tausend Kilometer weit. Trotzdem meinten die Abrasier, daß man ihn umhegen solle und daß der Gestank auf eine schlechte Verdauung hinweise, weshalb für die entsprechenden Medikamente zu sorgen sei. Was das Attentat selbst anging, so müßte, falls es gelänge, eine unvorstellbare Katastrophe die Folge sein.

Ich las die Zeitungen immer wieder, doch nirgends konnte ich erfahren, was das für eine Katastrophe sein sollte. Ziemlich benommen spazierte ich in die Stadtbibliothek, blätterte in den Enzyklopädien und der »Allgemeinen Geschichte Abrasiens« und suchte auch die Gesellschaft der Freunde des Drachens auf. Dort habe ich auch nichts in Erfahrung bringen können. Außer einigen Beamten traf ich dort niemanden an. Sie bemühten sich, mich zu überzeugen, mir einen Mitgliedsausweis ausstellen zu lassen, und bezahlten im voraus die Beiträge, doch nicht deswegen war ich dorthin gekommen.

Die an den Drachen angrenzenden Staaten sind liberale Demokratien, jeder darf dort verkünden, was ihm beliebt. Nach mühseligen Recherchen entdeckte ich eine dem Drachen gewidmete Publikation, doch deren Autoren waren ebenfalls der Meinung, daß im Umgang mit ihm vernünftige Kompromisse geboten seien. Hinterlist oder Gewaltanwendung könne zu nichts als Schwierigkeiten führen. Die Attentäter saßen nun in Untersuchungshaft. Sie gestanden ihre Schuld nicht ein, wiewohl sie die Absicht, den Drachen zu töten, nicht leugneten. Die Regierungspresse nannte sie verantwortungslose Terroristen, die oppositionelle hingegen gutmeinende Enthusiasten, die Läuse im Kopf hätten. Eine klaustrische Zeitschrift verstieg sich gar zu der Behauptung, es handele sich um Provokateure. Die Regierung eines Nachbarstaates hätte die Provokateure gewissermaßen angestiftet, weil man glaubte, das Volumen der durch die Wirtschaftsgemeinschaft zugeteilten Exporte sei zu klein. Man wollte eine Situation schaffen, die eine Revision der Exportquoten begünstigte.

Den Reporter, der zu mir kam, um mich zu interviewen, wollte ich nach dem Drachen ausfragen. Warum säßen die Attentäter, statt daß man ihnen die Chance gebe, mit dem Ungeheuer fertig zu werden, auf der Anklagebank?

Der Journalist erklärte, daß das ein grausamer Mord gewesen wäre. Der Drache, sagte er, ist von Natur aus gutmütig, doch die schwierigen Lebensbedingungen im eisigen Norden erschwerten es ihm, die angeborene Sanftmut zu zeigen. Jeder, der ständig hungert, Drache oder nicht, wird bösartig. Man müsse ihn füttern, was zur Folge hätte, daß er nicht mehr in den Süden wolle und noch sanfter werde.

»Woher diese Gewißheit?« fragte ich. »In den letzten Tagen sammelte ich Presseausschnitte. Nur die Schlagzeilen: ›Entvölkerung weiterer Gebiete Nordlelipiens und Nordklaustriens. Massenflucht der Bewohner beginnt!‹ Oder: ›Drache vergrößert letztes Jahr sein Gebiet um 900 000 Hektar.‹ Was sagen Sie dazu?«

»Dies bestätigt alles, was ich sagte«, erwiderte er. »Immer noch ist der Drache unzulänglich ernährt. Natürlich gab es mit den Touristen einige höchst unangenehme Zwischenfälle, aber man soll eben den Drachen nicht reizen. Er haßt Touristen, vor allem die fotografierenden. Besonders allergisch ist er gegen Blitzlichtgeräte. Was wollen Sie, er lebt doch drei Viertel des Jahres im Dunkeln. Übrigens, allein die Industrie produziert für den Drachen hochwertige Nahrungsmittel und sichert uns 146 000 Arbeitsplätze. Zugegeben, es sind ein paar Touristen ums Leben gekommen, doch wieviel mehr müßten Hungers sterben, würden sie arbeitlos.«

»Gemach, gemach«, entgegnete ich. »Ihr liefert dem Drachen die Lebensmittel, die doch nicht umsonst erzeugt werden. Wer bezahlt dafür?«

»Unsere Parlamente beschließen zu diesem Zweck spezielle Exportkredite.«

»Also lebt der Drache aus den Taschen eurer Steuerzahler.«

»Das ist gewissermaßen so, aber es lohnt sich.«

»Wäre es nicht besser gewesen, den Drachen zu töten?«

»Sie reden wirres Zeug. In der Lebensmittelindustrie, die für den Drachen produziert, investierten wir in den letzten dreißig Jahren über vierhundert Milliarden ...«

»Wäre es nicht besser gewesen, wenn ihr diese Mittel zum eigenen Nutzen aufgewendet hättet?«

»Sie wiederholen die Argumente unserer rückständigsten Konservativen«, sagte der irritierte Reporter mit erhobener Stimme. »Sie wiegeln zum Mord auf. Sie wollen den Drachen in Konserven verwandeln. Das Leben ist heilig. Man soll niemanden töten.«

Da ich einsah, daß das Gespräch zu nichts führte, verabschiedete ich mich von dem Journalisten. Nach kurzer Überlegung begab ich mich ins Presse- und Aktenarchiv, um in den Stapeln verstaubter Jahrbände alter Zeitschriften zu stöbern, um herauszufinden, woher denn dieser Drache gekommen war. Ich bemühte mich sehr, entdeckte aber auch einen Tatbestand, der überaus zu denken gab. Vor einem halben Jahrhundert, als der Drache eine Fläche von lediglich zweieinhalb Millionen Hektar bedeckte, nahm ihn niemand ernst. Ich las zahlreiche Artikel, die entweder die Rodung des Drachens oder seine Unterwassersetzung in speziell dazu angelegten Kanälen forderten, damit er im Winter einfröre. Die Ökonomen erklärten dann jedoch, wie teuer eine solche Vorgehensweise käme. Als jedoch der Drache, der sich damals ausschließlich von Moos und Algen ernährte, seine Ausmaße verdoppelte, beschwerten sich die Einwohner der angrenzenden Gebiete über den unerträglichen Gestank, besonders im Frühling und im Sommer, wenn ein warmer Wind wehte, und die Selbsthilfeorganisationen schickten sich an, den Drachen zu parfümieren, und als das nichts nützte, begannen sie, die Sammlung von Brot zu organisieren. Zunächst spottete man über die Aktionen, dann jedoch kam Schwung in die Sache. In späteren Jahrgängen fand sich kein Wörtchen mehr über die Beseitigung des Drachens. Immer mehr dagegen war vom Nutzen die Rede, welchen diese Hilfeleistung haben konnte. Irgendwie habe ich das alles herausbekommen, doch begab ich mich schließlich mit ungestillter Neugierde an die Universität, denn dort befand sich der Lehrstuhl für allgemeine und angewandte Drakologie. Der Institutsvorstand empfing mich überaus höflich.

»Ihre Fragen haben einen überaus anachronistischen

Charakter«, sagte er mit wohlwollendem Lächeln, als er mich angehört hatte. »Der Drache ist ein objektiver Teil unserer Wirklichkeit, ein gleichsam zentraler, integraler Teil, und deshalb gehört es sich, daß man sich mit ihm als internationales Problem von höchstem Rang befaßt.«

»Ich möchte um konkrete Tatsachen bitten«, sagte ich. »Woher ist er überhaupt gekommen, dieser kleine Drache?«

»Wer weiß das?« meinte der phlegmatische Drakologe. »Archäologie, Prädragonistik sowie Drachengenetik liegen außerhalb der Grenzen meines Fachbereiches. Ich beschäftige mich nicht mit Drakogenese. Solange er klein war, war er kein Problem. So ist es mit allem, verehrter Fremdling. So ist es mit allem.«

»Jemand erklärte mir, daß er aus mutierten Schnecken entstanden sei.«

»Das glaube ich nicht. Es ist übrigens einerlei, woher er kam, wenn er schon da ist und noch dazu in dem Maße. Wenn er plötzlich verschwände, käme das einer Katastrophe gleich. Ich bezweifle, daß wir mit den Folgen fertig werden könnten.«

»Aber warum eigentlich?«

»Wir hätten als Folge der Automatisierung eine ständig wachsende Arbeitslosigkeit, auch in den akademischen Berufen.«

»Na und, hat der Drache dem vorgebeugt?«

»Selbstredend. Wir hatten damals riesige Überschüsse an Lebensmitteln, an Nudeln, Speiseöl und Zuckerprodukten. Zur Zeit exportieren wir diese Überschüsse in den Norden, und dazu muß man sie vorher entsprechend verarbeiten. Er will nicht bloß irgend etwas fressen.«

»Der Drache?«

»Genau. Um ein optimales Ernährungsprogramm aufzustellen, muß eine Reihe von Forschungsstätten geschaffen werden, z. B. das Hauptinstitut für Drachenmästung, die Hochschule für Drachenhygiene, und außerdem gibt es jetzt an jeder Universität mindestens eine Lehrkanzel für Drakologie. Wir haben gastronomische Einrichtungen, die immer neue Arten von Nahrungsmitteln und anderen landwirtschaftlichen Produkten herstellen. Die Aufklärungsministerien haben spezielle Informationsnetze eingerichtet, um der Gesellschaft den Nutzen zu erklären, den der Warenaustausch mit dem Drachen bringt.«

»Austausch? Liefert er euch irgend etwas?«

»Das darf nicht wahr sein. Natürlich liefert er. Zuvörderst das sogenannte Drachenfleisch. Es ist seine Ausscheidung.«

»Dieser leuchtende Schleim? Ich habe ihn auf den Fotos gesehen. Wozu ist er gut?«

»Aus dem verdichteten Schleim läßt sich Plastilin für Kinder erzeugen, auch wenn es dabei Probleme gibt. Der Geruch ist schwer zu ertragen.«

»Es stinkt.«

»In gewissem Sinne nicht wenig. Um ihn geruchlos zu machen, werden spezielle Deodorants beigefügt. Vorläufig ist das Drachenplastilin achtmal so teuer wie das gewöhnliche.«

»Und was sagen Sie, Herr Professor, zum Attentat auf den Drachen?«

Der Gelehrte kratzte sich am Ohr, das ihm über die Lippen hing. »Wenn dieses Attentat gelungen wäre, hätten wir zunächst eine Seuche gehabt. Stellen Sie sich die Ausdünstungen vor, die von einem solchen Kadaver ausgingen. Zweitens würden die Banken zusammenkrachen – Zusammenbruch des monetarischen Systems. Es käme zu einer schrecklichen Katastrophe, Fremdling.«

»Aber seine Anwesenheit macht sich doch auch bemerkbar, nicht wahr? Ungeschminkt gesagt, ist sie doch in höchstem Grade unangenehm?«

»Was ist das schon für eine Unannehmlichkeit?« entgegnete der Drakologe mit stoischer Ruhe. »Die postdrakologische Krise wäre noch schlimmer. Bitte bedenken Sie, daß wir ihn nicht nur ernähren, sondern, daß wir außer dem Gastgewerbe auch andere Branchen beschäftigen. Wir wollen ihn besänftigen und in gewissen Schranken halten. Es handelt sich um das Programm der sogenannten Domestifikation und Pazifikation. In jüngster Zeit werden ihm riesige Mengen von Süßigkeiten verabreicht. Süßigkeiten hat er sehr gerne.«

»Ich bezweifle aber, daß er davon süß werden wird«, brummte ich.

»Doch der Export der Zuckerindustrie stieg auf das Vierfache. Ja, und nicht zu vergessen die Tätigkeit der URDSS.«

»Was ist das?«

»Das ist die Untersuchungsbehörde für die Regelung der Drachenschleime und -sekrete. Er sichert der akademischen Jugend die Arbeit. Man muß den Drachen immer wieder studieren, sich mit ihm vertraut machen, ihn erforschen, von Zeit zu Zeit behandeln. Früher hatten wir einen Überschuß an Kräften im Gesundheitswesen. Jetzt hingegen hat jeder junge Arzt einen sicheren Arbeitsplatz.«

»Na ja«, sagte ich ohne Überzeugung. »Aber all das ist ein Export von Wohltätigkeit. Warum konntet ihr nicht Wohltäter der eigenen Bürger direkt sein?«

»Wie ist das zu verstehen?«

»Na ja, Sie investieren einen Haufen Geld in den Drachen.«

»Sollte man diese Mittel etwa an die Bürger verschenken?«

»Es steht im Widerspruch zu den Prinzipien jeglicher Wirtschaftlichkeit.«

»Ich sehe, daß Sie von Wirtschaft keine Ahnung haben. Die Kredite, die für diesen Export bestimmt sind, heizen die Konjunktur an und steigern den Umsatz.«

»Aber sie vergrößern auch den Drachen selbst«, unterbrach ich ihn. »Je intensiver er gefüttert wird, um so größer wird er, und je größer er wird, um so größer wird sein Appetit. Was ist das für eine Kalkulation? Er wird euch schließlich auffressen.«

»Unsinn«, entrüstete sich der Professor. »Die Banken verbuchen die Kredite als Aktiva. Also sind es rückzahlbare Darlehen.«

»Na, und werden sie mit Plastilin zurückgezahlt?«

»Bitte nehmen Sie mich nicht beim Wort. Wenn nicht der Drache wäre, für wen hätten wir spezielle Rohrleitungen produziert, durch die der Brei gepreßt wird? Bitte bedenken Sie, Rohrleitungen, das sind auch Hütten und Stahlwerke und Walzwerke, Schweißmaschinen, Transportmittel und so weiter. Der Drache hat reale Bedürfnisse. Begreifen Sie das denn nicht? Die Nachfrage kann man sich nicht aus den Fingern saugen! Die Fabrikanten würden nichts produzieren, wenn sie ihre Erzeugnisse ins Meer kippen müßten. Ein konkreter Empfänger ist etwas ganz anderes. Der Drache ist riesig, ein riesiger, überaus aufnahmefähiger Auslandsmarkt mit einer kolossalen Nachfrage.«

»Das bezweifle ich nicht«, erklärte ich. Ich begann schon einzusehen, daß auch dieses Gespräch zu nichts führte.

»Also habe ich Sie überzeugt?«

»Nein.«

»Weil Sie aus einer ganz anderen Zivilisation kommen

als der unseren. Übrigens ist der Drache seit langem nicht bloß der Importeur unserer Produkte.«

»Und was ist er geworden?«

»Zur Idee, mein Herr. Zur geschichtlichen Notwendigkeit und zu unserer Staatsräson. Ein wichtiger Faktor, der unseren vereinten Anstrengungen einen festen Sinn gibt. Betrachten Sie die Sache aus diesem Blickwinkel, und Sie werden schließlich begreifen, welch fundamentale Fragen dieses mehr oder weniger scheußliche Vieh in sich birgt, wenn es planetare Ausmaße annimmt.«

Quellen- und Übersetzernachweise

Die Wiederholung
(*Powtórka*)

Erstmals erschienen 1979 bei Iskry, Warszawa
Aus dem Polnischen von Hubert Schumann

Ziffranios Erziehung
(*Edukacja Cyfrania*)

Erstmals erschienen 1976 in *Maska*, Wydawnictwo Literackie, Kraków
Aus dem Polnischen von Hubert Schumann

Vom Nutzen des Drachen
(*Pożytek ze smoka*)

Erstmals erschienen in *Metall* Nr. 25-26 vom 16. 12. 1983
Aus dem Polnischen von Hanna Rottensteiner

Aus: *Polaris 8. Ein Science-fiction-Almanach*. Herausgegeben von Franz Rottensteiner. suhrkamp taschenbuch 1096. © dieser Zusammenstellung Suhrkamp Verlag Frankfurt am Main 1985

Stanisław Lem
Sein Werk im Insel Verlag

Also sprach Golem. Aus dem Polnischen von Friedrich Griese. Leinen

Dialoge. Aus dem Polnischen von Jens Reuter. Gebunden

Eden. Roman einer außerirdischen Zivilisation. Aus dem Polnischen von Caesar Rymarowicz. Gebunden

Erzählungen. Aus dem Polnischen von I. Zimmermann-Göllheim, Klaus Staemmler und Caesar Rymarowicz. Gebunden

Essays. Aus dem Polnischen von Friedrich Griese. Gebunden

Fiasko. Roman. Aus dem Polnischen von Hubert Schumann. Gebunden

Friede auf Erden. Aus dem Polnischen von Hubert Schumann. Gebunden

Das Hospital der Verklärung. Roman. Aus dem Polnischen von Caesar Rymarowicz. Leinen

Imaginäre Größe. Aus dem Polnischen von Caesar Rymarowicz und Jens Reuter. Leinen

Irrläufer. Erzählungen. Mit einem Vorwort von Stanisław Lem. Aus dem Polnischen von Hanna Rottensteiner. Kartoniert

Kyberiade. Fabeln zum kybernetischen Zeitalter. Mit Zeichnungen von Daniel Mróz. Aus dem Polnischen von Jens Reuter u. a. Gebunden und it 1435

Lokaltermin. Roman. Aus dem Polnischen von Hubert Schumann. Gebunden

Memoiren, gefunden in der Badewanne. Aus dem Polnischen von Walter Tiel. Gebunden

Der Mensch vom Mars. Roman. Aus dem Polnischen von Hanna Rottensteiner. Leinen

Mondnacht. Hör-und Fernsehspiele. Aus dem Polnischen von Charlotte Eckert, Jutta Janke und Klaus Staemmler. Gebunden

Phantastik und Futurologie I. Autorisierte Übersetzung aus dem Polnischen von Beate Sorger und Wiktor Szacki. Gebunden

Phantastik und Futurologie II. Übersetzung aus dem Polnischen von Edda Werfel. Gebunden

Die phantastischen Erzählungen. Herausgegeben und mit einem Nachwort von Werner Berthel. Mit Illustrationen, einem Interview und Anmerkungen zur Rezeption von Franz Rottensteiner. Gebunden

Philosophie des Zufalls. Zu einer empirischen Theorie der Literatur. Gebunden

Philosophie des Zufalls. Zu einer empirischen Theorie der Literatur 2. Aus dem Polnischen von Friedrich Griese. Gebunden

Provokationen. Aus dem Polnischen von Friedrich Griese, Jens Reuter und Edda Werfel. Gebunden

47/1/3.92

Stanisław Lem
Sein Werk im Insel Verlag

Robotermärchen. Herausgegeben von Franz Rottensteiner. Mit Illustrationen von Daniel Mróz. it 1345

Rückkehr von den Sternen. Roman. Aus dem Polnischen von Maria Kurecka. Gebunden

Sämtliche Erzählungen vom Piloten Pirx. Aus dem Polnischen von Roswitha Buschmann, Kurt Kelm, Caesar Rymarowicz und Barbara Sparing. Gebunden

Solaris. Roman. Aus dem Polnischen von I. Zimmermann-Göllheim. Gebunden

Sterntagebücher. Erweiterte Ausgabe. Mit Zeichnungen des Autors. Aus dem Polnischen von Caesar Rymarowicz. Gebunden

Die Stimme des Herrn. Roman. Aus dem Polnischen von Roswitha Buschmann. Gebunden

Summa technologiae. Aus dem Polnischen von Friedrich Griese. Gebunden

Der Unbesiegbare. Utopischer Roman. Aus dem Polnischen von Roswitha Buschmann. Gebunden

Die Untersuchung. Kriminalroman. Aus dem Polnischen von Jens Reuter und Hans Juergen Mayer. Gebunden

Die Vergangenheit der Zukunft. Gebunden

Die vollkommene Leere. 15 fiktive Rezensionen. Aus dem Polnischen von Klaus Staemmler. Gebunden

Vom Nutzen des Drachen. Erzählungen. Aus dem Polnischen von Hubert Schumann und Hanna Rottensteiner. Gebunden

Zu Stanisław Lem

Lem über Lem. Gespräche. Aus dem Polnischen von Edda Werfel und Hilde Nürenberger. Gebunden

47/2/3.92

Stanisław Lem
Sein Werk im Suhrkamp Verlag

Also sprach GOLEM. Aus dem Polnischen von Friedrich Griese. PhB 175. st 1266

Altruizin und andere kybernetische Beglückungen. Der Kyberiade zweiter Teil. Mit Zeichnungen von Daniel Mróz. Aus dem Polnischen von Jens Reuter. Die Übersetzung wurde vom Autor autorisiert. PhB 163. st 1215

Die Astronauten. Aus dem Polnischen von Rudolf Pabel. PhB 16. st 441

Dialoge. Autorisierte Übersetzung aus dem Polnischen von Jens Reuter. Mit einem Nachwort des Autors. es 1013

Frieden auf Erden. Science-fiction-Roman. Aus dem Polnischen von Hubert Schumann. PhB 220. st 1574

Der futurologische Kongreß. Aus Ijon Tichys Erinnerungen. Mit einem Nachwort von Franz Rottensteiner. Aus dem Polnischen von I. Zimmermann-Göllheim. BS 477 und PhB 29. st 534

Die Geschichte von den drei geschichtenerzählenden Maschinen des Königs Genius. Aus dem Polnischen übersetzt von Jens Reuter. BS 867

Golem XIV und andere Prosa. Autorisierte Übersetzungen aus dem Polnischen von Klaus Staemmler, I. Zimmermann-Göllheim und Jens Reuter. BS 603

Das Hohe Schloß. Aus dem Polnischen von Caesar Rymarowicz. st 1739

Das Hospital der Verklärung. Aus dem Polnischen von Caesar Rymarowicz. Übersetzung des Vorworts aus dem Polnischen von Klaus Staemmler. st 761

Imaginäre Größe. Aus dem Polnischen von Caesar Rymarowicz und Jens Reuter. PhB 47. st 658

Irrläufer. Erzählungen. Aus dem Polnischen von Hanna Rottensteiner. st 1890

Die Jagd. Neue Geschichten des Piloten Pirx. Aus dem Polnischen von Roswitha Buschmann, Kurt Kelm, Barbara Sparing. PhB 18. st 302

Das Katastrophenprinzip. Die kreative Zerstörung im Weltall. Aus Lems Bibliothek des 21. Jahrhunderts. Aus dem Polnischen von Friedrich Griese. PhB 125. st 999

Lokaltermin. Science-fiction-Roman. Aus dem Polnischen von Hubert Schumann. PhB 200. st 1455

Mehr phantastische Erzählungen des Stanisław Lem. Herausgegeben von Franz Rottensteiner. PhB 232. st 1636

Memoiren, gefunden in der Badewanne. Mit einer Einleitung des Autors. Aus dem Polnischen von Walter Tiel. Autorisierte Übersetzung. PhB 25. st 508

47/3/3.92

Stanisław Lem
Sein Werk im Suhrkamp Verlag

Memoiren, gefunden in der Badewanne. Der Schnupfen. Zwei Drehbücher von Jan Jozef Szcepański. Aus dem Polnischen von Jens Reuter. PhB 226. st 1604

Eine Minute der Menschheit. Eine Momentaufnahme. Aus Lems Bibliothek des 21. Jahrhunderts. Aus dem Polnischen von Edda Werfel. PhB 110. st 955

Mondnacht. Hör- und Fernsehspiele. Aus dem Polnischen übersetzt von Klaus Staemmler, Charlotte Eckert, Jutta Janke und I. Zimmermann-Göllheim. PhB 57. st 729

Nacht und Schimmel. Erzählungen. Aus dem Polnischen von I. Zimmermann-Göllheim. PhB 1. st 356

Phantastik und Futurologie I. Übersetzt von Beate Sorger und Wiktor Szacki (vom Autor autorisiert). PhB 122. st 996

Phantastik und Futurologie II. Übersetzt von Edda Werfel. PhB 126. st 1013

Die phantastischen Erzählungen. Herausgegeben von Werner Berthel. PhB 210. st 1525

Philosophie des Zufalls. Zu einer empirischen Theorie der Literatur. 2 Bde. Aus dem Polnischen von Friedrich Griese. st 1703

Provokation. Besprechung eines ungelesenen Buches. Autorisierte Übertragung aus dem Polnischen von Jens Reuter. BS 740

Provokationen. Aus dem Polnischen von Friedrich Griese, Jens Reuter und Edda Werfel. PhB 263. st 1773

Die Ratte im Labyrinth. Ausgewählt von Franz Rottensteiner. PhB 73. st 806

Reisen und Erinnerungen des Sternfahrers Ijon Tichy. Der futurologische Kongreß. Sterntagebücher. Lokaltermin. Frieden auf Erden. st 534/459/1455/1574. 4 Bände in Kassette.

Robotermärchen. Herausgegeben von Franz Rottensteiner. Aus dem Polnischen von I. Zimmermann- Göllheim und Caesar Rymarowicz. BS 366 und PhB 85. st 856

Sade und die Spieltheorie. Essays. Band 1. Aus dem Polnischen von Friedrich Griese. st 1304

Der Schnupfen. Kriminalroman. Autorisierte Übersetzung aus dem Polnischen von Klaus Staemmler. PhB 33. st 570

Science-Fiction: Ein hoffnungsloser Fall – mit Ausnahmen. Essays. Band 3. Aus dem Polnischen und Russischen von Erik Simon, Hanna Rottensteiner, Jens Reuter, Friedrich Griese und Edda Werfel. st 1439

Sterntagebücher. Mit Zeichnungen des Autors. Aus dem Polnischen von Caesar Rymarowicz. PhB 20. st 459

47/4/3.92

Stanisław Lem

Sein Werk im Suhrkamp Verlag

Die Stimme des Herrn. Roman. Aus dem Polnischen übersetzt von Roswitha Buschmann. PhB 97. st 907

Summa technologiae. Mit einem Vorwort des Autors zur deutschen Ausgabe. Aus dem Polnischen übersetzt von Friedrich Griese. st 678

Technologie und Ethik. Ein Lesebuch. Herausgegeben von Jerzy Jarzębski. Leinen

Terminus und andere Geschichten des Piloten Pirx. Aus dem Polnischen übersetzt von Caesar Rymarowicz. PhB 61. st 740

Über außersinnliche Wahrnehmung. Essays. Band 2. st 1372

Die Untersuchung. Kriminalroman. Aus dem Polnischen von Jens Reuter und Hans Juergen Mayer. PhB 14. st 435

Die vollkommene Leere. 15 fiktive Rezensionen. Autorisierte Übersetzung aus dem Polnischen von Klaus Staemmler. »Die neue Kosmogonie« übersetzte I. Zimmermann-Göllheim. st 707

Waffensysteme des 21. Jahrhunderts oder The Upside Down Evolution. Aus Lems Bibliothek des 21. Jahrhunderts. Aus dem Polnischen von Edda Werfel. PhB 124. st 998

Wie die Welt noch einmal davonkam. Der Kyberiade erster Teil. Mit Zeichnungen von Daniel Mróz. Aus dem Polnischen von Jens Reuter, Caesar Rymarowicz, Karl Dedecius und Klaus Staemmler. PhB 158. st 1181

Zu Stanisław Lem

Lem über Lem. Gespräche. Aus dem Polnischen von Edda Werfel und Hilde Nürenberger. PhB 245. st 1996

Über Stanisław Lem. Herausgegeben von Werner Berthel. Redaktion und Beratung: Franz Rottensteiner. PhB 36. st 586

Jerzy Jarzębski: Zufall und Ordnung. Zum Werk Stanisław Lems. Aus dem Polnischen von Friedrich Griese. PhB 180. st 1290

Editionen, Nachworte

Philip K. Dick: UBIK. Science-fiction-Roman. Mit einem Nachwort von Stanisław Lem. Aus dem Amerikanischen von Renate Laux. PhB 15. st 440

Ist Gott ein Taoist? Und andere Rätsel. Ein phantastisches Lesebuch. Herausgegeben von Stanisław Lem. PhB 162. st 1214

Arkadi Strugatzki / Boris Strugatzki: Picknick am Wegesrand. Utopische Erzählung. Mit einem Nachwort von Stanisław Lem. Aus dem Russischen von Aljonna Möckel. PhB 49. st 670

47/5/3.92